「嘿呀——!」
葵娜
葵娜以漂亮的姿勢朝呆站在原地的彎角熊的肚子使出飛踢。

「你……你……
你你你……你這……」

踢中的瞬間，
【戰術技能〈武器技能〉：衝撞】
自動啟動。
就算是以肌力最低值為傲的種族，
在等級的支撐下，威力仍然凶惡。
彎角熊的巨大身體凹成く字型，
輕而易舉地與地面平行被踢飛出去。

『斯卡魯格』

里亞德錄大地

WORLD OF LEADALE

1

【著】Ceez
【插畫】てんまそ

Kadokawa Fantastic Novels

WORLD OF LEADALE CONTENTS

「……傷腦筋了……」

各務桂菜無力靠在窗邊，試圖為自己如火燒的身體降溫。

這不是因為她泡澡泡太久了。

而是一而再再而三地長時間反覆思考後，獨自一人錯亂並自己做出結論的結果，造成了類似智慧熱的反應。

映入眼簾的風景是萬里晴空與點點飄浮其上的白雲，幾乎是晴朗無雲的好天氣。

視線往下移動，可以看見連綿的山脈及從山腳延伸，覆蓋住一整片大地的森林。

視線繼續慢慢往下移動，眼前有十幾棟並排的木造房屋。

從自己生活的二十二世紀來看，根本無法想像這片不知道能否說是悠閒，說是寂寥又很失禮的風景。

她想到自己也是這幅光景的一部分，不禁發出乾笑。

她努力掌握自己的現況，讓她筋疲力盡的事情開端要追溯至剛才——朝陽照入樸素的房間時。

序章

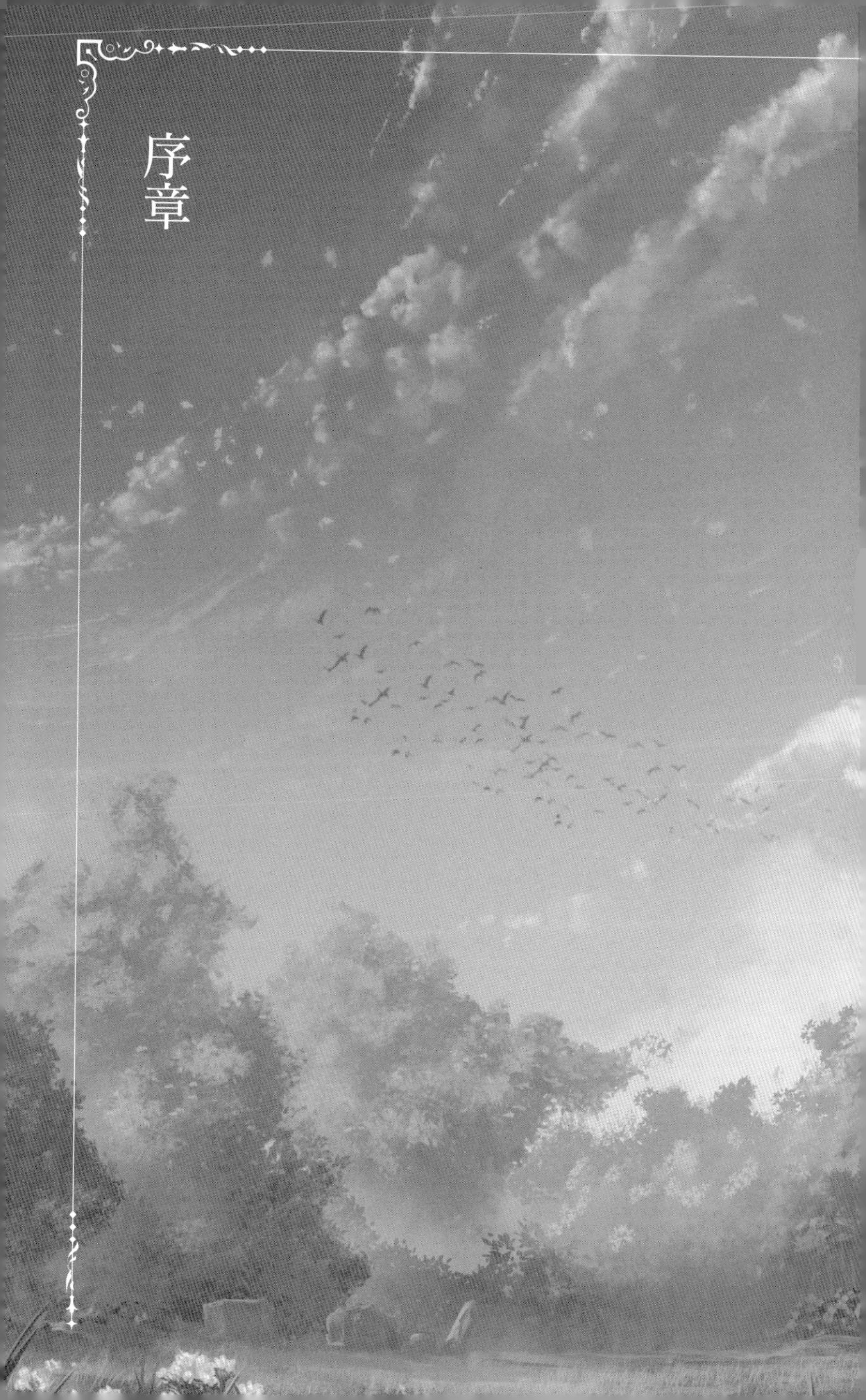

「客人～～天亮了喔～～」

射入房內的強烈光線及口齒不清的稚嫩呼喚聲，讓她微微睜開眼。

模糊可見到頭頂上是帶有木紋的木頭天花板。

視線往右看去，有個四方形的實木百葉窗窗戶。

看向左邊，在白色床單的前方，露出胸部以上的女孩帶著精神飽滿的笑容打招呼：

「早～～安～～」

「啊～～呼啊……找安～～？」

「嘿嘿嘿，大姊姊～～已經天亮了喔～～」

她一邊打哈欠一邊回應後，女孩笑容燦爛地回答，讓她自然而然地清醒。

桂菜伸展照到朝陽的上半身，像要吸收陽光，之後低頭看著自己，頓時停下動作，僵硬得連站在床邊的女孩也覺得奇怪地歪過頭。

「朝陽照耀的……木造房間？」

到昨天為止，更正確來說是到剛剛為止，她閉上眼前應該還在被白色牆壁包圍，早已看膩的病房中才對。

無法自行起身的身體竟然「坐起身」，「伸懶腰」的事實反而讓她精神恍惚。

她茫然的時間僅僅一瞬間，不知道過了幾秒還是幾分鐘。

桂菜發現來叫她起床的女孩正探頭看著她的臉，她抬起微微低頭的臉。

「大姊姊？妳還好嗎？」

她大概是打從心底在擔心自己。

桂菜想著該怎麼做才能讓這個黑色眼瞳中參雜著悲傷的女孩放心，先把自己的煩惱放到一邊，打開道具箱。

隨意從中拿出糖果——有稍微恢復MP(魔力值)的效果——放在手心上後伸到女孩面前。

如同總是哭個不停的年幼時期負責照顧她的護士常對她做的一樣，笑著給女孩糖果。

「謝、謝謝妳，大姊姊！」

「不會，不客氣。」

桂菜輕撫摸離開床鋪的女孩的頭，女孩的雙頰稍微泛紅，回以無比燦爛的笑容。

女孩穿著類似寬鬆罩衫的衣服，圍著圍裙。她把糖果收進圍裙口袋，接著把桂菜床上的床單和毛毯拆下來，折疊整齊後抱在胸前走出房間。

出去時還不忘告訴桂菜：「早餐做好了，要快點來喔。」

桂菜想沉浸在這讓她內心逐漸變暖的光景中，但她用理智壓抑，反芻自己剛剛的舉動。

（……打開道具箱？）

意識到這點時，視線右邊出現一個半透明的縱長視窗。

一次顯示出十五個圖樣，只要操作視窗內右上角的捲軸，數量龐大的物品會由下往上滑動。

「這……該不會是……」

捏捏自己臉頰。

……好痛，這是真真切切的現實。

根據這傳統判別夢境與現實的方法，她理解現在眼前的一切是現實——不得不承認。

夢境——因為想到這點，道具視窗旁的魔法技能(Magic Skill)用的畫面跟著開啟。桂菜看見畫面跳出【催眠：惡夢】的項目，臉上頓時失去血色。

這該不會是她直到剛才都還在玩的線上遊戲世界——「里亞德錄」吧？

自己能活動的事實與痛楚，讓她確定這就是現實。

肚子餓就無法戰鬥。

桂菜——不，葵娜決定先吃完早餐再來處理這個問題。

戰戰兢兢地走下嘎吱作響的陡峭樓梯，來到一樓的食堂兼酒館。

裡頭有剛才那個女孩和體格壯碩，應該是旅店老闆娘的中年婦女。

食堂裡有八張圓桌，圓桌旁各有四張椅子，還有面對廚房的四個吧檯席。

桌椅擺得相當擁擠，要是坐滿人，連鑽縫走動都很困難。現在酒館裡只有兩個看似農民

的男人坐著，正在吃早餐的麵包和湯。

「來來，小姑娘坐下吧，湯都要涼了。」

「啊，好。」

正當葵娜猶豫要坐哪裡時，老闆娘催促道，她猶豫一會兒後在吧檯席坐下。

麵包和盛裝在木盤中的湯立刻端至眼前。

剛剛到她房間來的女孩放下裝水的木杯後，早餐套餐就完成了。如果這是遊戲內的世界，到此為止，葵娜發現了幾個覺得奇怪的疑點。

她決定先吃完飯再來思考。

（這麼說來，已經幾年沒用嘴巴吃飯了？）

撕下有點硬的鹽可頌，沾著口味類似濃湯的湯品來吃。

好久沒使用的味覺，讓她坦率地脫口說出感想。

「……好好吃……」

「哎呀呀，小姑娘，妳嘴巴真甜呢。」

原本板著一張臉的老闆娘態度不變，以手肘撐在吧檯上，爽朗地向葵娜搭話。

「竟然好吃到讓妳笑這麼燦爛，妳之前吃的料理到底有多差啊？」

「咦……？」

葵娜似乎在不知不覺中露出了笑容。聽老闆娘這麼說，她才發現自己正微微笑著。

回想起至今為止的飲食內容，從嘴巴攝取的只有水和藥丸，其他的全靠點滴。

葵娜反芻自己遭逢意外後的生活，想起那不是人會有的飲食內容，真實地感到空虛。

「嗯……應該不是我想要主動進食的東西吧……」

「妳說的話也太悲傷了。要是吃不好，人生有一半都浪費了喔！來，招待妳，盡量多喝一點啊。」

「啊，好，謝謝妳。」

老闆娘拍拍她的肩膀後，又倒了更多濃湯到木盤裡，幾乎要滿出來了，葵娜的臉頰不自覺地抽動。

（吃、吃得完嗎……）

這些份量應該超過了胃的容量，但似乎只要靠著令人食指大動的香氣就能突破極限。

葵娜發現自己比想像中還餓，不小心再來一碗而吃太多了。

葵娜喝了口水讓吃飽飯後脹起的肚子休息一下，同時環視旅店的一樓。

她記得這個村莊應該位於白國費爾斯特司與翠國格魯斯凱洛的交界，雖然位於邊境，卻是相當繁榮的商業道路才對。

（世界觀的設定上）由於這裡有許多商人往來，所以有許多馬車、旅店林立才是。

這麼寂寥的狀態是怎麼一回事？

她記得最後在這個地方登出時，到處都有遊戲的NPC（非玩家角色），也記得喧囂的音效相當吵鬧。

與遊戲明顯不同的是，原本搭話後只會回應固定台詞的ＮＰＣ會做出充滿情感的反應，這樣已經不能稱他們為ＮＰＣ了。

這正是讓葵娜理解到，這是和遊戲世界不同的遊戲世界。

問題在於自己「可以在這裡活到什麼時候？」——做出這個結論的葵娜決定要調查許多事情。

首先打開道具箱視窗，確認手上的現金。

數字尾數有九個零，她試著從中取出遊戲內貨幣的二十及耳。她想試試看這二十枚銀幣能不能使用，試著交給老闆娘。

「不好意思～～」

「嗯？怎麼了？」

「我想在這裡住一段時間，這可以用嗎？」

她將雙面刻有某種大型花朵設計的銀色硬幣放在吧檯上。

玩遊戲時，金錢只是數字，但實際看見實體後還真可愛呢——葵娜如是想著。

「喂，妳啊！」

老闆娘和她女兒對此做出出乎預料的反應。

女孩睜大著眼睛盯著那堆硬幣。老闆娘戰戰兢兢地拿起一枚銀幣，在掌心上翻轉、仔細觀察後，嘆著氣放回去。

「這是可以用啦，但是小姑娘，這麼一大筆錢不能這樣攤出來向大家炫耀啊。」

「……什麼？」

一大筆錢？這些嗎？說笑吧。

一顆提升百分之五的攻擊力三十分鐘的藥丸，在店裡應該是賣四十及耳才對。

由於連一個圓鍬都要將近十及耳了，因此葵娜在腦中換算，覺得這些應該夠住一晚了，卻和她想的完全不同。

據老闆娘所說，只要四枚銀幣就可以住上十晚，她痛切地感受到自己得重新鍛鍊金錢觀了。

同時也鬆了一口氣，還好第一個認識的村人A——旅店老闆娘是個好人。

雖然有無數個疑問，但最該在意的是這個村莊為什麼會如此寂寥。

「我記得這個村莊之前應該更熱鬧啊……？」

「這裡熱鬧已經是四代以前的事情了。費爾斯凱洛建國後，這邊就衰敗了，最近連小姑娘這樣的冒險者也很少見了。」

「……咦？」

第一次聽到的名詞讓她冒出「那是什麼？」的疑問，停止思考。

彷彿是將白國與翠國國名相加除以二的名字，讓她再度疑惑地想著：「咦？這裡不是在遊戲裡嗎？」老闆娘沒理會迷失自我的葵娜，不停說下去：

「兩百多年前，七個國家之間發生了好多次大戰，聽說不管哪裡都亂成一團。過於醜陋的鬥爭引起神明憤怒，然後從人類中選出了指導者。那些人費了一番功夫把國家統整成三個，一直到現在。」

大概是沒有人可以聊天，吃完飯還不離開的農民們出聲奚落：

「別對冒險者小姑娘說那些理所當然的事啦～～」

「吵死人了！快點去田裡工作！」

在魄力十足的怒吼聲催促下，農民們立刻嚇得衝出旅店。

客人只剩下葵娜一人。

光是從剛才的對話中得到的資訊，就讓葵娜陷入更深一層的沉思。

七個國家，應該正是她昨天還在玩的VRMMORPG——里亞德錄的世界設定吧。

這個遊戲中沒有戰士、神官、魔術師等固定職業，取而代之的是高達四千種的技能(Skill)。

將種族、裝備和技能確定為自己的方向後，即可作為自己期望的遊戲角色(Avatar)遊玩，相當自由。

因為太過自由，網路上的大型討論版甚至嘲諷這款遊戲為放任世界。

七個國家之間，每個月都會舉辦一次賭上各領地增減的大型戰爭活動，所有玩家都為這個活動狂熱。

各個國家只要佔領各自指定的領域，就能得到數量有限的特殊活動道具特典。

有國家在活動前一天聚集了許多人舉辦縝密的戰略集會，甚至讓伺服器當機，結果到活動當天都沒有修復，讓他們吃了苦頭，當時還成了個笑話。

聽見白、翠、赤、蒼、茶、黑、紫這七個國家並存是兩百年前的事，葵娜的知識裂成碎片崩塌。

在過去遊玩的遊戲兩百年後的世界裡，該怎麼活下去？一片黑暗的未來讓她深感不安。

首先，不管怎樣，都得先從了解這個世界的常識開始。

為了要站穩腳步，肯定累積了好幾個非得確認的事項。如果因為不安而停下腳步，絕對會被那傢伙嘲笑。

一想起把他人的苦惱當下酒菜的那傢伙令人厭惡的臉，她覺得些許不安不過是人生的調味料。

「……話說回來，妳竟然會問那麼久以前的事情，以前來過這裡嗎？」

「咦？喔～～那個……」

她不可能老實說「因為我昨天晚上就在這裡登出」，所以支吾其詞。

「小姑娘是精靈族吧？」

「啊，嗯，對。」

葵娜現在的身體是玩遊戲時使用的遊戲角色。

她在離開房間下樓前，用手邊的道具【真實之鏡】——某次活動發送的道具，除此之外沒有任何用途——確認過了。

正如其名，它的功能只有照出真實的模樣。

提心吊膽地確認時，葵娜以為鏡中會出現躺在病床上，骨乾如柴的自己，卻看見遊戲中的角色人物，一瞬間都快昏倒了。

把瀏海抓下來就能看見淡金色的頭髮，是大約及肩的半長髮。

深綠色的眼瞳和剩下的特徵就是微尖的雙耳。就算遮住了也會竄出頭髮的耳朵，是長命物種亞人的證據。

葵娜選擇的高等精靈族，比一般的精靈還強化了輔助職業能力。

智力（INT）的增長空間和ＭＰ的上限在可選擇種族中，是能增長至最高極限的，她只是因為這項特徵才選擇的。

從各種族不同的基本戰鬥能力來看，一部分玩家認為高等精靈族是最弱的種族，所以在里亞德錄裡選擇的玩家不多。

就連玩家的葵娜自己也覺得這是最近不常見又不受歡迎的種族。

多虧如此，只由高等精靈族愛好者組成的隊伍擁有相當高的知名度。

「是啊，我只在還很熱鬧的時候來過一次……」

也沒必要隱瞞，所以葵娜老實地回答後，老闆娘露出笑容。

「這樣啊，妳知道村莊以前的樣子啊。沒想到那麼久以前的常客還願意來住我們這裡，

真讓我感慨。」

見到她擅自把自己當成愛用這間旅店的旅客，葵娜苦笑著蒙混過去。

「對了對了，我叫瑪雷路，這孩子是莉朵，妳就在我們旅店好好休息一陣子吧。」

「好的，麻煩妳們關照了。我叫桂……我的名字叫葵娜。」

葵娜端正姿勢，重新自我介紹，同時低頭致意。

「別這麼拘謹啦。」瑪雷路拍上葵娜的背，這讓葵娜有點開心。

葵娜暫別回到房間後，立刻開始確認自己現在的狀況與手上擁有的所有物品。

打開狀態欄，首先顯示的資訊是「名稱：葵娜　1100級　種族：高等精靈　稱號：技能大師No．3」。

里亞德錄的等級上限1000，加上完成特殊任務後突破極限加成的100。

突破極限的任務相當棘手，是需要眾多人數的困難活動。

就連葵娜她們也是從所屬公會內外募集參加者後前往挑戰，失敗了許多次，最後是組成四個小隊，總計二十四個人的大團隊才終於挑戰成功。

中途還有成員真的哭出來，由此可見創建任務的主辦方根本不懷好意。

當時過關的所有人全都高聲大喊：「營運商是大混蛋！」

在那之後，也沒聽說過有人挑戰成功，所以實際上，當時的成員們應該是遊戲中最強的玩家。

高等精靈族的優勢是在自然環境中使用戰鬥行為或技能時，有百分之十的加成與可以使用鷹眼。

劣勢是無法自行採集使用技術技能(Craft Skill)時需要的植物類材料。

葵娜是麻煩公會裡有空閒的成員幫忙蒐集，或是開露天攤販的人手上買來的。

而技能大師這個稱號是在四千個之多的技能中（之後也因為設計師的意思持續增加），學會一千五百個魔法技能和兩千五百個技術技能的人可以獲得的榮譽。

葵娜是共有十四個技能大師中，史上第三個獲得此稱號的人，所以稱號後面加上了「No．3」。

這個稱號正是葵娜不接近國家，喜歡一直在這種邊境登入登出的原因。

獲得這份榮譽與稱號的同時，會自動獲得第四千零一個技能「製作卷軸」——這個技能是最大主因。

這個技能很方便，葵娜這些技能大師們只要將自己的技能寫在羊皮紙上，就可以讓其他玩家不需要完成麻煩的任務，能輕鬆地獲得技能。

然而，每次遇到其他玩家，他們都會催促著「給我這個，給我那個」，讓技能大師們不堪其擾，集體向營運商申訴「想想辦法吧」。

在營運商處理這個問題時，還發生有一個人神經衰弱，因此離開遊戲的意外。

而營運商提出的解決方法，是讓技能大師們可以代為執行一部分由NPC執行的技能轉讓任務。

這時，給予了他們各自想要的地方當據點。

技能大師們各自設定抵達終點的目標，過關的人可以得到任何一種通過艱難任務才能獲得的技能——這項規矩滲透至世界(遊戲)裡。

技能大師們的據點各有不同，將玩家們耍得團團轉。

有外觀看起來超美，內部卻是由一堆致死陷阱構成的宅邸。

也有必須學會水中呼吸魔法才能抵達的海底宮殿（當然有海洋怪獸棲息於途中），通稱龍宮的地方。

還有只有併用飛行與鷹眼才能找到的天空之城，或是在每天都會變更所在地的祠堂入口，費盡千辛萬苦找到那不知道會出現在山脈地帶哪個地方的入口後，發現裡面是廣大的迷宮。

大部分已經到了找麻煩的程度。

由此可知，到目前為止一直面對毫無體諒之心的玩家們「給我給我」攻擊的技能大師們，累積了多少怨恨。

關於這點，葵娜有良心多了，她的據點是聳立於廣大迷幻之森中央的銀色樓塔。

只要抵達樓塔的頂樓就算達成任務，但是得花上現實時間整整二十四小時才能抵達。

關鍵在於與外表不符的漫長樓梯。玩家入侵樓塔後，整座樓梯會像電鑽一樣開始旋轉。

速度會配合玩家的移動速度改變，所以就算用跑的，花費的時間也不會變短。要是在中途停下腳步，會立刻回到起點的森林外，在同伴中被評為比較溫和的陷阱。

擁有者有鑰匙——說出關鍵句就可以直達最深處的戒指，所以不用煩惱進出問題。

葵娜在腦袋裡加上「晚一點得去據點看看才行」的項目後，開始檢視自己的道具與裝備。

現在的主要裝備是高等級的高等精靈女性才能裝備的妖精王長袍。在這個遊戲中，符合裝備資格的應該只有葵娜一人。

及膝的熱褲加上厚長靴，兩者皆為可以提升幾項數值的自信之作。

左手臂是藉由指令展開且附有弓的護臂，使用的箭則是消耗魔力創造的魔法箭。

只有右側裝飾羽毛的髮箍，遇到外來攻擊時，會自動展開透明屏障，但是會消耗魔力。

武器是顯示在道具欄最上方的雷擊短劍，就算只受到一點傷害，也能麻痺對方，是等級最高的短劍。

「雖然是我自己，但老實說，這個外掛也開太大了……」

葵娜的基本戰鬥方法是用攻擊魔法轟炸敵手，所以不需要武裝到這種程度，不過無法和公會同伴們組隊的現在，做好萬全準備準沒錯。

雖然是比一般精靈族還不適合當前鋒的種族，但是和等級低的人組隊時，也足以擔綱防禦的角色。

再來就是去看看據點道具箱內的東西，做出取捨而已了。

「……啊！」

葵娜突然驚覺，她完全忘記自己的輔助ＡＩ了。

那是她在現實生活中無法自主行動後，叔叔替她訂製的ＡＩ，在日常生活中協助全身癱瘓的她。

與病床連結的「他」從調整病床的角度，到緊急時幫忙按呼叫鈴都可以自發性行動，相當優秀。

就連在遊戲內也會輔助葵娜操作介面，詳細記錄所有遊戲過程，把她照顧得無微不至。

也會提醒葵娜檢查的時間，或告訴她在她睡覺時有沒有人來探病。

兩人的交情比遊戲夥伴還長久，也可說是搭檔了，如果他沒有回應，葵娜真不知道自己該怎麼辦。她戰戰兢兢地呼喊他的名字。

「……奇奇，你在嗎？」

『是的，我在這裡。』

葵娜聽見擁有母親過去養的貓咪名字的他回應後，鬆了一口氣。

只會簡潔地闡述必要事項的他用毫無感情的聲音向主人報告：

『有兩件緊急事項要報告。』

「這樣啊，發生什麼事了？」

『第一件事，和醫院的系統斷線了。第二件事，和里亞德錄的技能大師系統斷線了。』

「這樣……啊……謝謝你。」

葵娜從這裡是遊戲世界，卻和遊戲世界不同的事實預料到了這兩件事。

問題在於葵娜出現在這裡的理由。

里亞德錄這個ＶＲＭＭＯ將在近期結束服務的消息，根本連謠言也沒聽過。

就算身處於遠離王都及夥伴的地方，只要有重要活動或公告，營運商也會通知登入遊戲中的玩家，夥伴肯定也會利用公會通訊手段告訴她才對。

她試著回想能回憶起來的最後記憶。

輔助ＡＩ通知她叔叔和堂姊來探病時，她應該曾登出過遊戲一次。

葵娜和來探病的兩人聊了一下後再次登入，最後在行動前，她因為輸給了睡意，還沒登出就睡著了。

她最後的記憶應該是維持著ＭＭＯ中的暫離狀態才對。

應該是在那之後到她起床前發生了什麼事，才會造就現在的狀況。

「嗯～～……奇奇，昨天晚上有什麼異常嗎？」

『是的，有一件。』

「真的有？」

連奇奇本人（？）也沒辦法分類為緊急狀態，所以他不知道是否為該報告的事情吧。

『葵娜就寢後發生了兩秒電力中斷。前述兩件事都是在此時發生。』
「電力中斷?」
『有八成的機率推測為停電。』
「啊,停電啊……停電!」
這顯然是重要的異常狀態。
葵娜推測出這大概是確切的原因後,推導出來的結論讓她眼前一片漆黑。
『葵娜?』
各務桂菜的身體機能虛弱到沒有維生裝置就活不下去。
這一點她自己相當清楚,醫生也再三叮嚀過。
因為任何外部原因或雷擊導致電力中斷,直到醫院的緊急發電系統供給維生裝置電力的短短兩秒鐘。
也許只有意識從現實中逃到這邊的世界來了。
——也就是說,名為各務桂菜的肉體死了。

第一章
旅店、樓塔、熊和宴會

「啊！」

超乎想像的震驚事實讓葵娜失去意識，直到眼前這片廣闊的風景染上橘紅色，她才發現時間過很久了。

對自己毫無作為地過了半天大吃一驚。

不管是誰，遇到和她相同的事情的話應該都會意志消沉——葵娜如此強迫自己接受。

雖然沒有可以直指「誰」的人，她只能當成沒這回事，將其放逐到記憶的遠方。也可說是單純的逃避現實。

因為建築物沒有玻璃窗，葵娜關上百葉窗後，房內一瞬間變得昏暗。

她又把百葉窗打開一半，引入橘紅光色夕陽。重新環視室內，她看見掛在牆上的提燈。

「我記得這邊的照明是點亮提燈吧……？」

沒受過野外求生訓練，也從沒露宿野外的葵娜，當然不知道該怎麼點亮房內備有的提燈，自然就想到魔法這手段。

照亮周遭的點燈魔法是專門探索迷宮者必須學會的技能，可以透過相對輕鬆的任務學會。不會點燈時，只能依賴道具的提燈。

這也是個連細節都相當講究的道具，既會消耗燃料，效果範圍狹小，還是單手裝備，遇到緊急狀況時得更換道具，是個不便到極點的東西。

會使用的只有真正的新手吧。

而魔法的話不只是提燈，有人會掛在武器或護具上進入迷宮，也有人做成魔法道具，賦予裝飾品，每個人都有不同玩法。

然後在賣給其他人時，會滑稽有趣地註記是搞笑道具。

除此之外，還有徹底把自己當成輔助支援角色卻偷懶不參加戰鬥，全身散發出七彩光輝的笨蛋。

『敬奉我吧～～』

『哇，好刺眼！』

『佛光，他散發出了佛光！』

『別理蠢蛋了，我們先走吧？』

『說的也是。』

『『『別丟下我啊！』』』

當時的對話恍若昨天的事一般浮現在腦海中，葵娜忍不住失笑。

懷念令她稍微泛淚，但她搖頭甩掉回憶。她不是想要忘記，而是要狠下心來當作重要回憶，今後也要尋找相同的樂趣。

首先，就當成是實際操控魔法的機會，葵娜決定試試看這個世界是否也能使用魔法。

把目標固定在提燈上，在腦海中叫出技能，啟動。

【魔法技能：附加白光Lv.1：亮燈：ready set】

「發動。」

「！」

和遊戲中無異的發動方法讓葵娜鬆了一口氣。

無法放心的是從燈光明亮，半開的房門後方傳來小聲的尖叫。

害怕地從門縫探頭望進房裡的，是旅店老闆娘的女兒莉朵。

她看見牆上的提燈發出耀眼的光芒，露出吃驚的表情。葵娜不懂她為什麼會是這種反應，走至房門旁。

「莉朵，怎麼了嗎？」

「那……那個、這個，沒事嗎？」

葵娜理解到她出乎意料的恐懼是因為亮燈，擺動雙手強調沒有危險性。

「喔，這個嗎？只是燈光而已，不會爆炸也不會傷人，放心。」

女孩聽到她這麼說才慢慢走進房裡，但還是貼著牆壁，不肯往前邁步。

該不會對普通村民來說，連看見別人施展魔法也是很罕見的事吧？葵娜歪著頭想。

「莉朵，妳是第一次看見魔法嗎？」

從她輕輕點頭的動作得知答案，同時也知道她來房間的理由了。

莉朵手上的盤子中有浸泡在動物油中的絲線，上面像蠟燭一樣點著燈火。點燃住宿客房裡的提燈應該是她的工作。

「……啊，我妨礙到妳工作了嗎？」

「沒有，這個比我的亮太多了，大姊姊好厲害。」

「這、這樣啊，這點小事能讓妳開心的話，我也很高興。」

兩人相視而笑。

莉朵揚起笑容的臉頰明顯在抽動，但指出這一點也很不識趣。

好久沒和堂姊以外的同性交流，葵娜心中充滿了溫暖。

話說回來，曾經散落在這塊大地上的玩家們到底怎麼了呢？葵娜心中出現了新的疑問。

如果營運商宣布：「好，從明天開始，遊戲要從兩百年後開始喔～～」不難想像大多數人的意見都會是：「別開玩笑了！」

因為七國戰爭活動無疑是里亞德錄這款遊戲受歡迎的原因之一。

「明天到樓塔那邊去看看好了……嗯？」

葵娜在心中寫下預定事項時，突然有人拉了拉長袍衣襬——她發現莉朵來到自己身邊。

「妳聽我說，我是來跟妳說晚餐做好了。」

「啊，抱歉，我叫住了妳。」

「沒關係，因為住宿客人只有大姊姊而已。」

正當葵娜苦惱著「老實說，這很糟糕吧……」「身為旅店的女兒，說這種話沒關係嗎？」時，莉朵拉起她的手。

莉朵在葵娜沉思時關上半開的百葉窗，拴上了窗栓。

接著拉起葵娜的手，催促她下樓。

和早上不同，在房間裡也能微微聽見一樓傳來的嘈雜聲。

應該是晚上時，村民們想休息而聚集在這裡。

葵娜從樓梯上偷看餐廳的情形，從老到少，有十幾個男人坐滿座位，喝酒、吃東西或爽朗地聊天。

旅店有住宿旅客應該也很罕見。

葵娜在村民們的注目下穿過酒館，在跟吃早餐時同樣的吧檯座位上坐下。

不一會兒，瑪雷路把晚餐擺在葵娜面前。

「不好意思，吵吵鬧鬧的。那些傢伙不會做壞事啦，妳別在意。」

瑪雷路開朗地笑著打聲招呼，而聽到這句話，反駁聲立刻從四面八方響起。

「老闆娘，太過分了吧！」

「就是啊，就是啊，我們是來貢獻營業額的耶！」

「小姑娘，妳小心點。別看她那樣，這傢伙年輕時可是這村莊裡最武勇……噗嘿！」

最後說話的人直接受到瑪雷路丟托盤的洗禮。

她的本事要當個厲害的飛盤手也沒問題。被丟中的村民仰躺在椅子上，喀喀作響地轉動脖子。

突然展開的類相聲喜劇，就連葵娜也瞠目結舌，說不出話來。

大概是覺得好笑，餐廳——不，晚上應該要說酒館才對，頓時充斥著村民們的笑聲。

「趁熱吃吧，爸爸做的菜最棒了喔。」

「啊，好。我開動了……咦？」

這名女子長得像年輕纖瘦的瑪雷路，勸葵娜快吃還冒著熱氣的食物，讓葵娜歪過頭。

大概是葵娜的臉上寫著「早上沒看過這個人耶」的疑問，女性也看出這一點，苦笑著開始介紹自己。

「我是路依奈，這個旅店的長女。已經結婚了，只有晚餐時會過來幫忙。妳就是那個難得的長期住宿客嗎？」

「對，我叫葵娜，請多多指教。」

「喂喂，這不是客人會對店員說的話，妳是哪來的千金小姐啊？」

葵娜不覺得自己說話的方法有漂亮到讓人覺得相當有禮，所以不知該怎麼回答。

她還是人類時，的確處於被稱為「千金」的階級，但自從父母過世後，她就不怎麼重視這些規矩了。

除此之外，因為玩遊戲時和其他人來往的關係，她的個性應該也受到了許多影響，雖然她本人完全沒有自覺，但堂姊常常提醒她。

老闆娘瑪雷路伸出援手。

「喂，路依奈，妳別讓常客困擾，難得做好的菜都要冷了。妳要是有空說閒話，就去幫忙端個酒。」

「好啦好啦，講一下又沒關係。媽媽真是的……」

葵娜目送一邊抱怨一邊回去做女侍工作的路依奈，擔心地抬頭看著吧檯內的瑪雷路。

口氣強硬地責備了女兒的瑪雷路一點也沒生氣，愉悅地看著葵娜。

「嗯？如果妳要陪那孩子聊天，先吃完那個再說吧。」

「好，我開動了。」

菜色是在早上的湯裡加了少量肉類與蔬菜，口味變得更濃郁的湯品及小盤的沙拉。瑪雷路看著葵娜和早上相同，從頭到尾笑著直說「好好吃」，開心地不斷要她多吃幾盤。

過了一段時間，醉倒的村民們開始變得吵雜時。

路依奈坐在葵娜身邊，像親密友人一般聊天，主要是葵娜在說話。

大概是點餐告一段落了，看來只要到了這個時間，路依奈就能從女侍工作中解脫。

直到最後的整理時間為止，幾乎都很閒。

「哦～～葵娜在兩百年前也曾經來過這間旅店嗎？」

「那時候，這邊也是國境的商業道路，到處都是馬車和人潮，街上也都是旅店，非常熱鬧。」

內心相當驚慌的反而是葵娜，因為路依奈突然吵著說想聽兩百年前的事情。

就算突然要她說出直到昨天為止的世界觀，對葵娜來說，周遭的景色也像是只看過一次的照片，根本不記得細節。

參雜著些許謊言與推測說出口的話，讓她湧起罪惡感。

「那，妳也有見過曾祖母嗎？聽說她是個絕世大美人耶。」

「我、我沒有看那麼仔細……」

為什麼兩百年前的曾祖母容貌，到了現在還變成了傳說？太恐怖了，反而讓葵娜好奇地想：「曾經有過那麼漂亮的ＮＰＣ嗎？」

「說起來，妳為什麼要來這種鳥不生蛋的地方？」

「喔～～呃，那個～～我來找東西……」

「找東西？」

抱著好幾個空酒杯從她們背後經過的瑪雷路拋出疑問。葵娜不小心老實地回答了——明明連自己要找什麼都還不清楚。

拿著托盤，感興趣地在一旁聽著的莉朵歪頭的動作非常可愛，葵娜忍不住摸摸她的頭，而莉朵以溫暖的視線看著葵娜。

雖說是要找東西，但正確來說，她是在找設施。

據輔助ＡＩ奇奇所說，與技能大師系統斷線的葵娜正處於連世界地圖等位置資訊也無法取得的狀態。

也就是她成了比迷路兒童更嚴重，類似世界的遇難者了。

她想知道的是據點樓塔的位置，包含距離這個村莊有多遠的問題在內。

會這樣說，是因為她決定在習慣這個世界前，要暫時留在這個村莊裡。

利用戒指的效果前往樓塔是沒問題，但回程勢必得穿過樓塔外圍的森林回村莊。

一開始，她也想過用飛行魔法升到最高處後飛回來，但從莉朵沒見過魔法的反應來推測，她要是被當成魔物，還造成村民們不必要的警戒就本末倒置了。

得避免會造成和平過生活的人們困擾的行為——儘管這只是自我滿足罷了。

「妳在找什麼？不介意的話，我來幫妳吧。」

「嗯～～呃，我在找一座被森林包圍的銀色樓塔。」

「——！」

因為她們提問，葵娜也老實回答了，但這句話讓年長的瑪雷路與長女路依奈說不出話。

她們的表情表現出驚訝，眼神中露出恐懼。

「妳、妳打算去那麼恐怖的地方幹嘛？」

「別、別去啦！別去那種莫名其妙的地方！」

顫抖的聲音透漏著她們對那個地方的畏懼。

兩人說出口的話可以聽出她們很擔心葵娜。

但是，她們畏懼的對象正是銀色樓塔的主人——葵娜。

她不明白她們畏懼的意義，頭頂上冒出大量問號。

（咦？咦？該不會是放著兩百年不管，結果被龍占據了吧？）

龍是通俗魔物中的代表性魔物，但在名為里亞德錄的VRMMO裡，沒有作為領域徘徊敵人（主動攻擊）魔物的龍。

基本上，龍系魔物是透過【召喚魔法】召喚的類別。

龍最常出現在玩家及公會擁有的迷宮等據點裡。

不養看門狗，把龍放在那邊當看門龍是普遍的龍族使用方法。

也就是說，除了擾亂他人的據點，如果想和龍對戰，就要請擁有【召喚魔法：龍】的玩家幫忙。

葵娜得到的結論是這個意思。不能排除有人占領了沒有主人的樓塔，拿來當作據點的可能性。

但是，這些擔憂被路依奈的下一句話推翻了……不好的意思。

「有個傳說，說那邊住著一個恐怖『銀環魔女』喔！」

砰！

葵娜向前傾倒，額頭重重磕在吧檯上。這次換瑪雷路等人露出不可思議的表情。

即使觀察一陣子後，葵娜仍只是微微顫抖著，沒有起身的跡象。

莉朵擔心葵娜該不會是生病了，拉拉她的長袍衣襬後，葵娜不只猛然坐起身，還從椅子上站起身。

「妳、妳還好嗎？……不是身體不舒服吧？」

「我沒事很健康完全沒有問題那麼今晚就先到這邊我先告辭了晚安！」

葵娜迅速說完想講的話後，用驚人速度跑上二樓，三人一臉呆滯地目送她離去。

「大姊姊是怎麼了……」

「是不是對『銀環魔女』這個名字有什麼心理創傷啊？」

「看上去不太像耶……唉，算了。妳們兩個，今天要休息嘍。」

瑪雷路高聲一呼後，孩子們重新開始著手整理，立刻把樣子怪異的葵娜拋到腦後了。

另一方面，回到房間的葵娜窩在床上，用毛毯蓋住自己，抖個不停。

「都經過兩百年了，沒想到『那個』還留著！也太丟臉了……」

而且還時機正巧地傳進本人耳中，只讓人覺得是某個人刻意創造出這個狀況的惡意。

「銀環魔女」這個稱號可說是葵娜的壞名聲。

得到技能大師稱號時作為副獎，可以得到一樣玩家想要的訂製道具。

附加能力當然有一定程度的限制，但是能得到相當超出規格的特殊裝備。

葵娜訂製的是會提升魔法相關數值和隨時展開魔法屏障的道具。

她將造型交給營運商設計，結果營運商送來一個浮在半空中，把使用者包圍起來的巨大銀環。乍看之下就像銀色的土星環，如果只是這樣就算了……

裝備後會自動啟動飄浮魔法，七國戰爭時，第一次看見的夥伴們說看起來跟某個射擊遊戲中的大魔王一樣。

但外觀和評價對葵娜來說完全無所謂。

葵娜本來就有種族效果加乘，也為了保持技能大師的身分，保留著許多提升數值類的技能。

再加上突破等級極限的加乘效果，葵娜的魔法攻擊數值在所有玩家中遠遠高多兩位數。

而這些數值不僅以銀環的效用更加提升，施有提升威力效果的大型魔法還會不斷飛來。

和她為敵的玩家當然嚇到發抖，結果第一次公開使用就得到了這個恥辱的稱號。

這個稱號對葵娜來說，應該說是想封印起來的黑歷史，沒想到會超越時空與世界成了傳說，並流傳至今……人言可畏這句話說得真好。

葵娜因為羞恥而抖了好一陣子，但她搖搖頭甩掉負面思考，轉換想法。

結果沒有問出樓塔的位置，因此她也看開了，決定「明天再問一次吧」。

可是，別名流傳了下來，就證明過去曾經有玩家存在。

如果除了葵娜以外，還有其他玩家活著，如果是人類及貓人族（Werecat），肯定會在這兩百年間迎來生命的終點。

但是，也有不少玩家是矮人族與精靈族，所以要找應該還是能找到。

「就算思考這個問題，沒有證據就會沒完沒了，還是別想了吧。」

不僅思緒在原地打轉，還沒有任何人可以商量，所以她決定在找到同伴前先保留。

葵娜鎖上房門後沒事可做，因此打算就寢。

雖然這個時間要睡覺還太早，但在科學文明中長大的桂菜想不到這個世界有什麼娛樂。

說到底，這個名為里亞德錄的世界本身就是娛樂啊。

問題在於打擾就寢的光線。魔法點亮的提燈無比耀眼，照亮了房間每個角落。

亮燈的持續效果應該是六小時。

平常在迷宮裡使用時，燈光熄滅時是結束探索的信號。

因為小隊成員的狀況要中斷時，都會直接把燈帶到外面去，放著不管。

想要轉暗光線睡覺的葵娜在上面覆蓋新的黑光Lv.2。一片漆黑，陷入黑暗的房間讓她感到安心，鑽進毛毯中。

「反正天亮前就會熄滅了。」

雖然覺得睡覺時不需要裝備，但她也沒有睡衣。

她只把硬梆梆的左手護臂拆掉，收進道具箱裡。

據瑪雷路所說，洗澡是件奢侈的事，所以她在自己身上施展有除汙效果的【清潔】魔法後入睡。

過了半夜，村莊都入睡的寂靜中，有兩個身影貼著房屋的後側移動。

「不是，澤那大哥，聽說對方是冒險者，不可能偷偷潛進去啦。」

「你這笨蛋，那種小姑娘哪可能多厲害，對我們來說是好獵物啊。」

這兩個人名叫澤那和萊爾，在村莊裡被稱為小混混或小偷，總被別人在背後指指點點的壞人。

他們的目標是白天拿出大把金錢的葵娜錢包。

由於她的外表看起來像新手冒險者的小女孩，被第一次見面的人小看很正常。

然而，她的內在可是過去所說的超越者。簡單來說就是小老鼠挑戰怪獸的魯莽行動，但他們本人無從察覺起，連察覺這件事的實力也沒有。

兩人把從附近穀倉偷偷借來的梯子，架在和葵娜留宿的房間窗戶相接的屋頂，靜靜爬上去。之後將薄金屬片插進百葉窗的縫隙中，鬆開內側的窗栓。

但是，小弟萊爾做完細微的作業後打開窗戶，馬上被房內的黑暗照射到，丟臉地小聲尖叫並往後仰。

他背後當然什麼都沒有，頭下腳上地摔倒在地，聽來很痛的「砰咚」聲在寂靜中響起。

後背遭到重擊後喘不過氣，所以他毫無餘力回答大哥的問題。

「你在幹嘛啊……這是什麼？」

在月光中，從房內照射出來的黑暗形成詭異的光景，向外延伸。

雖然猶豫了一會兒，但慾望戰勝了恐懼的澤那打算踏進黑暗中。

完全沒發現在下一秒，從房內湧出的魔力開始增加。

葵娜的裝備中，有許多加了一大堆附加能力與特殊效果的獨特道具。

其中一個——右臂的銀環附加了自行發動，對付活動魔物的【召喚魔法：雷精Lv.3】。

原本是為了離席狀態準備的道具，通稱為「對付色狼用」。

理由是因為營運商突發奇想，舉行了一個所有都市都會受到魔物攻擊的活動。

另外還有為了惡作劇，想在離席狀態的玩家身上塗鴉的違規行為，是就算身處於都市內也不安全的證據。

這個道具將這次的小偷認定為敵人，以即時自動召喚（術者最大等級×召喚等級×10％）330等級的威脅度，召喚出了雷精靈。

就遊戲中的威脅度來說，需要四位同等級的玩家才足以應付。

一個以潦草3D外框畫出來的獅子輪廓聚集在澤那的鼻尖，伴隨著放電現象變成實體。

雷精靈以餘波讓打算侵入房間的澤那觸電，追著放聲尖叫並摔落在地的他，輕巧地降落在屋外。

抽搐的澤那掉在總算不痛了的萊爾面前。

一頭比熊大上一圈，全身放電的獅子接著出現。兩人都嚇得鞭策發疼的身體，飛快地逃走了。

雷獅追著兩人在村子裡亂竄，一直到兩人跑出了村子才放棄追擊，回到葵娜身邊。

雷獅靈巧地用前腳關上敞開的百葉窗，在房間中央坐下。

當黑色燈光的持續時間結束時，牠內藏的魔力也耗盡，煙消雲散了。

當然，葵娜根本不知道半夜發生了這種事情，隔天早上在穿過百葉窗縫隙照射進來的陽光下，神清氣爽地醒來。

事件只有無時無刻不在主人的身體裡觀察外頭的奇奇知道，但被他分類為不需要刻意報告的事情，事實被埋葬於黑暗中。

「哇，天氣真好。」

葵娜打開百葉窗，清新的外頭空氣流入室內，初次目睹日出後大自然創造出來的風景，深受感動。

她想起小時候和家人一起登山時的情景，讓她眼眶泛淚。

看不膩地不斷眺望著美景，但她發現視野一角有個反射光線的物體。她將視線往右移動，用【鷹眼】放大物體。

「……找、找到了。」

視線右方的山脈山腳。

從這邊只能看見一半以上的部分，但聳立在那邊的銀色樓塔確實存在著。

「今天的目標就是那個吧？」

葵娜露出微笑，聽見敲門聲後離開窗戶，打開門鎖。

「打扮這麼輕鬆真的沒問題嗎？」

「別看我這樣，本事可是很不錯的喔，不用擔心。」

在旅店門前，瑪雷路擔心著打算步出村莊的葵娜，不斷和她爭論。

原因在於，她這身除了裝備，連道具袋也沒拿的裝扮。

葵娜無法說出她在異空間裡有個收納龐大數量的道具箱，相當煩惱不知道該怎麼脫離這個窘境。

援手從意外的地方伸出來了。

「那麼大姊姊，至少把這個帶去吧！」

「咦？莉朵？」

莉朵把手上的皮革水袋遞給葵娜。

被她真誠擔憂的眼神束縛，葵娜滿臉笑容地接下水袋。

「莉朵，謝謝妳，那我就感激地借走嘍。我會去找伴手禮的，好好期待吧。」

「大姊姊，路上小心。」

「唉，真是的……聽好了喔，葵娜，我會要老公鼓起幹勁煮晚餐，妳可要在那之前回來喔。」

「我明白了，瑪雷路小姐。」

母女倆目送葵娜到村莊出入口，看精神飽滿地揮手的她在街道上漸行漸遠後轉身離開。

她昨天說要去找銀色樓塔，今天卻說要去採集藥草，使瑪雷路無法理解她改變目的的理由。

但是聽女兒說葵娜似乎會用魔法，所以只要不遇到太強的魔獸，應該不會有生命危險。

就葵娜原本擁有的能力來看，這附近的魔獸才更加面臨生命危險。

……瑪雷路當然無從得知這件事。

「到這邊就沒問題了吧？」

葵娜在街道上走了一段時間，確認看不見村莊的建築物後變更路線，走進街道旁的森林中。

像受到什麼東西引導一般，踏進森林中的廣闊草原。

她在途中聽見好幾次低喃聲，要說是幻聽也很不對勁。

這大概就是高等精靈在自然狀態下，可以和花草樹木溝通的能力吧。

這也讓她很難施展一部分的技術技能。

為了慎重起見，確認旁邊都沒有人之後，她高高舉起【守護者之戒】，吟唱關鍵句。

她不想在村莊裡吟唱這段關鍵句的最大理由，是因為這是所有技能大師一起絞盡腦汁想出來的所有戒指共用的咒語。

會議如果沒有共同標準，後續發展會無法收拾——葵娜此時有了深切的體認。

【守護亂世者啊！拯救墮落的世界脫離混沌吧！】

銀色的光輝灑落在吟唱咒語的葵娜身邊。

好幾條光帶從她的腳邊往上飄，如蠶繭一般在她身邊形成銀光閃耀的圓筒狀。

剩下的光帶在圓筒上方複雜地纏繞，製作出類似曼陀羅的魔法陣。

銀粉如雪花一般飛舞，表現出冰原，彷彿在冰上表演似的閃耀。

每個守護者之戒展現的效果各有不同。

這是因為是葵娜使用而出現這種效果，依據各個守護者擁有的戒指，展開的方法也完全不同。

舉例來說，龍宮的主人似乎會被莊嚴的瀑布包圍。

「雖然每次都這樣，但是太講究效果了吧……」

頭上的曼陀羅中央開啟一個黑色空間，整個魔法陣一邊旋轉一邊朝葵娜逼近。

葵娜連同圓筒狀薄紗一起被吞噬，穿過一瞬間的黑暗後，站在一間毫無特色，被石牆包圍的房間裡。

葵娜用力嘆一口氣後放鬆警戒，朝正面的石牆舉起戒指。

轟隆隆嘰哩嘰哩——石牆發出格外刺耳的嘎吱聲往左右打開。

前方是沒有任何裝飾，光滑的石牆走廊。

「為什麼內部裝潢這麼樸素啊？有時候物品的設計太樸素了啊……」

背後敞開的門再度關上。

關上後，剩下連有房間也感覺不出來，毫無接縫的石牆。

往右走的話，有一座樓梯通往這個考驗的主要舞台。

這個樓塔總共有兩百公尺之高，但人一開始爬裡頭的樓梯，樓梯就會開始旋轉，無限增生。

樓梯在限定時間內旋轉完後會停下來，引導來訪者走上頂樓。

為了不讓來訪者使用飛行魔法飛上去，除了頂樓以外，都刻有魔法無效化的術式。刻在樓梯上的術式，是會毫不留情地將停下腳步的人轉移到樓塔外的陷阱。

這就是技能大師——葵娜管理的銀色樓塔。

只要二十四小時毫無停歇地持續走動，抵達頂樓就算通過。如果沒辦法辦到，會被丟到樓塔外，重新來過。

往左邊走是迎接來訪者的大廳。

葵娜走過去，一個藍天占據了大部分的巴洛克風格建築的露臺出現在眼前，像個沒有天花板的舞台。
事實上這裡設有一個高密度的屏障，應該有個風雨也無法通過的天花板。
唯一剩下的背後牆壁上，有用紅磚畫出來的壁畫。上面畫著一個凹凸不平的醜陋太陽。
應該被刻畫為壁畫的眼睛骨溜溜地轉來轉去，追著葵娜的動作跑。
『喔喔喔喔喔喔！主人，好久不見啊。妳丟下本大爺兩百年不管，是跑去哪裡了啊？』
「……唉～～講話怎麼變得這麼難聽啊……」
遊戲中管理據點的守護者，只會做出更制式化的應答。
應該是個「ＮＰＣ就應該這樣」的存在才對……
沒想到會一百八十度變成不知道該說是小混混，還是不良少年的語氣。葵娜傻眼得說不出話來。
「我不在時，有人通過試煉嗎？」
『沒有耶，這一陣子本大爺完全沒事做，和平到都要吐了。』
這個品行不良的傢伙明明連動也不能動，是想做什麼啊……
『對了～～這樣說來，六十年前左右，斯卡魯格那傢伙有來，說想要和主人取得聯繫，但是那時候主人根本不理會本大爺的呼喚耶，喂？』
「喔～～這個嘛～～我有點忙啦～～」
主人不在時，如果有人來訪，守護者會透過戒指聯絡據點主人。

葵娜之所以可以到處亂跑也是多虧了這個機能。

別說六十年前了，完全不知道自己在這兩百年內做了什麼事的葵娜隨便回答矇混過去。

『……喂？』

「咦，什麼？」

『本大爺說斯卡魯格那傢伙來過啦，妳有聽到嗎？』

「有聽到啦，但……那是誰？」

『啥！』

「咦？咦？咦？」

如果他有身體，應該會摀著臉仰頭望天吧。守護者傻眼地大嘆一口氣，自言自語：

『終於痴呆了啊，這個老太婆……』

「啊？你說什麼？」

無法當作沒聽見的字詞讓葵娜立刻從道具箱中拿出一根魔杖。

那把魔杖上有三頭龍複雜地交纏在一起，朝三個方向張著嘴，分別叼著紅、藍、金色的寶石，長約兩公尺。

是把名為「至玉之杖」的稀有道具。

只要一揮，就可以發出火焰系、冰雪系及雷擊系的最大級魔法，是極其惡毒的武裝。

但是，有二十四小時內只能使用一次的限制。

『喂，主人？妳拿那個魔杖要幹嘛？』
「我想重新教育一下亂講話的守護者，乾脆冰凍兩百年左右吧？」
『本大爺錯了，原諒本大爺吧，主人。』
這個道歉連誠意的「誠」字都找不到，但葵娜心想「算了」，收起魔杖。
實際上，這座樓塔都被設定為特殊人造物，所以也不清楚魔法有沒有效。
「……所以，那個斯卡魯格是誰？」
『喂喂，那傢伙也真沒福氣啊，有夠可憐。他是主人的兒子吧，別忘記他啊，喂？』
「咦……？什麼？兒子！」
看見葵娜驚聲尖叫，守護者喃喃自語著『沒救了』。
葵娜歪頭不解了好一陣子，但之後似乎想到了什麼，碎唸著「兒子、斯卡魯格，兒子、斯卡魯格」並陷入沉思。
「啊、啊啊啊啊啊啊！」
過了十分鐘之久，她似乎終於想起來了，拍手大喊出聲：
「對了，養子系統嘛！我想起來了，我想起來了。」
『……那是啥？』
營運商發表的正式名稱是招募ＮＰＣ補充人員。
而玩家們的認知是養子系統。

營運商應允了初期設計師的「想ＮＰＣ的名字好麻煩」這個難以置信的要求，是個前所未聞的案件。

這是讓玩家擁有的備用角色變成ＮＰＣ的募集活動。

在里亞德錄中，花一筆錢就可以創造兩個角色。

一般玩家會把一個角色當成倉庫，很多人會把重要但不常用的道具放到那邊去保管。

由於擁有據點後可以把這些角色當成倉庫使用，所以他們也自然而然地被淡忘，是境遇無比悲慘的角色們。

而營運商的計畫是要收購這些角色，來當作ＮＰＣ。

額外獎勵是如果角色有滿好用的技能，就能擔任高位要職。

根據他們的職業，角色領取的薪水有一半會進入提供角色的玩家手中。

因此，有許多「該怎樣才能在遊戲裡賺錢？」的新手玩家登錄。

就算登錄了，角色員額也不會因此消失，是個新手和老鳥都很安心的設計。

而條件是提供的角色需要有和提供者有關聯的設定。

在決定關聯性的設定時，果然也出現了一些詭異的設定。

從表示「老朽的妹妹有到一百零八式喔」的人，到宣示「全都是我老婆」的人。

甚至還有人聲稱「沒比這個更棒的奴隸後宮了」。

「這些設定會被用在往後的任務中吧？」的謠言在玩家中蔓延開來，但是營運商沒有拿來使用。

其實真相是因為有龐大數量的玩家以金錢為目的登錄，超出營運商可以處理的數量了。葵娜提供的備用角色共有三個，課了兩個人的錢。

那時，葵娜設定的關係就是母子。

斯卡魯格是讓他學習一大堆回復類魔法的神職類角色，應該是被教會收走的精靈男性，三兄妹的長男。

接著是長女，斯卡魯格的妹妹，名為梅梅的精靈女性。葵娜加強她的攻擊魔法，讓她在遊戲裡的魔法師協會裡工作。

么子是設定成養子的卡達茲，是矮人族，應該登錄為技能類工匠才對。

在遊戲設定中，精靈有五百年、矮人有三百年壽命才對，所以他們三個應該都還活著。

她應該有把守護者之戒的劣化複製品交給他們，所以斯卡魯格是沒有經過試煉之路，直接到這邊來的吧。

「十七歲未婚，就有超過兩百歲的小孩啊……」

『嗯啊？妳在說什麼鬼話？』

算了，這也別有一番味道，也不錯吧？稍微覺得這樣也不壞的葵娜毫不在意守護者想說些什麼的視線，走到舞台邊。

將戒指插進地板上的凹槽後旋轉九十度，喀嚓一聲，一座可以容納一個大人的石棺升了上來。

這是每個據點都一定會有的大容量倉庫，葵娜打開蓋子，確認裡面的物品。

實際望進裡頭就知道，裡面只有一個看起來空無一物的漆黑空間。

葵娜在視線右側打開道具視窗，左側顯示出許多倉庫內的物品。

葵娜對這部分和遊戲裡相同一事感到無比疑惑，只是理論方面的推測不是她的專長。

這種東西是損友的專長，所以葵娜只想著哪天要是遇到他，把問題全丟給他就好了。

在她謹慎地確認要帶走哪些，要留下哪些東西時，守護者對她搭話。

葵娜心想著「如果有這種朋友，那也滿開心的」並回答。

『噯，主人，妳該不會只是來拿道具而已吧？』

「嗯～～植物類的材料果然很少……嗯，主要目的是這個喔。然後，你知道最近的情勢嗎？」

『嗯，斯卡魯格說了很多，什麼七國統一成了三國之類的。』

「咦？為什麼會有這麼多搞笑武器啊？是誰寄放的嗎？玩家們怎樣了呢？」

『本大爺怎麼可能知道啊！主人的夥伴有一半都是人類，早就已經躺在墳墓裡了吧？』

「嗯，我想也是……」

葵娜整理了道具一陣子，等到全都做完時已經日正當中了。

她整理完道具後蓋上石棺的棺蓋，推進地板裡。

順便走近壁畫守護者，伸手貼著牆壁，將大約九成的ＭＰ讓渡給守護者。

管理世界和與其相關的任務是營運商的工作，但守護者本身的維護是由擁有樓塔的技能大師負責。

因為受到各種恩惠，擁有里亞德錄史上最大ＭＰ值的葵娜總是讓守護者的魔力槽處於全滿的狀態。

所以就在放著不管，過了兩百年後還能運作吧。

但是，剛才確認時已經將近枯竭了。

雖然葵娜想要加到全滿，但就算她有隨時回復ＭＰ狀態的【常時技能（被動技能）：恢復ＭＰ】，要加到全滿就得在這邊過夜。

因為她和瑪雷路等人約好了，今天一定要回村莊。

就在她思考該怎麼辦時，守護者又對她說：

『嗳，主人，本大爺有件事想拜託妳。』

「嗯？你很難得會說這種話耶，什麼事？」

『其他守護者的樓塔似乎都停止運作了，如果妳有時間，可以去看看嗎？』

「……啊，那些也都被丟著不管了啊。好，我有時間的話會去找找看。」

守護者之塔之間也有通訊方法，但是其中一個守護者停止運作後，這個機能就毫無用武之地了。

因為戒指可以用在所有守護者之塔上，所以她起碼可以避過陷阱才對。

得潛進海裡才行嗎……

這樣的話，她得定期去巡視十三座樓塔才行。

即使葵娜將這件事當成目前的目標，但她其實也不清楚所有樓塔的位置。

由於連世界地圖也不可靠，所以如果要執行計畫，就必須到人多的地方蒐集情報。

可以預料到這件事會非常困難。樓塔位在有人看到的地方的話是還好，但埋在地底下的樓塔根本無從找起。

基於相同的理由，海裡的樓塔不是找不到，但可以說是相當困難。因為里亞德錄大陸的北、西、南邊面海。

好像需要毫無止盡地在海上漂流，直到守護者之戒出現反應為止。

不管怎樣，應該都需要非常多時間。

總之，葵娜從露臺指著西南方對守護者說：

「我暫時會待在那個方向的村莊裡，有什麼事情就叫我。」

『收到啦，剛才那件事就拜託妳了，主人。』

葵娜站在舞台中央對守護者送出信號後，腳邊浮現銀白色的五芒星，發出眩目光芒。

再次確認周遭時，她已經身處於要仰望銀色樓塔的森林外頭了。

葵娜抬頭看著樓塔一段時間後轉過身，往剛才指的方向前進。

「嗯～～糟糕了……應該留下一個當成移轉目標的東西才對。」

根據出門前施展的【測量距離】魔法所示，這裡和村莊的直線距離至少有四十公里遠。

要是徒步，就得稍微繞遠路從山腳走過去，所以應該會比測量結果還遠一點。

就算正常地走也不確定能不能趕上旅店的晚餐時間，令人有點不安。

「呼……喝、哈……呼……」

百般思考後，葵娜最後還是選擇用走的。

這正是特化魔法的全方位高等精靈展現能力的時候，但沒有人看到很悲傷。

啟動主動技能的【提升行走速度】（持續時間一分鐘），再從魔法技能中選擇【提升敏捷（AGI）】和【提升移動速度（Move up）】。

之後就是沿途不斷重複施展，一逕快走了。

因為是在森林裡移動，有樹木的協助，比在平地還要容易移動。

但也因為她不習慣跑步，抵達村莊附近時，天空已經染上橘紅色了。

先不論走路，要至今為止都躺在床上的葵娜回想起跑步的感覺，稍微花了一點時間。

她在空無一物的地方跌倒了好幾次，也好幾次都被自己的腳絆到。

還因為凝視著腳邊，沒注意前方狀況而差點撞上樹枝及樹幹，之所以沒真的撞上，是因為樹木們提醒了她。

相當了解葵娜的公會同伴們要是看到她這樣，肯定會說：「妳是蠢蛋嗎？」

雖然也有使用飛行魔法的選項，但因為她把ＭＰ給了守護者，葵娜的ＭＰ現在只不到平常的一成，就算飛起來也撐不到五分鐘。

不管怎麼樣，只要走到街道上，幾分鐘就可以抵達村莊。

在此沒有考慮到的，是現在以葵娜的身分行動的這副肉體的運動能力。

能力值上應該沒有問題，但是以所有種族中最弱的能力，就算是在森林裡，全力奔跑還是相當吃力。

葵娜在途中休息了好幾次，一邊恢復體力一邊跑過來。

葵娜喝下和莉朵借來的水袋中的水潤喉，調整呼吸後做了個深呼吸。

伸個懶腰，重新振作起精神想著「好，那回去吧～～」時，「吼啊啊啊啊啊啊啊啊啊啊！」——野獸的吼叫聲響遍了周遭。

「啊？咦？在哪裡？」

『葵娜，在街道那邊。』

奇奇用平板的聲音警告以為自己遇襲，用奇妙的姿勢備戰的葵娜。

葵娜回過神後對自己的姿勢感到害羞，但是擔心或許有人遇襲，慌慌張張地開始奔跑。

穿過樹林後，出現在葵娜眼前的光景是癱倒在街道上的獵人——是昨天對瑪雷路說了多餘的話，遭受托盤攻擊的村民。

一隻熊正舉高著兩隻前腳，打算攻擊他。

雖然說是熊，身高大約四公尺，彎曲的角從耳後延伸到嘴邊。

這是在遊戲時代，對新手來說會打得很辛苦，但被中級者視為雜怪，名為彎角熊的魔獸，通稱無趣熊。

彎角熊一看見從旁邊竄出來的葵娜，立刻僵住。

這是受到把意識切換到戰鬥態勢的葵娜擁有的主動技能影響。

因為本人無意識啟動的【威嚇】（大幅降低敵人的迴避能力）、【銳利眼神】（讓敵人的行動變慢）及【強者的微笑】（22%的機率讓敵人的防禦無效化），可憐的彎角熊根本無處可逃。

但跑過來的葵娜也不打算用武器應戰，只想著「得救村民脫離危機」。

葵娜助跑後跳起來想嚇跑牠，以漂亮的姿勢朝呆站在原地的彎角熊的肚子使出飛踢。

「嘿呀——！」

「吼啊！」

踢中的瞬間，【戰術技能（武器技能）：衝撞】自動啟動。

就算是以肌力最低值為傲的種族，在等級的支撐下，威力仍然凶惡。

彎角熊的巨大身體凹成く字型，輕而易舉地與地面平行被踢飛出去。

被踢飛的彎角熊旋轉地飛進街道旁的森林裡。

樹木「啪嘰啪嘰」倒下的聲音響徹周遭，熊消失在昏暗的森林深處。

不只是獵人，連踢飛熊的葵娜也流下冷汗，僵在原地。寂靜充斥周遭好一陣子。

先回過神的葵娜跑到獵人身邊。

「還好嗎！有沒有受傷？」

「啊……嗯，小姑娘……妳真厲害啊……？」

「啊，嗯，這個嘛……是啊！只要我出馬，不管是十隻熊還是二十隻熊都打不過我啦！哈哈哈～～」

真的不是葵娜的對手，所以不算誇張。

大概是抬頭挺胸，自暴自棄地大笑的葵娜讓他冷靜下來了，獵人大叔站起身道謝。

「小姑娘，謝謝妳，我差點就要沒命了。我很希望能送妳什麼當謝禮，但是很不湊巧，我身上沒有東西。」

「不用送謝禮啦，看到別人有難，出手幫忙是理所當然吧？」

「啊、嗯，那麼，這個嘛……」

「我的名字叫葵娜，如果你要謝我，就別再叫我小姑娘，叫我葵娜吧。」

「喔，這樣啊，說的也是。我的名字叫洛德魯，再次鄭重地向妳道歉，葵娜。」

「嗯，你沒事就好。」

放心的葵娜「呼～～」地鬆了一口氣後，窺探著熊消失的森林暗處。

飛踢踢中的瞬間，她確定敵人的生命值從黃色變紅色，接著變成零，也就是當場死亡。

「那頭熊要怎麼辦呢？」

她記得官方網站上的說明文上有寫著「肉很好吃」才對。

葵娜心想拿回村莊應該可以變成美味的料理，因此走進森林裡，同時也想著角和毛皮加工的話，會是不錯的武器、護具材料。

洛德魯慌慌張張地追上去。

「等等，要是牠還活著該怎麼辦？在森林裡和熊對戰簡直就是赴死啊。」

「別擔心，已經死了啦，請等我一下。」

葵娜在銀幣上施加亮燈魔法，走到森林深處。

直線撞倒好幾棵樹木的彎角熊口吐血沫，死了。

葵娜試著抓住牠的角舉起來，發現出乎意料地輕，因此直接拖回街道上。

看見纖瘦的葵娜輕鬆地拖著體型有自己三倍大的彎角熊，洛德魯嚇破了膽。

兩人回到村莊時，太陽早已經下山了，擔心的莉朵巴在回來的葵娜身上哭，看見彎角熊後又驚聲尖叫，但這個超大的獵物讓村民們無比興奮。

村長高聲一呼：「把這當成森林的恩惠，今晚來舉行宴會吧。」歡聲雷動的村民們開始動起來。

不管已婚、未婚，村裡的女性全聚集起來肢解彎角熊。

男人們從旅店裡搬出桌椅，在村莊的中央廣場升起巨大的篝火。

葵娜還以為旅店的數量是與人數相對應，但在這種時候也很方便呢，讓她茅塞頓開。為數不多的孩子們在篝火旁擺上以防萬一的防火用水桶，沒事可做的葵娜也去幫忙他們。

途中，洛德魯跑過來問葵娜彎角熊的素材要怎麼辦。

「咦？我不需要，所以請村民們拿去用吧。」

「不不不，殺了那隻熊的人是葵娜吧？有毛皮、角、牙齒和爪子喔。」

據說毛皮能做成防寒衣物或毯子，牙齒可以當成釘子，爪子則能直接拿來當小刀用。

葵娜思考了一會兒後，決定只拿角。

她只是單純想做個新手用的長槍，而剩下的素材似乎會分給村裡的人。

他們說葵娜是主角，所以什麼事也不讓她做，在她在旁看著時，大家已經準備好了。

一杯裝滿水果酒的木製酒杯交到葵娜手上。

「來，葵娜。」

「呃～～什麼？」

葵娜不明就裡地環顧村民們，大概是她的動作太好笑了，村民們都面露笑容。

看不過去的瑪雷路開口解釋：

「妳是主角，所以起個頭吧。」

原來如此，葵娜理解到村民們是要她帶頭喊乾杯之類的。

實際上她沒有帶頭喊口號過，只有從電視或小說得到的知識。

稍微思考後，她說聲「敬邂逅！」後高高舉起酒杯，村民們笑著附和她，小小的宴會就此開始。

以串燒彎角熊肉為主，女人們做的料理擺上桌。

葵娜還以為會有人不斷地繼續做菜，但看來在一定程度的料理擺上桌就不再做菜了。

之後做完菜的女性們也和大家一起喝酒、吃東西、唱歌、跳舞。

似乎是一開始準備好的料理和酒都沒了後就會散會。

葵娜也一點一點地喝著一開始拿到的水果酒。

由於她有抵抗所有異常狀態的耐受性，像葵娜這樣的玩家幾乎不會醉。

然而，她發現在此不醉相當沒禮貌，所以暫時把耐受性關掉了。

多虧於此，葵娜明明只喝了一點水果酒，就感覺飄飄然得腳步不穩。

酒量竟然那麼差，以設定為精靈王族的高等精靈來說沒問題嗎？沒有任何人提醒這樣的葵娜，也沒人吐槽她。

隨著料理越變越少，村民的注意力也開始轉到葵娜身上。

獵人洛德魯當然講述了葵娜的英勇事蹟，聽見他說話的葵娜滿臉通紅地縮成一團。

村民更開始誇讚葵娜時，她為了掩飾害羞，舉起酒杯一飲而盡。

葵娜到目前為止因為喝了一點酒而飄飄然的意識，如怒濤一般被酒沖走。

看見葵娜輕輕一笑後往後倒，村人們目瞪口呆。

「葵娜真是的，原來她的酒量很差。」

「應該不是在勉強自己吧？」

「她看起來已經成年了……還是還沒？」

因為主角喝醉了，宴會也理所當然地結束。

村民們帶著溫暖的心情開始整理善後。

而無法迎接宴會結束就睡著的葵娜被瑪雷路揹回房間去了。

第二章

狩獵、水井、傷者和孩子的媽

隔天早上，葵娜因為證明宿醉的頭痛醒來，之後發誓再也不喝酒了。

「啊〜〜……」

因為醉酒而身敗名裂就是這麼一回事嗎？葵娜帶著像在說這句話的厭煩表情到井邊去洗臉。

莉朵正在井邊吆喝著「嘿咻嘿咻」拉水瓶汲水。當她把汲上來的水倒進小水桶，準備抬起水桶時發現了葵娜。

莉朵看了看水桶又看向葵娜，之後想遞出水桶讓客人先使用，但葵娜拒絕了。

「沒關係〜〜那是莉朵的工作吧？我會自己來。」

「咦，但是……」

「先別說這個，妳把那個戴上了啊，喜歡嗎？」

「嗯！」

那個是指星形髮飾。

用銀絲編織而成，閃閃發亮，也會因為光線強弱而變成藍色或綠色。

那是葵娜昨天從倉庫裡拿出來的裝飾品之一，有一點的防禦力和中毒無效的效果。葵娜覺得很適合莉朵，所以當成伴手禮送給她了。

那是她用離線模式的【技術技能：裝飾品】製作的第一個道具。
葵娜把這個飾品當成第一個紀念品收在倉庫裡，之後忘了有這個東西，昨天才發現。
對鄉下女孩來說，非常難得能拿到這種東西，所以莉朵昨天開心得手舞足蹈，也讓葵娜莞爾。
莉朵滿臉笑容地點點頭，因此葵娜摸摸她的頭後往井邊走去，輕鬆地拉繩子汲水。
葵娜看著有點冰冷又清澈的水，低喃著「還是熱水好」，把手覆在水瓶上方。
【魔法技能：附加溫水：Start】
看不見的光芒從覆蓋著的掌心注入，瓶中的水立刻變得溫熱。
莉朵看到飄出熱氣的瓶口後睜大眼睛，毫不吝嗇地為拿毛巾泡進熱水中的葵娜鼓掌。
來抱怨女兒手腳太慢的瑪雷路看見飄盪在兩人之間的熱氣，不解地歪頭。
「喔～～還有這種魔法啊？」
「不好意思，我打擾到莉朵工作了……」
葵娜吃完早餐後，怕莉朵被罵而向瑪雷路道歉，而瑪雷路傻眼地回應。
經過一晚後，葵娜搖身一變，成為了村莊的偶像。
村民們碰到她會親切地打招呼，或是分給她派。
因為這個村莊裡的年輕女性很少，她的立場變成了年長者們疼愛的孫女。
早已不打算說出角色實際年齡的葵娜坦率地接受了這個立場。

她在醫院裡會陪爺爺奶奶聊天，因此早已習慣了，並不會感到不舒服。

「哦～～真是方便呢，我們也能用那個魔法嗎？」

「【溫水】魔法嗎？這個嘛，我記得需要先學會火魔法的伊耳和伊耳拉，還有水魔法的沃特，所以……」

「知道了，知道啦！都這個年紀了，也沒時間花在學魔法上啊。」

葵娜折手指舉出幾個魔法後，瑪雷路揮揮手拒絕了她。

說起來，就算葵娜把製作卷軸讓給他們，也不確定村民能不能學會技能。

葵娜開始沉思，而瑪雷路苦笑地看著她，拍拍她的肩膀後離開。同時，洛德魯單手拿著什麼東西從敞開的門走進來。

「早啊，葵娜，我把昨天妳要的熊角拿來了喔。」

「咦，可以嗎？這是村莊重要的收入來源吧？」

「可以可以，再怎麼說，殺了熊的人都是妳啊，妳擁有熊的所有權呢。」

這個村莊位於費爾斯凱洛王國地圖的邊境，在里亞德錄大地上位在外側的商業幹道，沒有可以拿來說嘴的東西。

因此，他們似乎會把穀物或獵物賣給幾個月定期前來一次的商隊，補充日常生活用品。

「嗯～～那我再去獵一頭來吧？」

「不不不，妳又不是村民，不需要做這種事吧！」

「但是，村民們都非常照顧我，我至少想給點謝禮。」
洛德魯拿給她的是用繩子綁在一起的一對熊角。見葵娜看著熊角如此提議，瑪雷路把手輕放在她頭上。
「妳不需要這麼費心，因為妳是客人，大家也不是想要回報才對妳好的。」
「沒錯沒錯，妳昨天不是也說了嗎？『看到別人有難，出手幫忙是理所當然的吧？』」
「……可是，只接受大家的好意也很不好意思……」
她之所以想為誰做些什麼，是桂菜遭逢事故住院後，自己什麼都做不到的任性。
叔叔、堂姊、護士及醫生，同為住院病患的孩子們與年長者們，只要有空就會在遊戲的空檔時間來找她，讓她得以不詛咒失去雙親的傷痛與自己的境遇。
但她已經連報恩都做不到了。
「算了，妳只要照著自己的想法去做就好，因為我們對這個村莊也沒什麼不滿。」
「沒錯沒錯，真不愧是睿智的年長者，真會說……啪噗！」
「你給我快去工作！別在這邊偷懶！」
瑪雷路拿起托盤大吼，把洛德魯趕出去，轉頭立刻露出笑容拍拍葵娜的背，要她「別在意」後走進店裡。
葵娜看看瑪雷路的背影，又看向不情不願地去打獵的洛德魯背影，默默跟在他身後。
洛德魯是在村莊外把落葉往身上放時才發現葵娜。

「洛德魯先生，你這是在做什麼？」

「葵、葵娜？妳不要突然和我說話啦，嚇死我了！」

「啊哈哈，真是不好意思。」

洛德魯鬆了一口氣後，又開始拿落葉擦拭身體。葵娜很感興趣地看著他。

據說這是先人留下來的智慧，可以遮掩人類的味道到極限。

若是因為這樣，葵娜則使用了【除臭】魔法消除自己的味道。

她試著聞了一下，感覺不出來和之前的味道有什麼差別，只歪著頭。

之後跟在洛德魯後面走進森林。

他的獵人工作，頂多是每隔兩三天去設陷阱，抓小型鳥類或小動物。

他也相當習慣在森林中行走，當葵娜想踏進眼尖發現的野獸行經道路時，他出聲阻止。

「咦？但這是野獸走過的路吧？」

「那是肉食性野獸走過的路。我們要是走進裡頭，牠們可能循著我們的味道來到村子裡，我們要走的是比較小的這條。」

他指著的路無法判斷有沒有道路，雜草叢生的綠地一帶。

高等精靈族的超感官知覺告訴葵娜那裡有條路。她半信半疑地跟著洛德魯走進去，那裡確實有條勉強可以走的路。

雖然種族的感知力不會說謊，但她沒辦法自然地適應至今「不曾有過」的第六感之類的東西。

即使如此，既然這裡不是遊戲，而是現實，那她也需要習慣。雖然只能一步一步來，但葵娜還只是個不成熟的高等精靈。

就世人一般的角度來看，被歸納在不知人間疾苦的葵娜在人類眼裡，應該也有「不像精靈」的部分。

只要跟著洛德魯走，這點立刻就暴露出來了。

從她不知道該怎麼在森林裡行走這點。

葵娜走出樹木稍微稀疏的地方，要踏上掉滿落葉的寬敞場所時，洛德魯立刻警告她：

「葵娜，這邊不知道會有什麼藏在裡面，還是繞路走比較好喔。」

「啊，是這樣嗎？我明白了。」

她想著既然要捕捉獵物，目標應該越多越好吧，於是朝鳥群大合唱的方向走去。

這次洛德魯又警告她說要是被那一大群鳥襲擊，馬上就會輸了，她只好不甘願地離開。

以前玩遊戲時不需要在意這種事，在森林裡只管直線前進。碰到敵人時逃也不逃，直接殲滅是她平常的工作。

但現在跟在洛德魯身邊，當然得配合他的工作方法。

葵娜也有勉強他讓自己跟在旁邊的愧疚感，因此想在發生意外時幫忙處理當作報恩。

結果，洛德魯從幾天前設置的陷阱回收了幾隻鳥，重新設置陷阱就結束了森林探索。

「葵娜真的是精靈嗎？」

「啊哈哈，因為我負責戰鬥，不常狩獵啦。」

葵娜用以前看過的小說或漫畫的設定，矇混過他懷疑的視線。

不過，讓她發揮戰鬥力的機會立刻降臨了。他們踏上歸途時恰巧遇到了彎角熊。

這樣一來，用落葉的氣味矇混過去的招數當然派不上用場。

彎角熊高舉起前腳打算給洛德魯一擊，而葵娜馬上施放風魔法，以風壓將牠吹飛十幾公尺遠。

彎角熊滾到幹道上。牠甩甩頭後站起身，確認周遭狀況時已經太遲了。

因為葵娜已經在稍微助跑與風魔法的輔助下，使出漂亮的飛踢了。

【戰術技能：衝撞】的威力也獲得加乘，遷怒加上氣勢的飛踢炸裂。

伴隨著「超級！危險死亡特洛伊飛踢！（Super!Dangerous death troy kick!）」這道莫名其妙的吆喝聲。

當然，這是葵娜趁勢喊出來的罷了，她之後才想起洛德魯在一旁而滿臉通紅，確定是她的黑歷史了。

葵娜想遮掩紅透了的耳朵，拖著打倒的彎角熊，和洛德魯快步走回村莊。

村民們無比歡迎第二頭珍貴食材兼素材。

因為商隊最近會過來，所以支解後決定好好保留起來，拿來交換物品。

葵娜也沒什麼需要，因此將整頭熊都交給了村莊，但村民說：「至少務必收下這個！」

所以她又只收下了熊角。

葵娜也因為村民的好意而煩惱了一段時間，決定一對要加工成雙叉長槍，另一對則當作召喚使魔時使用的觸媒。

這樣可以召喚出來的使魔等級大概二十級，弱到葵娜用指尖就能打倒。

她不太清楚這個世界的人們的等級，只是以備之後有不時之需。

隔天，閒到無聊極了。

葵娜稍微思考後在村莊裡四處閒逛，看看自己能做什麼。

她將彎角熊的角拿在手上把玩，繞行村莊一圈。

除了一排住宅之外只有農田，所以她只能看著坐在路邊岩石上休息，或正在田裡工作的農民。

這個村莊不是觀光地，除了悠閒的風光，什麼都沒有到讓人吃驚。

要說她在來到這裡前做了什麼，就是若無其事地在村莊裡到處閒晃，撿撿雞蛋而已。

而葵娜的視線一角正顯示著地圖視窗。

上面顯示著昨天和前天，葵娜從銀色樓塔走到這個村莊的路線及其周邊，是張如衛星照片一般，從空中往下看的村莊周邊地圖。

「奇奇？」

『我製作出和邊境相同的地圖了，再來就增加行動範圍，製作更詳細的地圖吧。』

「唉，也只有這個方法了～話說回來，這個村莊跟什麼東西很像耶。」

在村莊中央聚集的住宅，外側被農田占據著。似乎在哪裡看過類似景色的葵娜陷入沉思，不久後從記憶深處找出答案來。

「啊，就是離線模式的出發地點嘛！」

VRMMORPG里亞德錄有連線、離線兩種模式，兩者的出發地點各不相同。

連線模式的出發地點是所屬國家的王都，離線模式則是隨意配置的邊境村莊。

接下村民們的委託，最後將村莊發展成要塞是玩家的使命。

在故事進程中可以得到十五個魔法與三十個技能，是玩家的任務跳板。

里亞德錄的技能除了基本的七種魔法，不解任務就沒辦法得到任何技能。

只有解完四千個加附加任務的玩家，能得到技能大師的稱號。

但是，也有只要其中一個技能是透過製作卷軸得到的，就會失去資格這項不為人知的缺點。

從這點來看，要說技能大師的存在是營運商設下的陷阱也不為過。

當然，技能一旦學會了就無法捨棄，就算想解相關任務，也會因為已經擁有了技能而無法觸發。

包含葵娜在內，從封測就開始玩里亞德錄的部分遊戲廢人很清楚這一點，但在上軌道後才進入這個世界的人，會因為不知道這點而喪失資格。

順帶一提，只要有人在網路上揭露這個事實，會立刻被營運商刪除，所以除了一開始的註冊者之外很少有人知道。

老玩家們常常感嘆，真希望營運商把這份勞力用在其他地方。

那麼，也讓這個村莊像離線模式的村莊一樣發展起來就好了吧？

葵娜的腦海裡浮現這個想法。

「但是如果又因為這樣而造成困擾呢……」

看到葵娜一邊沉思一邊喃喃自語，在田裡工作的人出聲大喊：

「嗨，葵娜，妳來田裡有什麼事嗎？」

「……咦？喔，呃，我在想，我能不能為這個村莊做些什麼。」

在田裡工作的村民們聽到這句話後互視而笑。

「咦？咦咦？為什麼會是這種反應？」

「沒有沒有，但妳與其說是這個村子裡的人，應該是旅店的客人吧。」

「沒錯沒錯，村裡的事情是住在村子裡的我們的工作啦～」

「妳沒有必要在意那種事情啦～」

大家「哇哈哈哈」爽朗地笑著，紛紛說出這些話，讓葵娜怎麼樣也說不出口。

葵娜稍微致意後先離開，雙手抱胸並抬頭仰望，逐一確認腦中出現的每一個技能。

還真是一應俱全，種類繁多。
有在該任務中使用過後完全不會用的技能，剛才使用的【魔法：溫水】就是屬於此類。
只是為了取得接下來的高等技能而習得，但從來沒用過的技能也很多。
也有雖然擁有技能，但馬上就有問題而沒辦法使用的技能，【技術技能：建築：城堡】就是很好的例子。
頻繁使用到最後的技能不到所有技能的一半。
雖然說是技術技能，但也不是指專門用來製作的技能就有兩千五百個。
這之中包含了戰術技能、主動技能、常時技能，另外還有獨特技能。
因為數量太多了，葵娜也沒辦法全部記住，只能根據不同狀況，從技能列表中選擇。
她在村莊外圍轉了一圈，從村莊入口走過以前是馬車待機地點的原野，走到旅店後門。
葵娜在那邊又看到莉朵正在汲水。因為瑪雷路嚴正警告過她別搶走女兒的工作，所以她只能在一旁看。
看見莉朵小小的身體拚命地拉著水瓶繩子，讓葵娜一直很擔心。
當葵娜想著「與其給她【增強肌力(STR)】的手環，需要先從水井的構造改變起吧～～」時，腦中閃過一個好點子。
在將村莊發展成要塞的過程中，有個階段是要使用技能在要塞內的各處製作設備。
她想到：在那其中，把設置在廚房水井的汲水機裝在這邊如何？那個形狀像是個木製的履帶。

單純的手壓泵浦應該很合適，但葵娜身上金屬類的材料不夠，所以自動否決。

汲水機的形狀是以手動旋轉的把手為動力，利用齒輪轉動的履帶。

裝置上面有好幾個木頭水杯，汲水後會流進導水管。

製作需要少量的金屬與大量的木材，這個只要在現有的水井上組裝平台放上去就好，安裝也很輕鬆。

「好！與其煩惱，不如先行動，去取得瑪雷路的允許吧。」

葵娜突然跑進旅店，逼近瑪雷路說：「我想要改造水井～～！」讓瑪雷路一頭霧水。

詢問理由後，葵娜說想做個不只是莉朵，任何人都能簡單汲水的裝置，但聽了葵娜比手畫腳的說明，瑪雷路也完全無法理解。

瑪雷路一開始雖然很困惑，但是看見葵娜和早上不同，活力十足又開心的樣子就忍不住答應她了。

「得到瑪雷路同意了～～！太棒了～～！」

「啊，葵娜，等等！妳不是來吃午餐的嗎？」

葵娜如魚得水般蹦蹦跳跳地準備跑出去時，聽見瑪雷路喊她而回過神來。

住宿只有附早、晚餐，午餐需要另外付費。

葵娜覺得太麻煩，所以把一開始拿出來的二十枚銀幣給瑪雷路說：「當我要離開村莊時，再把餘額還給我就好。」瑪雷路則回答：「那妳連午餐都在這裡吃吧。」

因為被看見了奇怪的糗態，葵娜紅著一張臉吃完午餐。接下來在水井旁打轉，盯著自己的道具視窗看。

她煩惱的理由是手上的材料不夠，不足以製作她想做的那個東西。

需要材料的大半是木材，在農村裡，木材應該等同於柴火，這樣一來，就得靠自己想想辦法才行。

「嗯～～只能去砍樹了嗎？」

從昨天森林的感覺來看，就算和樹木說一聲也不知道能不能砍倒——她對此有無限的疑問。

思考至此，她突然想到了。

「啊，對啊！就算不砍樹，也有已經折斷的嘛。」

葵娜回想起超越她想像，氣勢十足地飛出去的熊創造出來的悲慘景色。

事不宜遲，她決定去昨天的現場看看。

來到昨天的現場，斷裂的樹木如倒下的骨牌一般相互交疊。

最前面的一棵樹不見了，似乎是村人拿走了。應該只要一整棵樹就夠了，但或許會有其他用途。

之後不知道還會不會有這種機會，所以她決定把倒下的樹全部加工。

【技術技能：木材加工Lv.3：start】

葵娜的身邊捲起強風，將倒下的三棵樹樹枝一起全部削除。

接著樹皮被剝下，切成圓塊的木材「咚咚咚！」地在她面前堆疊起來。強風作用下，樹葉摩擦聲在森林中嘈雜，風停下後才回歸寧靜。

葵娜瞠目結舌地看著超乎想像的工程。

她垂下雙肩，嘆了一口氣。

「呃，必要事項上面確實有寫需要風魔法，但真的看到後，竟然這麼誇張……」

高等精靈族因為種族的弱點，沒辦法自行採集植物類材料。

她都在商店買或拜託公會夥伴幫忙，所以第一次看見的加工方法讓她看傻了眼。

技術技能有前提條件，加工時需要用到地、水、火、風、冰、光的初期魔法。

加工木材時就像剛才一樣，需要用風魔法製作材料，但遊戲畫面上不會顯示出這樣的加工過程。

頂多是對應魔法的效果被設為預設產生，若是剛才的工程，只會出現小型龍捲風轉來轉去。

一個完成的圓塊狀木材大小大概就像卡車的車輪。

她把這一打綁成一組，把總共十四組的材料收進道具箱裡。一台十噸卡車量的木材消失得無影無蹤。

「……別思考，一思考就沒戲唱了，嗯。」

輕輕鬆鬆超越物理法則的事情（雖然是自己幹的好事）讓她按著額頭，抑制頭痛。

她從道具箱中拿出搞笑武器。

那是包含著【恐懼】（可以暫時讓敵人的行動停止）與【威嚇】（大幅降低敵人的迴避能力值）的慘劇之夜（Jason Blade），乍看之下是把單純的柴刀。

葵娜將加工削下的樹枝上的細小枝葉削掉，用繩子綁起來後也丟進道具箱裡。

「把這個拿給瑪雷路吧。」

現在也不需要露宿荒野了，所以不需要帶著柴火到處走。

由於待會兒需要組裝大型裝置，葵娜打開技能視窗確認各種材料。

為了先將各種零件製作到一定程度，再拿到現場組裝，她決定先在這邊加工每個零件。

接著再次吹起強風，樹墩飛上半空中。

葵娜低喃著：「別在意，別在意。」流下大量汗水專心工作。

在那一小時後，幾個有空的村民聚集在旅店後側的水井旁。

以旅店的居民為中心圍成圓圈，好奇地看著葵娜在水井上設置奇妙的木頭工藝品。

葵娜先放上掛在水井上的基座，以兩個像車輪一樣連結起來的齒輪為軸。

接著把等距離裝上木頭水杯的履帶連結上去，寬約四十公分。

最後把帶有手動把手的傳動裝置與軸心連結，把導水管裝在轉回來的水杯倒水的地方就完成了。

葵娜自己先轉動把手，確認可以正常運作後把位置讓給莉朵。沒任何說明就把位置讓出來，讓莉朵有點不知所措。

「咦？呃，我該怎麼做才好？」

「只要把這個把手往右轉就好了喔，用力轉看看。」

莉朵依照葵娜所說往右轉動把手，雖然她一開始稍微用了點力，但轉速格外地快。履帶部分發出「喀拉喀拉」的聲響轉動，汲取上來的水通過導水管流到水桶中。看著看著，水越來越多，滿出水桶了。

在旁邊圍觀的村民也歡聲雷動，爭先恐後地湊上來，每個人輪流轉動把手，相當開心。

「喔喔！不用花多少力氣就可以汲這麼多水啊。」

「原來如此，這真是方便！葵娜，妳好厲害！竟然會做這種東西。」

「這樣一來，我家婆婆也能輕鬆汲水了呢！」

瑪雷路和丈夫格特也佩服地頻頻點頭，葵娜看到村民們的反應很棒而擺出勝利姿勢，而村長走到她身邊。

「葵娜，不好意思，妳可以在村莊中央的水井也做個相同的東西嗎？」

「嗯，沒問題喔，馬上就能做好。」

這個村莊裡有三口水井，旅店後方的水井似乎是分配給南邊的家庭使用。

中央的水井是分配給北邊的家庭使用，而最後一口水井位於村莊外側的柵欄附近，聽說很久以前就壞掉，不能用了。

雖然只要重挖就好了，但水的氣味可能會吸引魔獸前來，所以村民決定直接封鎖起來。

「剩下最後一個步驟～～」

葵娜請村民們離遠一點，在腦中選擇兩個技能。

葵娜的腳邊瞬間出現高達三公尺的烈焰，在她頭上濺出火花。

顯示出提升效果的紅光如迷霧一般在她身邊灑落。這畫面不免讓村民們感到畏縮，但神祕的光景讓他們立刻安靜下來。

【魔法技能：火焰系自我附加：增幅：start】

【魔法技能：附加保存Lv.9：無盡之夜（Endless night）：start】

接著，從她覆在上方的掌心釋放出金黃色的粒子，耀眼地包裹住汲水機。

染上金色光芒，閃耀了一段時間後，在葵娜深呼吸恢復姿勢的同時消失。

最先吟唱的是可以讓下個魔法效果提升一點三倍的【增幅】魔法。

第二個吟唱的是在物品上鍍上不會生鏽、不會腐朽也不會壞的魔法，維持效果的天數為術者的等級×魔法等級。

也就是一萬兩千八百七十天——大約三十五年的時間，這個汲水機都會保持全新狀態。

之後，在日落前，葵娜也在中央的水井設置汲水機，村民們以歡呼聲迎接這件事。

接著，又舉辦了名為「讚揚葵娜偉大功績之會」的宴會。

村民們和前一天一樣對葵娜勸酒，但在她嚴正拒絕後，現場陷入一片寂靜，村民們的視線刺在葵娜身上。

結果不用說，葵娜只能一把眼淚一把鼻涕地喝下酒了……

隔天早上，她又發誓再也不喝酒了，但瑪雷路的一句「別擔心～～酒這東西只要常喝就會習慣啦」讓她全身發抖。

第二章

旅行、常識、王都和捉迷藏

「…………………」
森林中流竄著寂靜緊張的氣氛。
應該是目標的物體潛伏在落葉中，一動也不動。
另一邊是左手裝備著與身高同高的巨大弓箭的獵人。
精準地瞄準躲在落葉中無法目視確認的目標，以毫米為單位，一點一點地拖動腳步。
從某處傳來「咻……咻……」的呼吸聲。
移動到附近的瞬間，潛藏在落葉中的巨大身軀如彈簧整人道具一般跳起來。
露出尖牙，直接朝大意靠近的獵物咬下。
……應該是這樣——如果目標沒有瞬間高高跳起，整個身體從腳邊滑到襲擊者身下。
「電光之箭(Zan Arrow)！」
無情的最後通牒刺穿柔軟的側部肌膚，全身神經被燒壞的森林威脅就此死亡。
「呼啊～～好恐怖～～話說，要感謝洛德魯先生呢。」
一隻大約長達十公尺的蛇被釋放電力，同時靜靜地逐漸消失的箭貫穿，倒在地上。
和錦蛇很相似的這個魔物是身體花紋上下相反的一種蛇，名叫反轉蚺。
這是假裝腹部朝上，已經死亡後讓獵物放心，騙對方靠近再捕獲獵物的一種擬態。

看起來像腹部的部分無比堅硬，所以朝花紋看起來像背部的腹部攻擊比較容易打倒。

葵娜來採集藥草時，周遭的樹木一直低喃著：「要小心喔～～」「很恐怖喔～～」所以她以【主動技能：探索】查看周遭後，發現落葉中有條長長的蛇腹在蠕動。

看準箭消失後，她把獵物像水管一樣捲起來，用繩子綁好。

總之，關於採集藥草這點讓她很良心不安，不過她已經有了平時可以採集到的量，做出不管要去哪裡都沒問題的結論。

只不過，每當她要採集時，都會說一聲：「對不起，請給我一點喔。」而對方都是回以「呀啊啊啊！」的尖叫，讓她有點受挫。

這代表可以聽見植物聲音的種族特性並非全是優點，也必須得到某種程度的強韌心靈。

「話說，魔獸還滿多的呢。」

綁在葵娜手上繩子上的獵物不只反轉蚺。

射出進化成像針一樣的牙齒，打倒敵人的一種變色龍——副瓦蜥蜴。

三隻乍看之下是蜂鳥，但牠們吸取的不是花蜜，而是血液的立直鳥。

支解成角、毛皮、肉後，丟進道具箱裡的彎角熊。

諸如此類。不過只是稍微走進森林深處，就得到了這些成果。尋來全不費工夫。

因為洛德魯有教過她避開這些森林威脅的方法。

只要反過來利用，不難找到魔物。

但是，還不到半天就有這等成果。

在這麼多人類天敵蔓延之中，幾乎沒有人能戰鬥的村莊至今能毫髮無傷，真是太不可思議了。但是葵娜立刻就知道原因了。

圍繞著村莊的柵欄上似乎有驅逐魔物的咒語。

由於她手上的技能實在沒有咒語這類東西，推測應該是這兩百年內發展出來的技能。

葵娜在邊境的村莊醒來後，馬上過了九天。

在那之後她去了三次樓塔，把魔力幾乎儲滿了。

她原本預計透過通訊，確認其他還活著的守護者位置後前往那邊。

可是，根據葵娜樓塔的守護者表示，不管是哪個樓塔都處於斷訊狀態。

所以，葵娜必須取得不知道位於何處，貌似樓塔的建築資訊才行。

只要有技能大師通用的戒指，接近樓塔附近時應該會有反應。

如果能抵達，就可以靠戒指的咒語進入內部。

到此為止都還好，問題別有其他。

雖然說是「樓塔」，但實際上十三座樓塔中，外型是樓塔的只有葵娜的。

就她所知，奧普斯的樓塔是西式建築，海裡的那個完全就是龍宮。

時至今日，害她苦思著：「為什麼當時沒有人決定好規格啊！」就算想找，也絕對會很困難。

除此之外，她決定瞞著村民使用飛行魔法，把村莊周邊和樓塔周邊的地圖填滿。

像在六角棋盤上探索行動範圍的模擬遊戲一樣。

葵娜也對村莊有了一點貢獻。就像瑪雷路所說，照著葵娜想做的去做。

銀塔守護者心不在焉地聽完後，傻眼地低喃：「技能大師別這樣作賤自己啊。」

不管怎麼說，都需要澡堂啊。

村莊裡沒有類似澡堂的地方，葵娜詢問平常都是怎麼洗澡後，村民表示只拿用水濡濕的布擦拭身體而已。

在瑪雷路的旅店裡，只要另外給錢要求，就能得到裝有熱水的水盆。

雖然不缺錢，但要求幾次後，葵娜漸漸覺得很不好意思。

因為她們不像葵娜一樣，用一個魔法就能燒好熱水。

基於這些理由，葵娜想在村莊裡建造一個共用澡堂。

首先要選定地點。村莊裡只有中央廣場有空間可以建造澡堂。

但那裡類似於村民的綜合廣場，所以不能建在那邊。

葵娜在村莊裡四處閒逛時，發現有很多空屋。

因此她想接收其中一間房子來建澡堂。

葵娜立刻去取得村長的同意，因為水井汲水機的事，村長爽快地應允道：「妳想用哪裡都可以。」

如果利用魔法技能做出溫泉，就不需要尋找水脈。

因為她有很多技能的效果可以替代水脈。

首先，葵娜把空屋裡的家具全收起來，丟進道具箱中，利用技能把空屋歸到自己的統治下。

這是【領域統治】，高等精靈的種族技能。

因為葵娜設定為精靈王族，所以能使用這種技能。

接著拆掉房子裡的一半牆壁與地板，在前院的位置挖個深度能讓人坐進去的大洞。

由於那個洞要做成浴池，所以要把泥土壓縮變硬，即使漏水也不會變得泥濘。她召喚出地精靈來做這個工作。

葵娜在加工用來製作浴池的木材時，幾個寶特瓶大小的士兵西洋棋在旁邊跳來跳去，把土地壓實。

雖然外表看起來充滿童話感，但他們可是等級１１０的強者，不是這個世界的凡人能戰勝的精靈。

葵娜在大洞的中央放了顆特殊岩石，接著將木材圍在旁邊，做出浴池。

這也因為有建築技能與樣板設計圖，感覺就像把那些詳細資訊全塞進去後製作。

之後以岩石為中心，把整個房子的內部用牆壁隔成兩半，把房子和浴池用圍牆圍成葫蘆狀。

最後和水井一樣，對整體施加保存魔法就完成了。

有人會好奇她是不是很辛苦才取得製作用的木材，但她乾脆豁出去，使用了魔法砍樹。

只不過是沒辦法讓人看見的難堪方法。

首先，她對周邊的樹木低下頭，不斷地說：「對不起，我要砍倒你們。」

接著對自己施加隔音魔法，用魔法砍倒樹木。

如此一來，她就聽不到砍樹時的樹木尖叫聲，收集木材時，也不會聽到旁邊樹木的責備聲。

雖然因為罪惡感，留下了暫時無法進入森林的疙瘩就是了……

擺在浴池裡的特殊岩石是名為魔韻石的聚合體。

它能從空氣中吸收魔力，所以在遊戲中是設置在迷宮中，無限產生魔物的裝置材料。

這使用了葵娜收在樓塔倉庫裡的東西。

雖然偽裝成了岩石，其實是由好幾塊魔韻石交疊，讓它擁有許多種類的效果。

葵娜用【礦泉魔法】讓岩石釋放出有一定數量，具有美容與治療效果的熱水；用【淨化魔法】過濾髒水；用【保溫魔法】維持在一定的溫度。

而且還施了將近四十年都不需要整修的魔法。雖然需要打掃啦。

蓋好澡堂並確定可以正常運作後，葵娜展示給村民們看。
雖然需要講解進入浴池前得先洗身體等等的使用方法，但幾乎所有人都高興地接受了。
不管怎麼說，葵娜沒辦法做出肥皂（因為沒有相關技能），但她說明了洗澡的重要性後，深受村裡年長女性們的好評。
而管理工作交給村民們輪流負責。
基本上，葵娜和村民們可以免費使用，外來者則需要收費。
這天結束探索後，葵娜把獵物擺在瑪雷路面前時，洛德魯剛好出現，對那些數量瞠目結舌。
「妳又獵了這麼多回來，是想幹嘛啊！就算村裡的人都出動也吃不完喔。」
「什麼？這些全部都能吃嗎！先別說鳥，蜥蜴和蛇也能吃嗎？」
就連獵來的葵娜也對瑪雷路說的話感到吃驚。對她本人來說，那些都是不敢放進嘴巴裡的東西。
「喂喂，這個數量和種類是怎樣……」
洛德魯垂頭喪氣地看著擺在旅店後方的六隻獵物與一堆冷凍肉。
一臉說著「這是那個嗎？要擊碎獵人自尊的陰謀嗎？」的表情。
「這座肉山是什麼？好像變得很白又很冰耶……」

「這是彎角熊肉。因為太大隻，我就先切好了，但又不想直接帶著生肉（放進道具箱裡）走，所以用魔法冰起來了。啊，這是毛皮和角。」

每在森林裡前進一步，就會遇到魔物或棲息在那邊的動物，所以她在中途換成使用飛行魔法回到了村莊。

但是在空中也遭到了老鷹襲擊，實在有夠煩。

雖然只能打死牠們，可是遇到的機率也高到值得商榷。

說到遊戲中的主動魔物，只要等級比自己低就不會發動攻擊，但平常如果沒多加注意就沒辦法啟動主動技能，所以這些憑本能攻擊的動物讓她感到很困擾。

有點麻煩的是支解熊。

第一次獵到熊時，葵娜看到大家在宴會上支解，所以就靠著印象嘗試了一下。

雖然很抗拒，血腥味濃厚而花了不少時間，真的費了好大一番功夫。

中途還吐了，但好不容易支解完後，用【魔法：凍結】冰凍起來。

而幾天後，她請教洛德魯，從頭開始學起是個祕密。

不管怎麼說，如果要在這塊土地活下去，這是一條必經之路，她也只能死心，讓自己習慣了。

「還有，雖然要等到商隊來，但我差不多要離開這個村莊了。」

葵娜端正姿勢後說道，瑪雷路和洛德魯都沉默了。

「這樣啊，我會很寂寞啊……」

「唉，葵娜也是冒險者啊，沒辦法一直停在一個地方嘛……」

一臉不可思議的莉朵走到這個被哀傷氛圍包圍的地方。

她來汲水時，看見母親、葵娜和洛德魯面對面，散發出守夜一般的氣氛，要她別疑惑才奇怪。

「怎麼了嗎？」

「啊～～莉朵，那個啊……」

正當葵娜要開口時，瑪雷路立刻阻止了她。兩人對看後，她對葵娜搖搖頭。

「瑪雷路小姐？」

「沒關係，先別和她說，當天再說就夠了。」

「咦？……但是？」

「我們是做這種生意的，見了面當然會分離。這孩子也得好好習慣這件事情才行。」

看著原本要說話，但被母親打斷的葵娜，莉朵自己判斷這不是小孩子能聽的事，一如往常地轉動把手，開始汲水。

因為被瑪雷路阻止，結果葵娜沒能說出口，但離別來得比想像的還快。

隔天中午，五輛馬車組成的商隊抵達了。

聽到聲音時，正好是將近正午。

馬的嘶鳴聲、雜亂的馬蹄聲、馬車車輪震動地面的聲音，以及大批人潮接近的喧囂。

與之同時，在村莊裡膨脹的期待感。

葵娜聽起來有種「啊，好像有很多人來了」的感覺，但聽在瑪雷路耳裡，似乎和平常不一樣。

「嗯嗯？總覺得好像有點慌張耶。」

「是喔，很慌張？」

「那些人平常來這裡時不會這麼慌張啊，是在途中發生了什麼事嗎？」

在葵娜的頭上冒出問號，往餐廳門口看去時，有個男人衝了進來。

身穿皮革鎧甲，手拿長槍且全副武裝的男人慌慌張張地衝到吧檯。

「老闆娘！拿酒來！還有熱水或水！」

「怎麼了？怎麼了？慌慌張張的，到底發生了什麼事？」

男人突然跑來要東西後著急地在原地踏步，不管由誰來看，的確都覺得很慌張。

葵娜正坐在吧檯吃午餐，嘴巴咬著麵包觀察他。

瑪雷路從裡面拿出酒瓶後，順便叫了莉朵，指示她「去教他水井的用法」。

拿到酒的男人腳步踉蹌地衝了出去。

那時，他還咂嘴罵了一句：「可惡！」這讓葵娜很在意，把剩下的午餐塞進嘴裡後追著他過去。

外頭是葵娜從未見過的光景。

兩輛四頭馬拉的廂型馬車與三輛兩頭馬拉的幌馬車停在那邊。

看起來是搭乘馬車來的商人們並排停在村莊一角的原野，逐一為馬匹卸下馬鞍，一邊卸貨一邊做準備，開設店鋪。

葵娜感嘆地看著從馬車上下來的人團結合一，漸漸搭建出露天商場的樣子。

這時，她聽見有別於商人的另一個團體，不到十人的武裝團體發出急迫的叫喊。

從慌亂的口氣聽起來一點也不從容。他們占據一角，不斷大聲喊叫。

「喂！振作點！」

「肯尼斯？喂！聽得見就回答我！」

「快點拿藥草來！」

「可惡！血止不住！」

看他們的樣子，葵娜也清楚理解發生大事了。

「……受傷了嗎？」

「嗯，是啊。」

陌生的第三者聲音從打算移動的葵娜腳邊回覆她。

不知道什麼時候靠過來的，她身邊站著一個披著拖地的寬大褐色長袍，戴著眼鏡的犬人族。

外表很像柯基犬，感覺很可愛，但聲音是擁有豐富人生經驗的男性聲音。

「在來這裡的路上遇到了巨魔，擔任護衛的傭兵團好不容易擊退了牠，不過似乎也有人受重傷。看那樣是救不活了。」

雖然感覺得到他很擔心，但他已然放棄的樣子讓葵娜挑起眉。

「……你要看著他就這樣死掉嗎？」

「那個傷已經……」

犬人搖搖頭表示只能放棄，而葵娜瞪他一眼，朝大聲怒吼的那群人跑過去。

「閃開！」

「咦？喂！小姑娘，妳到底要幹嘛？」

她推開聚成一團的傭兵們，有個年輕人躺在鋪於地面的毛毯上。

皮革鎧甲的腹側裂開，上面纏著繃帶。

傷口已經被鮮血染紅，現在也不斷滴著血。

一般來說，看見這樣的出血量，大多數的女生都會瞬間往後跌倒。

但很不巧地，葵娜經歷過更可怕的地獄。

葵娜用【調查】確認他的狀態，看見年輕人的ＨＰ（生命值）逐漸減少。

從黃色變成紅色的那一刻，葵娜明白了他的症狀，開口說：「中毒了！」

在同伴的生命正逐漸瀕臨死亡的危急狀況下，傭兵們想把衝進來的這個女人推開。

但不只他們，在場的所有人都因為葵娜接下來的舉動嚇一大跳。

【獨特技能：load：雙重吟唱(Double Spell)：count start】

兩個藍色的圓環突然出現在半空中。

從旁邊看過去，這兩個圓環在葵娜的肩膀高度交錯，將她圍繞在裡面後開始快速旋轉。

藍光的格網變成球形包住葵娜，雙肩的交錯點上浮現【10】這個數字。

這是在使用魔法時，讓魔法產生效力的等待時間(Delay)減半，可以同時使用多個魔法效果一次的獨特技能。

雖然效果只能維持十秒，但就葵娜的魔力來說很足夠了。

——【9】

【魔法技能：毒素淨化(Panill)：ready set】

【魔法技能：單體恢復(Dure)Lv.9：ready set】

「治癒！」

臉色逐漸從蒼白轉為土色的青年被淡綠色光芒包圍，如螢火一般閃耀的粒子一一出現在空中。

光粒子如星象儀的流星一般，被吸進男子的身體裡。

「什！」

「竟、竟然是雙重吟唱？」

「國內會用這招的不到三個人啊！」

傭兵們和商人看到眼前實在不敢置信的光景而全身僵硬，茫然低喃後看傻了眼。

——【6】

【魔法技能：持續治癒（Delight）：ready set】

【魔法技能：範圍恢復（Laduela）：ready set】

「別廢話了，快點啟動！」

五芒星與雙圓環的魔法陣固定在青年頭上，閃亮的光輝如下雨一般不停地灑落在他身上。

接續的魔法形成白色半透明的漣漪，逐漸往周圍擴散。

不僅是傭兵們，連商人們和來看熱鬧的村民也受到影響，從日常生活的擦傷到在戰鬥中受的傷都在眨眼間痊癒。

「喔喔喔喔……」無法言喻的驚訝充斥著此處。

——【3】

——【2】

——【1】

【count end：效果結束】

藍色圓環和格網一起隨著尖銳的聲音破碎四散，消失在半空中。

傭兵們凝視著「呼～～」的重重吐出一口氣的葵娜，確認直到剛才還一臉土色的青年臉色已經恢復正常，裂開的側腹也不再流血了。

無法置信的表情慢慢轉為喜悅，歡聲雷動，一起為彼此平安無事與同伴生還感到開心。

村人們露出「不愧是葵娜啊」的感覺，但商人們無法闔上張開的嘴巴，停止動作。

「呼～～哎呀呀，真是太好了。」

這點小事不會讓葵娜疲倦，但結束一項工作的成就感讓她敲敲肩膀，打算離開現場。

就在她轉身時，第一個衝進旅店的壯年戰士喊住她：

「小姑娘，不好意思，我深深感謝妳救了我們夥伴的命，謝謝妳。」

「嗯，有勉強趕上真是太好了。魔法陣會在那個人的頭上停留一段時間，但你們可以搬動他。」

在壯年男性的指示下，幾個人把青年搬上擔架，送到旅店。

傭兵們一一向葵娜道謝，她則紅著臉，很不好意思。

這時，剛才和葵娜講話的犬人拍著手走近葵娜。

「哎呀～～我見識到了相當罕見的場景。妳應該是相當有名的術士吧，可以請教妳的名字嗎？我是統領這個商隊的人，名叫艾利涅。」

「我是葵娜，只是個不外出的鄉巴佬，請你別在意。」

要向別人說明這個說明那個的也很麻煩，所以葵娜決定把自己說成悶在森林裡，不知世事的隱居人。

因為葵娜只知道程式設計出來的遊戲世界，用這個理由，就算不了解這個世界的現狀，也能用自稱鄉巴佬來蒙混過去。

（話說回來，犬人也可以當商人啊。）

他們是NPC中擔任僕人的種族，常常看見他們在遊戲裡走來走去，葵娜也沒有特別在意過。

反而是艾利涅，第一次見面的人大多都帶著「這傢伙是隊長？」的有色眼光看他，所以他對沒有這類反應的葵娜產生好感。

「如果妳在邊境有需要什麼，請務必利用我們的商隊。」

艾利涅判斷葵娜的實力「不容小覷」，認為在此推銷自己才是上策而低頭致意。

經過一段時間後，方才的急迫感完全消失的廣場充滿活力。

有販售在田裡採收的穀物及蔬菜的人，也有交換物品，正在交涉日常用品價錢的人。

護衛的傭兵只留下一部分人，其他人都到旅店去喝酒了。

葵娜和莉朵一起坐在旁邊看洛德魯拿狩獵得到的毛皮（大多都是葵娜獵來的）換錢。

商人十分驚訝地撥算盤。

「彎角熊皮有三大張……這連有點實力的冒險者也要費一番工夫啊。這不是反轉蚺的皮嗎！立直鳥的羽毛？這不是村莊獵人可以獵到的東西啊，洛德魯，你到底是耍什麼詐了？」

「呵呵呵～～」驕傲地雙手環胸的洛德魯用力指向在旁邊和莉朵說笑的葵娜。

「這都是葵娜獵來的獵物啦～～」

「哇～～拍手拍手～～」

「嘿嘿！」

葵娜得到莉朵和洛德魯的誇讚，真心感到害羞。

商人聽見了世界傾斜四十五度的聲音。

「做、做為參考，妳是怎麼辦到的？」

因為剛才施展的魔法，商人誤會葵娜是神官，但彎角熊皮毛上沒有劍等武器造成的砍傷或魔法的燒傷痕跡，他疑惑地提問。

聽到這個問題，葵娜和洛德魯互看一眼，異口同聲地回答：「『用踢的。』」

「哎呀～～第一次就算了，第二次可是超厲害的招數啊～～」

「別這樣說請你忘記那是我年輕氣盛啊～～！」

和洛德魯一起出門時，不小心嗨過頭就大喊出來是敗筆啊——她滿臉通紅。

那記飛踢只是自動加入了【衝撞】效果，和第一次完全相同。

到了晚上，洛德魯在酒館大肆宣揚葵娜的英勇，結果被說著「別做女生討厭的事啦」的瑪雷路丟來的托盤擊倒。

和開心的對話不同，商人對這過於超乎常識的狀況感到昏厥。

「你覺得開心就好了。」

因為傭兵們湧進旅店，旅店變得很忙碌，所以瑪雷路來叫莉朵回去。

沒有辦法，葵娜只好一個人到處看看商品，而艾利涅和她搭話。

「我剛才也看見妳的作品了，那可是現在世上少有的珍品。」

他是指用彎角熊角做出來的三叉槍，拿去給負責武器的商人鑑定的事嗎？

商人感動不已，交涉之後，葵娜用兩把長槍六十枚銀幣的價錢賣掉了。

還是別的商人問：「這是誰做的？」來找她詢問水井汲水機細節的那件事？

或者不是，是指共用澡堂？

葵娜不清楚是哪件事，所以以為是對所有事情的評價而回答：

「我在兩百年前常常看到啦～～（……在任務中）。」

「喔～～兩百年前。原來如此，但妳現在不隱居了，離開森林了嗎？」

「是啊～～嗯，發生了很多事。」

「這樣啊……那麼，妳有想要買什麼東西嗎？」

基本上，葵娜不太擅長應付說話迂迴，像來套話的人，所以就隨意矇混過去。

玩遊戲時，葵娜一開始就大多只和信賴的同伴們一起組隊，所以不擅長應付他這種個性的人。

跟用提問確實探問病患隱私，話術很厲害的護士一樣。

「喔～～我想要地圖。」

「原來如此，畢竟都經過了兩百年，地圖確實也有所改變。但這也需要不小一筆錢。」

「還有，可以順便請問你與王都相關的事情嗎？啊，這需要情報費用嗎？」

「不用不用，那麼就算妳便宜，當作剛才魔法的觀賞費吧。」

「把那個拿來當作雜耍表演，可以收錢嗎？」

「至少在這個世界上，會使用雙重吟唱的人不知道有幾個啊。」

艾利涅這有趣的說法，讓葵娜心裡焦急地想：「我太著急了嗎？」

「喔，要找人嗎？」

入夜後，旅店的酒館除了村民，還加上商人們和他們的家人、護衛的傭兵，比平常喧囂好幾倍。

在這之中，葵娜坐在吃飯時的吧檯老位子。

艾利涅坐在自己帶來的高腳椅上，述說費爾斯凱洛王都的樣子。
那是個用艾吉得大河分割出貴族城鎮與一般市民城鎮的城市。
由於幾乎位於南邊國家——歐泰羅克斯和北邊國家——黑魯修沛盧的中間，人們都說在王都裡沒有找不到的東西，是物流中心等等的。
每年聽說都會舉辦鬥技祭典。
講到一半時，葵娜自言自語了一句：「那孩子也在那裡嗎？」艾利涅回問之後成了這場騷動的開始。
「可以請問妳在找誰嗎？說不定是我們認識的人。」
葵娜開始思考：「這麼說來，他長什麼樣子啊？」
因為創建角色後，稍微讓他成長就寄養在營運商那邊了，兩人幾乎沒有任何接觸過，葵娜完全忘記他的模樣。
這個無情的人，如果世人聽到了都會傻眼。
「這個嘛，他是精靈族男性……」
「哦？精靈族啊，嗯。」
「是神官～～」
「嗯嗯，神……咦？」
隨意跟著復誦的艾利涅和豎起耳朵偷聽的傭兵們停止動作。

精靈、男性、神職，符合這些條件的人就算在王都裡也沒幾個。

「不，怎麼可能～～」大家都是相同想法，但是……

「名叫斯卡魯格的人～～」

「「「「「咦咦咦咦咦咦咦咦咦——！」」」」」

聽到這個名字的所有人——當然除了村民——全都大為驚慌地高聲喊叫。

「說到斯卡魯格閣下，不就是！」

「妳和鼎鼎有名的斯卡魯格閣下認識嗎？」

「哎呀～～在這種鄉下地方聽見不得了的事情呢。」

「小姑娘竟然認識那種高高在上的人……你們到底是什麼關係？」

「喂喂，這我不能當作沒聽到，你們不知道葵娜實力有多強嗎！」

「你說這種鄉下地方的小姑娘能有多強！」

品評自己的村民和商人突然在店內一角吵起架來。

葵娜抬頭看瑪雷路，她正滿臉笑容地拿起托盤，所以葵娜決定裝作沒看到。

嗯，托盤從視線一角飛了過去，但那是錯覺。

「原來那孩子這麼有名啊，是喔～～」

「不不不，小姑娘，說到斯卡魯格大司祭，他的發言權可是僅次於國王、宰相，不是能用一句『是喔～～』就道盡的人物啊。」

「沒錯、沒錯，他可是活過兩百年前的動亂時代的活字典！美青年！還是國家第三把交椅！沒有人不沉醉於他的魅力啊～～」

「……大司祭，大司祭啊。」

說到遊戲中偉大的人，就葵娜記憶所及是進出自由的王城、NPC、活動影片、會給任務的地方。

只有這點程度的認知。她莫名覺得可笑，輕笑出聲。

「……喂喂。」

傭兵們看見這樣的葵娜後吐槽她。

艾利涅的本能告訴他別再追問下去，但他無法戰勝好奇心而問道：

「如、如果不介意，可以請教妳和他到底是什麼關係嗎？」

「嗯，也不是什麼值得隱瞞的事情啦～～」

就在無關的人又開始吃飯、喝酒，說著「頂多就是朋友吧」、「呼～～真是的，別嚇人啊～～」時，葵娜丟下一顆炸彈。

當然，她本人沒意識到這句話是炸彈。

「他是我兒子。」

咳哈啪噗呼！

在場所有人毫無例外地噴出了嘴巴裡的東西。

村民們、瑪雷路和莉朵，洛德魯及路依奈等人張大了嘴，睜大雙眼僵在原地。

傭兵們被彼此噴出口的酒淋得滿身溼，商人們的家人則是打翻碗盤或弄掉餐具。

艾利涅則是摔下椅子。

「……葵、葵娜……」

「是，瑪雷路小姐，怎麼了嗎？」

「妳、妳……長這副模樣，卻是一個孩子的媽了嗎？」

一個孩子的媽？

葵娜說出這句話，大家開始懷疑這個外表只有十五到十七歲的少女年齡時。

沒什麼話比這句更不相符了。

「啊，不，他後面還有兩個（備用角色）啦～」

「「「「「咦咦咦咦咦咦咦咦！」」」」」

她想要實驗看看如果讓角色專門學習某類技能會變成怎樣，所以還有將兩個角色寄養在營運商那邊。

學會了八十個左右攻擊魔法的精靈女性梅梅，和專門學習建造要塞、城堡、迷宮等建築物建造技能的矮人族卡達茲。

後者是設定成養子啦。

不過在官方設定中，在這個里亞德錄世界裡，如果雙親是不同種族，生下來的孩子也不會變成「半○○」。

設定上，出生的小孩會成為父母其中一方的種族。

就算變成現實狀態，這個法則似乎也沒有改變。

沒聽見有人質疑高等精靈的葵娜怎麼會生出精靈族的小孩，讓葵娜稍微安心了點。

順帶一提，這三個人的名字都是來自雨天從病房裡往外看到的蝸牛。（註：斯卡魯格為法國蝸牛的日文；梅梅是蝸牛的地方稱呼；卡達茲是蝸牛的日文）

「總之，斯卡魯格過得很好呢，太好了。」

不理會鬆了一口氣的葵娜，酒館裡吹起了驚訝、困惑、混亂、發狂與昏厥的暴風雨。

「……啥？」

艾利涅正在反芻剛才聽到的話，一臉像是幻聽的表情。

在邊境的村莊裡過了一夜的隔天早晨，他反問在眼前一起吃早餐，自稱「鄉下流浪者」的葵娜。

昨天聽到衝擊性的告白後過了一夜。

傭兵與艾利涅帶隊的商隊同伴們，和他們的家人一起在旅店的一樓品嘗風味濃郁的燉肉和麵包當早餐。

燉肉裡當然奢侈地加了大量肉塊，這是被稱為邊境牛肉的彎角熊肉。

不費工夫就有大量庫存，根本不愁吃，這是什麼玩笑啊？

但此時先別管這件事，問題在眼前的這位女性。

「容我再問一次，妳說想要和我們一起去王都……嗎？」

「嗯，我也可以自己去啦～但我不太知道道路，可以拜託你們嗎？」

雖然有「要怎麼在尋常的一條直路上迷路啊？」的疑問，但艾利涅稍微思索後，沒特別否定地答應她了。

接著視線穿過葵娜的肩頭，看向她身後。

「總之，我們是沒有問題，很歡迎妳。但是那個小姑娘似乎有問題耶。」

「什麼？……啊。」

葵娜順著艾利涅的視線轉頭看去，發現莉朵抱著托盤又一臉快要哭出來的表情，直冒冷汗。

如果就這樣放著不管，她的良心也實在過不去，因此葵娜對瑪雷路說一聲後，帶著女孩走出旅店後門。

「葵娜姊姊，妳要離開嗎……」

「唔、嗯，再怎麼說，我也沒辦法一直留在這個村莊啊。」

女孩淚眼汪汪地往上看著葵娜，讓葵娜遭到自己的生命值不斷被削減的錯覺襲擊。

葵娜蹲下來雙膝跪地，讓視線和莉朵同高後，雙手握起她的手對她說：

「別擔心，我們又不是永遠分離了。」

「真的嗎？」

「嗯，我跟妳保證，我一定會再來見妳。」

葵娜緊緊抱住還是一臉遺憾哀傷的莉朵，在她耳邊低喃：

「作為保證的證據，我告訴妳一件很厲害的事情。」

「什麼？」

「妳不可以跟任何人說喔，不管是瑪雷路小姐和格特先生都不能說，也不能和路依奈小姐說。」

「唔、嗯……我知道了，我會保密。」

「妳知道山另一頭的銀色樓塔嗎？」

「嗯，媽媽說那邊住著一個壞魔女。」

「那座樓塔的壞～～魔女啊，坦白說——那就是我。」

「咦？咦咦！」

莉朵推開不怎麼用力地抱住自己的葵娜，目不轉睛盯著葵娜的臉看後小聲地說：「葵娜姊姊一點也不壞啊。」

這句話讓葵娜開心地又把莉朵抱入懷中。

「絕對要保密喔，我會偶爾回來確認莉朵有沒有乖乖地保守祕密喔。」

「嗯，如果大姊姊一直都沒有回來，我就要和別人說喔。」

「嗯，那我再回來樓塔時，不來這個村莊露個臉就糟糕了呢。」

姊妹般的兩人相視而笑，躲在陰暗處看著這一幕的村民們則默默落淚。

在那之後過了兩天左右，商隊出發和葵娜啟程的日子到了。

商隊離村時，情況演變成所有村民都出來送行的事態。

看到說著「路上小心～～」「要再來喔～～」「下次也帶妳兒子來啊～～」的村民們，葵娜覺得自己像個回來鄉下後又要回大都市的年輕人。

「妳還真受歡迎呢。」

「因為他們相當照顧我。」

「我覺得應該是反過來。」

艾利涅和傭兵團團長看著揮動雙手向大家告別的葵娜，很確定「這小姑娘對他人的好意相當遲鈍」。

「這麼說來，我忘了自我介紹，我是傭兵團『火炎長槍』的團長阿比塔，到王都前的這段時間請妳多多指教。」

當葵娜坐在馬伕的座位旁晃著雙腳時，走在旁邊的壯年男子來向她搭話。

之後，傭兵團的成員一一過來打招呼，葵娜記不住所有人的名字，目瞪口呆。

所有人都報上名字後，艾利涅帶葵娜走進廂型馬車裡。

此時，艾利涅和阿比塔的眼神交會，對彼此重重地點頭。現在兩人的心中燃起了一個使命感。

即為「不能讓這個價值觀完全破滅的小姑娘（葵娜閣下）直接進入王都裡」。

他們之所以抱持著如此強烈的想法，理由有二。

——事例①

賣地圖給葵娜時，艾利涅心想——

和這位貴人交易或許能來段有趣的殺價。

「如果是費爾斯凱洛周邊的地圖，應該要八枚銀幣。」

就連恰巧在附近聽到的阿比塔都在心裡吐槽：「喂喂，這也坑過頭了吧。」

可是聽到這個價錢的本人卻乖乖地拿八枚銀幣給艾利涅。

「啊，好，八枚對吧，這個給你。」

她滿不在乎的反應，讓兩人驚訝地盯著銀幣瞧。

不用說，艾利涅慌慌張張地也把其他國家的地圖給了她。

——事例②

這是發生在葵娜和他們說想要一起去王都，取得莉朵歡心後發生的事情。

就艾利涅的立場來說，光是像葵娜如此強大的魔術師願意和他們同行就相當幸運了，他們還想反過來拜託葵娜呢。

即使如此，商人的本性還是讓他說出：「載送乘客的費用，包含雜費、餐費在內，大概要十枚銀幣。」

但是，葵娜毫不懷疑，打算老實地想付錢時，他們兩人慌慌張張地阻止她。

「妳在想什麼啊？」

「就是啊，小姑娘妳等一下，稍微懷疑一下啊！」

「咦?就現在的市場來說，大概就是這個價錢吧？」

這番話讓兩人心想：「這人沒救了，她的價值觀停留在兩百年前啊。」

也因為這些事，他們決定由阿比塔教她冒險者的一般常識，由艾利涅教她金錢的常識。

不，他們反而想拜託葵娜讓他們教她。

從葵娜在村莊裡的所作所為來看，兩人完全沒看出來，但要是把價值觀如此糟糕的精靈丟到社會上，一般市場可能會立刻崩壞啊。

廂型馬車裡，在隨便一個小木箱上鋪一塊布，艾利涅老師的經濟教室開課。

上面擺著三枚硬幣，從最旁邊看來依序為褐色、銀色、金色。

「聽好了，葵娜閣下。首先，褐色的是銅幣，五十枚銅幣等於一枚銀幣，然後，一百枚銀幣等於一枚金幣。」

銅幣上刻著不知道是什麼種類的鳥。

銀幣上刻著花，金幣上則刻著建築物。聽說建築物是制定貨幣制度時的公會。

艾利涅又拿出無色透明，但散發著一點光芒的硬幣，擺在金幣旁。

這個上面也刻著某種紋章，有點像葵娜的故鄉，讓她覺得很親近。

「這個叫水晶幣，上面刻著任命將世界統整起來的神明花紋，一枚水晶幣等於十五枚金幣。」

葵娜拿在手上看，慢慢地使用法術。

【魔法技能：解析】

「啥？」

接著拿出不知道收在哪裡，透明無色的小木棍執行【技術技能：複製】。

一瀉千里的光芒突然席捲馬車內，又猛然消失時，葵娜手上多了另一枚水晶幣。

「什麼啊～～我才在想有看過這個圖樣，這是家紋嘛。」

葵娜翻轉著自己做出來的水晶幣看，理解到這像會刻在佛壇上的花紋。

艾利涅看見這一幕，嚇到張大了嘴，全身顫抖。

因為水晶幣的製造技術不外傳，據說是用只在部分的矮人族之間傳承的技術製造的。

看到葵娜輕輕鬆鬆地在面前製造出來，艾利涅合不上張得老大的嘴巴。

即使如此，他還是打起精神說：

「葵娜閣下！擅自製造錢幣是犯法的！」

「是，不好意思。」

艾利涅還想著，要是她不肯乾脆道歉該怎麼辦才好。

商隊在傍晚時分，天空還很明亮時抵達幹道旁的寬廣地點，開始準備晚上過夜的營地。

據艾利涅所說，幹道沿側大概有幾個這種適合過夜的地方，有時就算是完全不認識的陌生人，也會彼此依靠度過一夜。

過夜的營地由一部分商人和傭兵團合力搭建。

附近有一條雖小但相當清澈的河流，所以不用擔心水源，汲水主要是小孩的工作。

阿比塔走近坐在幌馬車車輪上，看著虛空唸唸有詞的葵娜身邊。

「銅幣一枚兩～～枚～～三枚～～四～～枚……說著說著會不會有阿菊從水井中爬出來說『少一枚～～』之類的啊？」

「看妳那個樣子，似乎被唸了不少，有學到什麼嗎？」

「是啊……沒想到艾利涅是那麼嚴格的老師啊。」

阿比塔拍拍筋疲力盡的葵娜背部，爽朗地高聲大笑。

「不過，妳稍微理解了金錢的價值吧？」

「要是這樣還說『無法理解』，感覺我的老師會變成兩個人～～」

聽見葵娜抱怨，阿比塔大笑。

聽說只要有十枚銅幣，一個大人就能滿足地度過一天，主要花費都是餐費。

瑪雷路的旅店一晚住宿費是二十枚銅幣，十天就是兩百枚銅幣，換算後是四枚銀幣。

難怪拿出二十枚銀幣時會嚇到她，因為換算成銅幣就是一千枚，能住上五十天呢。

「但是一把長槍卻要三十枚銀幣，這部分的價值不太對啊～～」

「不，我也看到那個了，相當出色呢。」

阿比塔背上揹著的是一把長槍，藍色矛尖是火焰搖盪的模樣。

「如果是王都的武器店，應該會用超過三十五枚銀幣的價錢購買吧？」

「是這樣嗎？還是太誇獎我了啊？我不太會分辨耶。」

「小姑娘是魔法師，應該不會使用武器，實際上，名匠打造出來的武器可是隨隨便便就要兩枚金幣喔。」

阿比塔深有感觸地環抱著雙臂點頭，葵娜則隨意附和。

不管怎麼說，現在的一枚銀幣，對經歷過遊戲裡的最低金額是一及耳的葵娜來說，完全抓不到感覺。

雖說是名匠，但只要學會武器、護具類的技能，嚴選材料，幾乎都能自己打造出來。

做不出來的頂多是活動中發放的搞笑武器。

例如霸王鎧甲（唬你的魔王）、餓狼之劍（小心被咬）、慘劇之夜（傑森大刀）、噪音之盾（閉上嘴！）等。

除了一部分，這些武器的效果很微妙，幾乎是收藏家專用的裝備。

「這麼說來，妳想成為冒險者對吧？」

「嗯，也得要賺錢才行。沒工作又到處亂晃不太好……」

「去拜託大司祭閣下養妳呢？」

「不要，我才不要變成兒子的小白臉，這樣不是沒資格當母親了嗎？」

「世界上的母子都是這樣啊……」

大概是精靈和人類的想法不一樣吧。阿比塔擅自對自己解釋。

「更何況，講白一點，要成為冒險者很簡單。只要去冒險者公會註冊，拿到註冊卡片就好了，就像這個。」

阿比塔從懷中拿出一張厚一毫米左右，很像信用卡的卡片給葵娜看。

整體是紅色的，表面用七彩的文字寫著阿比塔的名字、種族、職業和傭兵團的名稱。

「卡片本來是白色的，有顏色的僅限於像我們這種聚集一定人數後組成的團體。有這張卡片的人就是冒險者，要是弄丟而想重新申請要花兩枚銀幣，所以要多注意。」

葵娜點點頭表示理解了。

VRMMORPG里亞德錄完全是日本製的遊戲，幾乎只在國內發展。

大概是受到這一點影響，這塊大地使用的文字是漢字、平假名、片假名、羅馬拼音和英文。

還有，遊戲中設定的文字感覺像是把英文字母轉九十度再變形。

說明得簡單一點，就是用沾滿墨汁的毛筆寫英文字母，接著把紙轉九十度，讓墨汁往下流，就能創造出類似的文字。

在大多數的情況下，會在日常生活中使用，只要努力一點就能看懂，聽說漢字也會非常罕見地作為古文出現。

阿比塔的卡片上全都用片假名寫著「阿比塔：人類：戰士：傭兵團・火炎長槍」，葵娜讀起來有點吃力。

從這個內容看來，葵娜理解到卡片也許只能用片假名標示。

「然後，不管哪裡的冒險者公會都差不多，牆壁上貼著大量寫有委託內容的紙張，只要從上面把自己能做到的委託撕下來，拿到櫃檯去就好了。只有一點要注意，有些委託有期限，接下委託後又沒完成的話要付違約金……大概就是這樣吧？」

葵娜心想，遊戲中雖然沒有違約金，但大致上都相同。

自己在此最需要注意的是這裡不是遊戲，而是現實。

死掉就真的結束了。

別認為自己可以和玩遊戲時一樣，在公會根據地復活比較好。

說到底，那個公會根據地也不知道還在不在。

在聽阿比塔說該注意的細節、回答問題時，太陽開始西沉，一位團員走到兩人身邊，通知他們晚飯做好了。

年輕的團員原本打算直接走回大家所在的地方，阿比塔卻喊住他，朝葵娜揚起下巴。

「肯尼斯，這個小姑娘就是你的救命恩人，要好好道謝。」

「咦？喔，對了，這麼說起來，你恢復健康了啊，太好了呢～～」

「妳不記得了嗎！」

阿比塔忍不住吐槽一臉「現在才發現，這麼說來確實有這回事～～」的葵娜。

青年用羨慕的眼光看著和團長胡鬧的葵娜後，端正姿勢低下頭。

「葵娜大人，前幾天您為了我費盡心力，非常感謝您！」

「葵、葵葵葵、葵娜大人？別這樣，不用叫我『大人』啦，直接喊名字就好了！」

「那麼，我就喊葵娜小姐。」

「唔……這樣還是覺得有點誇張耶。」

阿比塔看到葵娜臉紅又不知所措，噴笑出聲。

他「哇哈哈」地笑著走向人群聚集，飄散出香氣的方向。
肯尼斯呆愣地看著遠去的團長，來回看著一樣很不甘心的葵娜和阿比塔。
「葵娜小姐真厲害，團長還是第一次在這種時候笑出來耶。」
「他是因為人多，很開心吧？就算這樣，也不可以看著別人的臉突然笑出來啊～～」
「不不不，像這樣露宿野外的時候，他會更緊張敏感，我們總是會被罵。」
「畢竟他是人，任誰都會想休息一下吧？」
「所以說，我不是那個意思啦。」
葵娜不知道他想表達什麼，而完全無法表達意思的肯尼斯垂下頭。
他是想告訴葵娜，阿比塔平常更嚴格，為了安全保護委託人，嚴格到平常只要像肯尼斯這樣的新人拖拖拉拉的，他會立刻大聲怒吼。但葵娜到目前為止還沒見到阿比塔的這一面。
或者另一個團員來叫他們，結果害肯尼斯被罵了之類的。
夜幕降臨時分，艾利涅來到正在安排守夜團員的阿比塔身邊。
「你有什麼在意的事嗎？」
「是啊，是關於抵達村莊前遇到的巨魔。那些傢伙滿纏人的，有可能會來襲擊我們。」
一開始，計畫縝密地想襲擊馬車的巨魔有兩隻。
跟在旁邊的哥布林有四隻，而團員們殺死了其中兩隻。
包含阿比塔在內的三個人一起對付一隻巨魔時，另一隻巨魔趁隙接近馬車，有勇無謀地想吸引巨魔注意的肯尼斯被打到差點喪命的事仍記憶猶新。

如果艾利涅沒馬上拿要賣的魔法道具出來用，肯尼斯可能會傷重到根本無法治療而死。

「我起碼會加強戒備，能不能也拜託那個小姑娘來幫忙呢？」

「拜託葵娜閣下嗎？她現在只是客人耶……」

確實，依據有沒有魔術師幫忙，能採取的戰鬥方法也有所不同。

此時，說曹操曹操就到，葵娜走了過來。

手上抱著不少枯枝。

「啊，找到了，阿比塔先生～～」

「葵娜閣下，妳拿著什麼東西啊？床睡不習慣嗎？」

「喔，吊床？嗯，你們有那種東西啊，但我是第一次睡那種床。」

馬車中幾乎堆滿了行李，所以沒有給人睡的空間。

艾利涅的個子嬌小，能勉強塞在行李間的縫隙睡覺，但葵娜就沒辦法這樣做了。

所以她在兩輛馬車之間綁上吊床，包著毛毯睡在上面。

之所以不直接在地上鋪床，是為了預防毒蟲、毒蛇。就算沒有這個，她本人也相當樂在其中。

葵娜把手上的樹枝放在地上後，不知道從哪裡拿出小圓筒。

她只是從道具箱裡拿出來而已，不過不知情的人看起來只會認為她不知何時拿在手上了。她把兩個圓筒拿給阿比塔。

「這個給你，我想說以防萬一，所以先做好了。請在有危險的時候用。」

這個圓筒是把纖細的新竹當成容器，輕輕搖晃會聽到咕嚕咕嚕的聲音，可以確認裡面裝的是液體。

葵娜笑著對露出奇怪表情的阿比塔解釋：

「這是魔法藥水，雖然我手藝不好，很不好意思，但我發給每個人了。」

「喔，抱歉，讓妳那麼費心，但這個很貴吧？」

「別擔心，因為這是以生長在村莊周圍的常見藥草為原料，也完全沒使用什麼特別的材料，但我能保證很有效。」

阿比塔沒想太多地收下了，之後拿去值得信任的地方鑑定，結果讓他嚇傻了。

因為那是用早已失傳的方法製作，單價高達二十枚銀幣的高級品。

就葵娜而言，完全沒有那種感覺。

因為在等級1100的常識中，這應該是「微魔法藥水」。

而在現今世上，這擁有「上等魔法藥水」的效果。

「然後呢，妳拿那些樹枝要幹嘛？」

「我想要請這些樹枝來幫忙守夜，等我一下喔。」

說完後，葵娜把放在地上的樹枝整理好，拿出魔杖朝地面敲了兩下。

轉眼間，散發出淡淡光芒的魔法陣出現在枯枝堆下。

【魔法技能：load：製作木魔偶Lv.1】

「……喂喂，等一下。」

「我覺得我已經把一輩子的驚訝全用完了。」

宛如生物一般相互纏繞的枯枝變形、統合，形成一個圓筒狀的奇怪人偶。

身長大約一公尺，腳就和互相纏繞的樹根一樣。

手臂就像枯枝一樣乾癟，有兩個像眼睛的空洞，扁平的臉上沒有鼻子，下面有個類似嘴巴的小洞。

詭異得如果沒有任何相關知識就在夜路上遇見，十個人中會有十個人大聲尖叫逃跑。

「啵～～」

看來這是它的叫聲。

它把手臂環抱在肚子下方，整個身體往前傾。

……這個動作很難理解，但似乎是類似管家的鞠躬。

似乎連創造者的葵娜也沒想到會做出這麼詭異的東西，表情有點抽搐。

「那、那個，如果有對這個營地抱有敵意的東西靠過來，你要打倒他喔。」

「啵～～」

有點越說越小聲的葵娜下達命令後，它連連拍響應該是雙手的部位，似乎是理解了。

人偶拖著腳走動，消失在夜幕低垂的森林裡。

如果沒有相關知識，那看起來就像是惡魔的先遣部隊。

阿比塔心想，待會兒要先交代守夜的夥伴，就算看見那個東西也別與其對戰。

沉默降臨一會兒。

「……那、那個沒問題嗎？」

「……應、應該沒問題。還是說阿比塔先生，你要去和他對打看看嗎？超強的喔，大概是熊的兩倍。」

「呃，真假啊……」

葵娜用【獨特技能：調查】確認過，彎角熊大約是35～40級。

剛才那個木魔偶是製作最低值（Lv.1×術者等級的一成），所以是最低也有110級的強者。

熊什麼的根本不成對手。

缺點是木製的他很怕火，但這附近沒有能用火的魔獸，所以應該沒問題。

「那麼，兩位在這邊聊什麼呢？」

「沒有，只是在講讓肯尼斯受小姑娘照顧的那些傢伙。」

「喔，那些巨魔嗎？」

「因為那些傢伙詭計多端，滿纏人的……等等，妳剛才是不是說了『那些』？」

在自然的對話中，差點錯過這句話的阿比塔反問不怎麼在意的葵娜。

「葵娜閣下，妳該不會已經解決牠們了吧？」

「啊，不能打倒牠們嗎？你們想吐槽牠們『報肯尼斯的仇～～』之類的嗎？」

「真虧妳能一個人打倒。」

「喔～～哎呀，嗯，還好啦。」

兩人心想，別吐槽不說清楚的葵娜好了。

處於不想再聽到更多荒唐事蹟的窘境。

真相是葵娜去找藥草時，發現巨魔潛伏在村莊附近的森林，而用【召喚魔法：雷精】對牠們窮追不捨，窮追不捨，窮追不捨。

正確來說是趕跑了，畢竟對方都下跪求饒了。

葵娜在那些巨魔用隻字片語發誓再也不會靠近村莊，把麻痺魔法佯裝成詛咒，煽動牠們的恐懼後才放牠們離開。

她姑且也在村莊裡做好了對策。

在旅店的屋頂，從下方看不見的地方設置了滴水嘴獸。

之後只交代知道葵娜真面目的莉朵說「遇到緊急狀況時，到屋頂上去求救」。

聽完巨魔的遭遇後，筋疲力盡的兩個男人對葵娜道了聲晚安，感謝這位迷路到自己身旁來的女神。

雖然是個有點忘了帶常識、平凡等等的人，也毋庸置疑是他們的幸運。

之後，葵娜和商隊經歷十天的路程，抵達費爾斯凱洛的王都。

雖然在入城的檢查哨花了不少時間，但大致上都在預料範圍內。

費爾斯凱洛的王都是橫跨寬大的艾吉得大河，包含了河中沙洲建造而成。

艾吉得大河流經大陸中央，是豐饒恩惠的寶庫，也是與人民生活密不可分的生活基礎。

在商隊抵達的河川東南邊，包含商業地區在內有一大片住宅區。

這一側占了整體的六成，住在這裡的居民種族也相當多樣。

城牆的外側有一片貧民居住的房子。

不過，入夜後城牆外側會有魔物出現，也沒有士兵巡視，所以是個危險地區。

河中沙洲有三個巨蛋球場大，教會與王立學院都位於此處。

隔著沙洲，面對另一側山丘的對岸被稱為王都西部。

那裡是貴族城鎮，還有一覽貴族城鎮的王城聳立於此。

大河維持著和緩的速度流過王都附近，往來主要是使用小船或大型槳帆船。

另外還有觀光用的帆船。

趕時間的人建議搭乘蜻蜓移動。

這使用了全長最多可達八公尺，名為萊格蜻蜓的蜻蜓原種。

牠們的幼蟲和鱷魚一樣是河川裡的威脅，但成蟲很溫馴而會被人類馴化，用在交通及觀光上，在城鎮裡飛來飛去。

搭乘人數除了被稱為「馴蟲師」的飼主，頂多兩個人。

只不過，規定中不可以飛到王城及貴族城鎮的上空。

因為已經發出飛行禁令了，一旦違反規定就會被砍頭，所以要小心。

而橫跨大河的這個王都，正是過去白國和翠國戰爭的主戰場地點，河中沙洲也是能獲得戰爭主因的特殊道具的地點。

「嗚哇～～哎呀呀呀……真虧他們能在這種地方建造城市，現在的人在想什麼啊？啊～～啊～～啊～～啊，沒問題嗎……」

艾利涅有事前指點她一番了。

百聞不如一見正是如此，看見都市的葵娜感想不知道該說是傻眼，還是闔不上嘴，亦或是佩服。

之後肯定會發生讓人頭痛的事情。

艾利涅和阿比塔看見葵娜的反應後，都滿足地點點頭。

「如何？這就是被譽為景觀都市的費爾斯凱洛城喔。」

「如何～～嚇一大跳吧很驚訝吧很棒吧？嗯～～嗯嗯。」

不知為何，阿比塔團長一個人出奇地亢奮。

團員們紛紛小聲地給葵娜忠告，諸如：「團長是這裡的人，所以總是這樣。」「習慣之後就不會在意了。」或「不要看他就好了。」

這樣聽起來，會覺得團員們認為團長的跩臉是希望他改過的壞習慣。

就在葵娜抱頭煩惱著王都的狀態時，馬車也繼續在街上走。

葵娜就快要和艾利涅等人的商隊告別了。

商隊避開了城門附近的馬車聚集地，來到通往城鎮大馬路的地方。

「謝謝你們讓我和你們同行。」

葵娜輕巧地從貨物台上跳下來，對艾利涅與阿比塔低頭鞠躬。

「那麼葵娜閣下，如果妳有空，隨時都歡迎妳到我們的商隊來。請讓我們優先僱用妳當護衛。」

「喂喂，艾利涅老闆，你對我們的長期合約有什麼打算？」

「當然以葵娜閣下優先啊。」

「還真精明呢。小姑娘，如果妳沒地方去，就來我們這裡吧，我很歡迎妳喔。」

「啊，啊哈哈哈哈……這是我的光榮，沒想到你們兩人都這麼誇獎我。」

「什麼啊，沒希望啊。真無情。」

「不不，我沒事做的時候，就麻煩你們了。」

「對我們來說，現在開始也沒問題喔。」

「喔～～不好意思。」

「開玩笑啦。那麼葵娜閣下，這趟旅行很開心，希望還有機會和妳同行。」

「嗯，謝謝你們了。」

「再見啦～～小姑娘。呃，喂！肯尼斯！」

艾利涅道謝後轉身離開。

阿比塔道別後，喚來其中一名同伴——肯尼斯青年如忠犬一般跑過來。

「團長，有什麼事？」

「你帶小姑娘到冒險者公會去。」

「遵命。」

阿比塔交代完事情後，回到同伴身邊去。

同時對她揮揮手道別。

肯尼斯領頭帶著葵娜在有許多種族又壅擠的大馬路上前進，隨即來到一棟像三棟白色樓塔合建在一起的建築物。

「這裡就是公會了喔。」

「肯尼斯先生，謝謝你帶我來。」

「不會！該道謝的人是我。我會好好珍惜葵娜小姐救回來的這條命。」

「是啊，畢竟下一次我不見得能在現場，請代我向大家問好。」

「好！那我先告辭了。」

葵娜目送他的背影消失在人群中後，垂下肩膀嘆了一口氣。

「因為我都是向人道謝的那一個，該說不習慣被人道謝，還是會讓我緊張呢……」

葵娜轉動脖子，同時穿過公會大門。

映入眼簾的是固定在地板上的圓桌，旁邊沒有椅子，還有幾個強壯粗獷的冒險者們。最裡面有兩三個像彩券販售處的櫃檯。

葵娜朝最近的櫃檯走去，一位一頭紅髮，大約二十五歲的女性滿臉笑容地歡迎她。

「歡迎來到冒險者公會，請問您今天有什麼需求呢？」

「我想在這邊註冊成冒險者～」

「您想成為冒險者嗎？那請先在這張申請表上寫上名字、種族與職業。」

葵娜心想，還真是個冷漠又公式化的小姐呢。

從她稍微試探的模樣來看，葵娜推測她應該也在檢視自己適不適合成為冒險者。

葵娜由上往下瀏覽拿到的申請表一遍，拿起筆迅速寫完後立刻還回去。

稍微考慮一下後，將職業填為魔術師。

有個疑問是，她拿給葵娜的筆是鉛筆這一點。

葵娜還以為會是更像奇幻故事裡一定會出現的羽毛筆之類的。

如果真的拿給葵娜毛筆，她也會很慌張，不知道該怎麼用就是了。

「好的，我收下了……咦？」

迅速看過申請表的小姐盯著一點，瞪大眼睛。

「有什麼奇怪的地方嗎？」

「不，只是高等精靈族相當罕見。」

「咦？沒有其他人和我同族嗎？」

「至少從我開始做這份工作起，這是第一次碰到。」

她說完後，葵娜心想著「糟糕了」。

她很擔憂稀有種族會不會有被抓去賣的危險。

大概是表現在臉上了。

小姐的制式表情一變，露出真性情的微笑，揮揮手否定了葵娜的想法。

「別擔心，在王都裡，有相關的法令取締奴隸。更重要的是，要是怠慢了高等精靈族的人又被大司祭知道了，那可就糟了。」

小姐收下申請表後，將一個用當地語言寫著「四」的號碼牌交給葵娜。

（話說回來，我兒子幹嘛威脅一般人啊……）

「卡片應該要明天才會完成。明天幾點都可以，請妳再來領卡片。另外，需要為您解釋公會的工作注意事項嗎？」

「啊，那應該不用，火炎長槍的團長先生有和我說過了。」

「哎呀，妳是阿比塔先生介紹的啊，那早一點說嘛。」

小姐說了聲「抱歉」，似乎是為了她一開始試探的眼神道歉。

葵娜表示自己不怎麼在意後離開櫃檯，看向旁邊的牆壁。

那個高兩公尺，寬四公尺的空間裡，密密麻麻地貼滿半張明信片大小的紙張。

葵娜隨意從另一端看著寫著簡單的委託內容、報酬金額與委託人名字的紙張。

（我看看，請捕獲魔獸。競技場營運委員會？……徵求緊急護衛，工作內容是調查時的護衛？……要不要和我們一起去尋找桃源鄉呢？這是什麼啊？……請幫忙調查丈夫的外遇。這是冒險者的工作嗎？……咦？咦？這是……）

在這之中，不經意看見一張紙上簡單地寫著「請給我魔法藥水，報酬為兩枚銀幣」，葵娜立刻打開道具箱，確認裡面的物品。

（咦？給阿比塔先生他們的微魔法藥水是最後一批了啊……雖然有很久以前做的高級魔法藥水，但會不會被鑑定出是兩百年前的東西啊～～）

她從一打為一項道具格的魔法藥水中，拿出一罐裝著紅色液體的玻璃瓶（容量為一百毫升多）。

搖搖玻璃瓶確認沒有凝固後，葵娜撕下紙張，一起拿到剛才才離開的櫃檯。

「不好意思～～」

「是。哎呀，是葵娜小姐吧，請問有什麼事情呢？」

「我還沒有卡片，有點像偷跑，但我可以接下這個『徵求魔法藥水』的委託嗎？」
櫃檯小姐接過紙張和魔法藥水之後，搖晃瓶子仔細觀察。
看來她正在使用【技能：道具鑑定】。
她緩緩地大大點頭後小心地收好魔法藥水，在委託書上蓋章。
「好的，沒有問題。我沒辦法仔細鑑定，但感覺像是品質非常好的魔法藥水耶。」
「我已經很久沒用了，只希望還沒有超出有效期限。」
「就這個透明度來看，應該是沒有問題。那麼請收下，這是報酬的兩枚銀幣。」
「謝謝妳。」
葵娜收下銀幣，緊緊握在手中，避開對方視線收進道具箱中。
她道聲謝後離開櫃檯，走出公會。
和進來時一樣有許多種族的人參雜著，來來往往地經過。
「那麼，要先去找旅店吧……我記得艾利涅說走出公會後往左邊……是第幾間？」
旅店似乎都集中在公會附近，左右兩旁的招牌幾乎都很像是旅店的招牌，又好像不是。
上面都畫著寢具及房門模樣的圖案及文字。
因為文字很難讀懂，所以算是幫大忙了。
同時，也得好好學會看字才行。
實際上，葵娜有讀懂未知語言的技能，但缺點是使用時會引起劇烈頭痛。

葵娜避開人潮，走在路旁一會兒後，找到一個狗狗叼著骨頭的招牌。

她點了一下頭，走進裡頭。裡面的空間與邊境的瑪雷路旅店差不多。

桌椅擺放的方法有效地利用了空間，感覺很舒適。

這裡的客人數量和瑪雷路的旅店相比之下完全相反，說起來不太好聽，但人相當多。

話雖這樣說，葵娜環視一圈後，幾乎找不到可稱為純粹人類的客人。

嬌小且有張狗臉的犬人族、身材纖細，有著和頭髮相同顏色的貓耳的貓人族。

包含像直立行走的恐龍一般的龍人族，還有矮人族、精靈族等各種種族。

身材稍微圓潤且四十幾歲左右，應該是旅店老闆娘的貓人族穿著圍裙，用窺探似的眼神迎接葵娜。

「妳是第一次來吧？住宿嗎？還是要用餐？」

「兩個都是。艾利涅先生說要長期住宿的話，他推薦我來住這裡。」

至此都十分戒備的老闆娘聽到這句話後態度一變，露出真心的笑容並鬆了一口氣。

但是，她的外表讓人不禁心想：「沒有健壯的體格，就沒辦法當旅店老闆娘了嗎？」

「什麼啊，是老闆介紹的啊。妳別嚇我啊。」

「這邊拒絕人類客人嗎？」

「是啊，因為到現在還有很多人類（傢伙）會用異樣的眼光看我們這些人。」

「別擔心，別看我這樣，我也不是人類。」

葵娜稍微撩起頭髮，讓她看看微尖的耳朵。
葵娜的高等精靈族沒有像精靈族一樣的長耳朵。
魔人族也擁有尖耳朵，即使如此還是沒有精靈族長。
如果要比較耳朵長度，應該會是精靈族＞魔人族＞高等精靈族。
老闆娘雖然沒有問葵娜是哪個種族，但只是這樣就讓她安心了。
她要葵娜在吧檯的位置坐下。
接著拿出住宿登記簿，詢問她必要事項。
「一晚的住宿費是三十枚銅幣，可以嗎？可能偏貴就是了。」
「那麼，先住五天吧。」
葵娜遞給老闆娘三枚銀幣，得到暫時居所的她久違地與許多種族交流，品嘗老闆娘做的美味料理後，這天早早就寢了。

隔天，提早起床的葵娜全身充滿了高昂感，讓老闆娘相當傻眼。
她迅速把早餐塞進肚子裡，立刻出門去參觀王都。
簡單來說，就像個在修學旅行中玩鬧過頭的學生。
這對幾乎沒有體驗過校園生活的葵娜來說，無疑是種新的心情。
而且很不湊巧，沒有阻止她跟可以阻止她的人。

「首先，總之……先去那裡吧。」

儘管是在建築物的後方，葵娜的眼睛仍捕捉到粲然聳立於對岸的教會建築物。

但是，途中經過的市場有太多罕見的東西了，絆住了葵娜的腳步。

她只逛不買，看了小道具、織品、裝飾品與露天攤販後，在占據市場絕大部分，販售食品的店家停下腳步。

「啊，是棋利納草，正好，要不要買呢？」

那種植物有著和白色水仙相似的花朵和球根，是魔法藥水的材料。

據露天攤販的人所說，這種植物會切碎用來去除肉的腥味，用法和蒜頭差不多。

因為葵娜需要球根和莖的部分，所以她拜託店家的人別切掉後接下東西。

既然是用來去除腥味的，一次所需的量應該不大。

除非是經營餐飲店的人。

葵娜沒有做過菜，因此對這方面不太了解。

她沒有多在意，將現場所有的棋利納草買下來，嚇了店員一跳。

她接著尋找名為可鷺多鳥的鳥類。

聽說這種鳥肉不用加調味料也有點辣，很好吃，但她不知道箇中理由。

有人推測原因也許是在於飼料，但這個世界沒有在進行這方面的研究。

但是，葵娜想找的東西不是肉。

而是從支解後丟棄的垃圾裡撿起心臟，以極低廉的價錢全買下來。

不用多說，連來到露天商店的客人也對她的行為感到驚訝。

只要有這兩樣東西就可以做出簡易魔法藥水，所以葵娜認為隨時帶著幾個會比較好。

以前都要自己去採集這些東西，這讓葵娜無比感慨地想著「現在真輕鬆呢」。

葵娜偶爾抬頭看看從頭頂上方「嗡～～」地飛過去的萊格蜻蜓，也去買了串燒肉來吃，不知不覺就來到艾吉得大河的船隻停泊處。

雖然說是船隻停泊處，但河川的住宅地區沿岸都有碼頭，所以到處都綁著船隻，非常難分辨哪邊是和河川的界線。

即使如此，觀光用船或讓一般市民搭乘，大家一起合搭的小型帆船也會從這邊出船。

這邊據說是不斷在河川旁增建停泊處後，變成河寬最狹窄的地方。

即使如此，距離對岸的河中沙洲也有三百公尺。

葵娜也可以用魔法在河面行走，但機會難得，她決定和大家一起合搭帆船前往沙洲。

從這一側看過去，對岸的沙洲看起來跟一座小島一樣大。

右側聳立著像是把聖伯多祿大殿的穹頂部分削除的白色建築物。

葵娜從身邊人們的對話得知那就是教會，但乍看之下感覺像個塗滿鮮奶油的大蛋糕。

沙洲的中央有種植一大片整齊樹林的公園，左側有兩棟類似修道院的建築。

可以看出彷彿視覺陷阱一般旋轉的迴廊，將兩邊建築的二樓和三樓連結在一起。

聽說那是只要符合資格，無論種族、貧富，人人皆能入學的王立學院。

在更左側有個宛如巨大體育館的建築物。

那似乎是專門製作大型到中型船隻的工房。

以上都是昨晚在旅店裡聽來的河中沙洲資訊。

葵娜支付了來回兩枚銅幣的船費，搭上可搭乘二十人的寬敞帆船。

好幾艘同型態的船似乎會一天來回十幾次，船員說回程只要搭相同的帆船就可以了。

雖說是帆船，不過是硬把三艘用來泛舟，全長很長的船橫接起來，立起支柱並揚起船帆的簡單船隻。

河水是深藍色，透明度極低。

河岸這邊的水相當混濁，是泥水般的顏色。

過去在大戰期間，甚至可以讓迎擊的人潛入水底，從水中擊沉打算渡河的敵方。

偶爾會因為同伴的攻擊而發生觸電事故，這件事成了一個笑話。

葵娜也有好幾次偽裝成赤國的人，潛入河底的記憶。

「那時候的水沒有這麼混濁啊。」葵娜有點哀傷。

就在她沉浸於回憶裡時，緩慢前進的船已經抵達對岸，乘客往四面八方散去。

有往學院方向前進的年輕人，也有走向教會的老人家。

葵娜看著周遭景色並緩步前進，穿過敞開的教會大門，踏進大廳。

「……該怎麼說，這棟建築裡把各種時代全混雜在一起了呢。」

從希臘式的大理石石柱到類似拜占庭建築的東西、哥德式建築等等，內部裝潢像是把所有零件拼湊起來，不愧是日本製混合ＭＭＯ的極致成品，讓葵娜徹底傻眼。

在一片與教堂不同風格的漂亮彩繪玻璃面前，年輕的修女們正在觀光客面前做著與導遊沒兩樣的事。

葵娜稍微思考後，抱著「姑且問問看吧」的想法叫住經過附近的年長修女。

「請問有什麼事嗎？」

「不好意思，我聽說有個名叫斯卡魯格的人在這邊。」

「大司祭大人嗎？他確實在這裡……」

「有辦法見他嗎？」

葵娜雙手合十，擺出求情的姿勢，但眼前的修女仰頭嘆了一口氣，繃緊表情。

「大司祭大人是相當忙碌的人，如果沒有事前預約，是見不到他的。」

「唔，果然不行啊。沒辦法，也不能因為我的任性破壞那孩子的生活啊。」

「？那孩子？」

「那麼，抱歉打擾了～～」

修女看到遺憾卻樂在其中的精靈族少女敬禮說聲「再見」後離去，一臉狐疑地目送她。

跑出教會的葵娜往一旁仰望王立學院的建築物，同時走向港灣工房區。

「機會難得，就去看看吧。」

這一側的工房有對外公開，只要不會打擾到製作現場，要進去也沒有問題。

只不過，偶爾會有木材或鐵鎚飛過來，所以需要小心。

葵娜想起住在同一間旅店，想要成為工匠的龍人族滿腔熱血地說著。

他似乎是學習建築的學院學生，閒暇時間也會當冒險者。

「話說回來……採集點是跑去哪裡了？」

『也有可能位於某棟建築物的下方呢……』

「那樣可能還比暴露在外安全吧……」

奇奇偶爾會回答她的疑問是很好，但是如果被其他人看到，會覺得她是個會喃喃自語的怪人。

前半段用普通音量，後半後降低音量，說完後還要觀察身邊有沒有人發現，葵娜感覺這已經變成了她的習慣，輕嘆一口氣。

基本上，葵娜所屬的是北邊的黑或紫國家，所以不太清楚這一側的實際狀況。

在遊戲裡頂多會當成公會的話題聽聽，或是看看聊天室裡顯示的各國戰況實況轉播。

這邊的採集點是必須投入特殊道具，打倒出現的魔物。

而特殊道具是稀有道具材料的聚合體。

為了得到打倒魔物後會掉落的道具，曾經有臨時組成的隊伍來問她要不要加入。

會出現的魔物也不固定，可能是鳥或魚，聽她隸屬其他公會的朋友所說，非常費工夫。

即使如此，也遠比黑國萊普拉斯那樣，突然被闇夜籠罩後，要不停打倒跑出來的魔物好太多了。

魔物不斷湧出超過四十分鐘時，同伴甚至不知該如何是好，感到窮途末路。

此時，葵娜最大的擔心是王都的安全。

理由在於出現的魔物不是１００級或２００級的小玩意兒。

因為一般來說，能對付那些魔物的大多都是３００級或４００級的玩家。

葵娜擔心的是，這塊大地的冒險者等級太低了。

舉例來說，就連看起來很老練的戰士阿比塔，講白了，他的等級連１００級都不到。

葵娜也向他確認過了，現在的冒險者使用的【調查】技能似乎不會顯示出具體的強弱。

順帶一提，他看葵娜時顯示出來的是「不明」，這是理所當然了。

總之，葵娜希望如果魔物會因為某種偶然的情況跑出來，至少是自己還在王都的時候。

沿著沙洲的外緣走一段時間後，會抵達類似宛如大型體育館的列車基地，直接與河川相連結的工房。

從入口旁探頭往裡面一看，沉在水面下，被稱為船體的部分已經入水，工人正在上面連接露在水面上的乾舷部分。

那個大小是經常停泊在港邊的遊艇兩倍大。

「……什麼啊，是來參觀的嗎？很危險喔，別靠近。」

葵娜似乎不知何時整個人湊上去看著，一名抱著四方形的木材，露出健康上半身的年輕人提醒她。

「啊哈哈～～不好意思。」

「很少看到女生來參觀耶，妳看起來好像也不是想拜師傅為師。」

「嗯？師傅？拜師？」

年輕人朝船的方向揚起下巴。

朝船上看去，有一個矮人大聲朝四面八方下達指示。

「你在幹嘛啊～～！我不是說那邊不對了嗎！你這傢伙，那邊也在幹嘛！順序不說兩三次就記不住嗎～～？不要拖拖拉拉！快點搬～～！」

總之，只聽得到他怒吼的聲音。

年輕人洩漏幾聲乾笑，再次看向葵娜說：「要是太靠近會被師傅罵喔。」之後打算回去工作時。

「你這傢伙，別對來參觀的人說三道四！」

下一秒，身後傳來粗獷的怒吼，年輕人如字面所示跳起身。

身高只有到葵娜的肩膀，有一頭灰色頭髮和鬍鬚的魁梧矮人眼冒怒光地站著。

年輕人慌慌張張地抱著木材，逃命似的跑進裡面。

矮人目送他離開後，搔搔後腦杓並看向葵娜。
「對不起啊，小姑娘。我們家那個不成樣的……咦？」
「嗯？……咦？」
原本想說什麼的矮人突然僵住。
葵娜看見他的汗水流下，思考了一會兒，從頭到尾打量這個矮人一番後想到了。
「啊啊！這不是卡達茲嗎？好久不見，你過得好嗎～～？」
「……喔、喔喔喔喔喔……喔。喔喔？老……老媽？」
葵娜猛然摔了一跤。
主要是因為出乎預料或出乎預料的反應。
「沒、沒沒沒、沒事吧，老媽！發生什麼事了？」
「沒、沒事沒事，該怎麼說，該說這個稱呼出乎意料，還是和我想的完全不同……」
葵娜讓卡達茲拉她一把，站起身後再次看著矮人。
實際感受到「這確實是自己那時創建出來的備用角色啊」。
雖然覺得年紀有點大，但看見他是以自己的意志確實行動，走在自己選擇的道路上，讓葵娜有點開心。
雖然她不記得自己有孩子，但感覺就像在醫院裡遇見小朋友的慈愛心情，葵娜摸摸卡達茲的頭。

雖然說她住院時的身體做不到這件事。

卡達茲滿臉通紅地揮開她的手，轉向另一邊環抱著雙臂。

「別、別別別、別突然摸我的頭啦！又、又不是小朋友了！」

「呵呵呵，模樣變得好有趣喔，真可愛。」

「別、別對老人家說可愛啦！很噁心耶！」

在兩人持續著令人莞爾的嬉鬧的背後，有群看熱鬧的人窺探著兩人的樣子。

是工匠與徒弟們在工房出入口成串探頭看著。

「唔、喂，那位女人是誰？」

「竟、竟然和師傅聊得那麼開心……」

「啊，師傅被摸頭了……」

「做了那種事情竟然沒有被揍，他們真親近呢。」

「該、該不會是師傅的春天也終於來了？」

「喂喂，你以為師傅都幾歲了？年齡差太多了吧！」

「年、年紀比自己小的情人！好、好讓人羨慕……」

「啊，糟糕了……」

「在幹嘛啊，你們這些傢伙啊啊啊啊啊啊！！！」

「「「「「「對、對不起～～！」」」」」」

卡達茲看到葵娜被偷偷摸摸的徒弟們惹得呵呵笑，覺得很不好意思而以最大的音量喝斥聚集在身後的他們。

葵娜看見他們一哄而散後噴笑出聲，讓卡達茲低喃：「一點也沒變啊。」

「……妳說什麼！妳從樓塔出來，成為冒險者了？」

「嗯，我今天晚一點要去領卡片。有好多事和兩百年前差太多了，辛苦死我了。」

「老媽跑去當冒險者，是要滅掉哪個國家嗎？」

如此這般地向卡達茲說明到此為止的來龍去脈。

葵娜不經意反射性地朝突然毫無疑問地說出驚人話語的兒子頭頂敲了一記她對奧普斯的攻擊。

卡達茲立刻趴倒在地，臉撞上地面。

「咦？你怎麼了？」

「什麼『你怎麼了？』！突然用蠻力攻擊，我還以為我的腦袋要碎了！而且妳也別默默生氣，卻使出那種恐怖的招式啊！」

「對了，我來這裡前有先去教會一趟，但是被修女擋在門外。」

「妳現在是不想反省自己的行為，轉移話題了吧……話說妳去找大哥了嗎？那當然會被擋在門外啊。」

「還有，你知道梅梅在哪裡嗎？」
「大姊應該在隔壁的學院當學院長。啊，一般人不知道這件事。然後，就算妳去找她，應該也會被擋在校門外喔。」
「哦～～這樣啊，卡達茲，我知道了。」
卡達茲看見母親往後退一步轉身離去，連忙追上去。
看見兒子抓住她的手留住她，葵娜不解地歪頭。
「對、對不起，老媽，我剛剛說了什麼話惹妳生氣嗎？」
葵娜剛才冷淡的回應似乎讓他誤會了什麼。
看見粗獷的他慌張失措的樣子，葵娜再次摸摸他的頭，讓他安心。
「別擔心，我沒有討厭你。但我今天先回去了，我住在拒絕人類入住的旅店裡，有什麼事就來找我吧。」
「喔、喔喔。就說了，不用摸我的頭！但我會跟大哥他們說一聲。」
「嗯，拜託你嘍。」
卡達茲看著母親小跳步離去，大嘆了一口氣。
感到後腦杓有視線，他轉頭看去，和一群躲在暗處，有人噴淚有人不悅，凝視著自己的工人對上眼。
「…………（憤怒）」

『………………（驚嚇）』

不用說，下一秒，巨大的怒吼聲響徹了整個河中沙洲。

葵娜回到對岸後立刻前往冒險者公會，拿號碼牌換取了卡片。

拿到寫著「葵娜：高等精靈：魔術師」的白底卡片，葵娜相當開心。

心情與第一次登入ＶＲＭＭＯ里亞德錄，以冒險者的身分在原野中踏出第一步時的興奮感很像。

雖然只留下她被當時正好出現在相同地點，後來變成孽緣的奧普斯踢飛的記憶。

當然，葵娜之後回以一記飛踢也是令人懷念的記憶。

葵娜立刻去看貼著委託書的佈告欄，看到寫著「徵求護衛，精靈族女性：艾利涅」、「徵求新夥伴，精靈族女性且會使用魔法者佳：阿比塔」的紙張，露出苦笑。

「這兩個人肯定是故意的啊……」

葵娜被無比空虛的疲倦包圍，放棄看委託書，走到大馬路上。

……這時，突然有人從旁向她搭話。

「喂喂，那個小姑娘。」

「什麼……我嗎？」

不管是在喊自己還是在喊旁邊的人，只要有人搭話就轉過頭去是人之常情。

葵娜轉頭看去——是一對男女。

「你剛才是在叫我嗎？」

「嗯，是我叫妳。小姑娘是冒險者吧？」

聽到葵娜的疑問，一臉滿足地點頭的是個長著白色鬍渣，頭髮也開始參雜著白髮，大約五十多歲，全身穿著鎧甲的騎士。

雖然說是騎士，他身上的鎧甲與其說是白色，更像是沾滿塵埃的舊東西。

掛在腰上的劍也和巡視城市的騎士不同，劍鞘也不白，是普通長劍。

和他在一起的是個看起來和葵娜差不多的女孩。

那名銀髮女孩裝備著皮革鎧甲和長袍，手拿著前端飄浮著藍球的魔杖。

她從男性出聲喊葵娜時起，就呆愣地看著葵娜，但在雙眼對上的瞬間，立刻慌張地揮動雙手，連忙紅著臉頰躲到男人背後。

男人對此抱著雙臂「哈哈哈」大笑帶過，走到葵娜身邊。

「我叫阿蓋得。喂，妳也別躲了，出來自我介紹吧！」

躲在男人身後的女孩低著頭來到男人身旁，稍微低下頭。

「那、那個，我叫倫蒂。」

「……喔，我叫葵娜。」

葵娜完全看不出來他們是為了什麼叫住自己。

她順著現場——特別是阿蓋得的氣氛回答。

為了在醫院裡有舒適的生活，第一條法則就是「對方比自己年長時，若對方搶走主導權，就只能順著對方」。

「妳看起來很有實力，可以幫我們一點忙嗎？」

「雖然我不知道要幫什麼，但這是委託嗎？很不湊巧，我才剛成為冒險者，如果你要我帶你們去參觀王都，我也沒辦法……」

「放心，我們都是王都人，不會拜託妳那種事。我們希望妳幫忙的是很費力的工作。」

「費力的工作？是消滅魔物、打退盜賊之類嗎？」

「不，是要找人。」

葵娜想著「是很嚴重的問題嗎？」時聽到阿蓋得乾脆地回答，大失所望而有點踉蹌。

阿蓋得看見葵娜的態度，揮揮手更正：

「雖然是找人，但對方的實力堅強，不可以大意啊。」

「這樣啊，是犯罪者還是凶殘的嫌犯嗎？要綁住他們嗎？」

「嗯，大概就是這種感覺吧。可以委託妳嗎？」

「沒問題喔，只要你確實支付酬勞。」

如果是在邊境村莊裡的葵娜，應該不會提及酬勞。

經過艾利涅老師與阿比塔中士的指導後，現在「可以得到的東西，就算是一枚銅幣也要加上去」的教育在她的腦袋裡不斷重播。

「報酬就交給我們，只要妳順利完成任務，我會一口氣付出妳看都沒有看過的金額。」

「好，說定了，我就接下這個委託吧！」

彼此都豎起大拇指後，葵娜和老騎士用力握了手。

倫蒂一個人跟不上狀況。

「……話說回來，這座城鎮意外的大耶……」

「目標算是比較常在王都的這一側出沒，分頭找總會有辦法吧。」

「喔，要分三頭去找嗎？」

環視周圍，人潮眾多讓葵娜感到厭煩，但阿蓋得指著包含自己在內的三個人說：

「不，我自己一個人去找。倫蒂知道目標長什麼樣子，讓她和葵娜閣下一起去找吧。」

「我、我要和葵、葵娜小姐一起嗎？」

「葵娜閣下不知道目標的樣貌啊。這傢伙就麻煩妳了。」

「好的，沒有問題。我遵從委託人的意見。」

葵娜目送舉起單手消失在人群中的阿蓋得離去後，轉頭看向倫蒂。

下一秒，倫蒂發出「呀！」的尖叫聲，遠離一步。

葵娜擔心起自己的表情有沒有那麼恐怖。

「嗯～～妳討厭精靈族嗎？」

「啊、啊啊啊啊！對、對不起！我、我沒有覺得葵娜小姐很恐怖。」

說到一半還吃螺絲，愁眉苦臉的倫蒂讓葵娜輕笑出聲。

葵娜像在和醫院裡的孩子們相處，朝倫蒂伸出手。

她像看見了稀罕的東西，交互看著葵娜伸出來的手和她的臉。

「我是第一天成為冒險者，高等精靈族的葵娜，請多多指教。」

倫蒂瞬間滿臉通紅，膽怯地將自己的手疊上葵娜的手。

「我是隸屬於王立學院，冒險者經歷一年的倫蒂·阿爾巴列特。我、我才要請妳多多指教。」

相互對看，對笑一段時間後，紅著臉的倫蒂突然低下頭。

……不過，注意到什麼事情而猛然抬起頭。

「呃！葵娜小姐是高等精靈族嗎！為什麼精靈族的王族會在這裡？」

「哎呀，不管是哪個世界都有例外喔。別說這個了，快走吧，不然要天黑了。」

因為整個早上都用在觀光上，所以今天只剩下半天了。

據說傍晚人會變多，不適合找人。

不知為何，像剛交往的戀人一樣牽著手的兩人，往阿蓋得的反方向走。

「話說回來，我們要找怎樣的人？」

「啊，不、不好意思。這個嘛，要找年紀比我小一點的紅髮少年。」

「還真是籠統耶……」

稍微思考後，她們走進和大馬路隔著一條街的小巷弄裡。

在民宅與商家的後頭，錯綜複雜的小路綿延，她們一邊走一邊避開障礙物。

葵娜認為孩子的遊戲場所，就像她生活的城市一樣，是以公園為主流。

就她到目前為止在城裡逛的結果，王都裡似乎沒有這種地方。

因此，她認為這種小路應該會有孩子們的祕密基地之類的地方。

和倫蒂一起尋找孩子可能會藏匿的地點一陣子，以飛快的速度走完了小巷弄。

「因為不是走遍每個角落，所以也不知道哪裡是怎麼樣的……」

「咦？妳是漫無目的地走進小路裡的嗎？」

「姑且就理論來說，孩子會有『祕密基地』啊。」

「理、理論……嗎？」

就在葵娜請奇奇列出有哪些技能適合拿來找人時，大馬路的方向傳來尖叫聲。

兩人慌慌張張地改變方向，跑出小巷弄。

在那裡，看熱鬧的人們抬頭看上方，七嘴八舌地大叫著。

「危險啊」或「呀啊啊！」之類的，像看見世界末日一般大喊尖叫。

理由在於頭上。

兩棟房子中間掛著一條橫越大馬路的繩子，主要是用來曬衣的。

繩子中間有隻小貓咪拚命地抓住繩子。

有個少年正像毛毛蟲一樣，慢慢地在繩子上移動，想要救貓咪。

「不管到哪裡，都可以看見這種在一旁看著拚死救命戲碼的觀眾呢……」

葵娜說著，也成為觀眾之一往上看。

旁邊的人偶爾大聲鼓勵，看著紅髮少年奮鬥。

葵娜往上看，同時準備好隨時都可以出手幫忙時，突然發現到。

（嗯？紅髮少年？）

有種不祥預感的葵娜想要制止身旁的倫蒂，但為時已晚。

「啊、啊啊啊啊！」

突然擠出口的瘋狂尖叫，足以讓當場的氣氛煙消雲散。

小貓咪被倫蒂的尖叫聲嚇到，鬆開了勉強抓住繩子的爪子，從空中往下掉。

少年追著牠跳下來，勉強在空中抓住了小貓。

在下方觀看的群眾預想到悲慘的未來，驚聲尖叫。

其中還有已經死心放棄，用雙手遮住臉的人。

而事先設想到最糟的狀況，做好準備的葵娜不慌不忙，相當冷靜。

她朝少年施展出事先準備好的魔法。

【魔法技能：load：飄浮】

「咦咦！」

不理會身旁的錯愕尖叫。

抱著小貓縮成一團的少年發現自己浮在空中，一臉茫然。

脫離重力束縛的少年如羽毛衣一般輕盈，順利著地。

下一秒，在旁邊圍觀的群眾對少年與葵娜大聲歡呼，鼓掌喝采。

葵娜轉著圈圈，對旁邊的人低頭道謝：「謝謝，謝謝。」

而一群神色擔憂，年紀比紅髮少年小的孩子們跑向抱著小貓的少年，圍在他身旁。

「老大，沒事吧？」

「嗯，我活蹦亂跳的。」

紅髮少年回應擔心他的同伴們，原本想要道謝，但發現站在葵娜身邊的倫蒂後露出一臉尷尬，向後退了一步。

「倫、倫蒂……」

「終於找到你了，殿……不，呃，少爺。」

只聽到這裡，葵娜就理解了一切，竊笑著點點頭。

「原來如此，我遇到這樣的事件了啊～～」的感覺。

（就算完成了四千個任務，也沒有遇過這種的啊～～）

紅髮少年不理會在內心自我理解的葵娜，把手上的小貓塞到倫蒂手中，對孩子們說：

「我們走！」後拔腿就跑。

「啊！等等！這、這該怎麼辦啊？」
「唔嗯，真迅速。那些孩子逃走了喔。」
「呃，葵娜小姐！別佩服他了，請快點抓住他！」
「好好好～～總之，只要沒斷手斷腳就好了吧？」
「咦咦？」
在倫蒂反駁什麼前，葵娜用【主動技能：跳躍】輕鬆地越過旁觀者，追上少年們。
她剛才已經記住臉了，要是有什麼萬一，使出各種魔法抓人就好了。
首先，用【召喚魔法】叫出風精靈，讓自己追上他們。
另一方面，被追逐的少年們在小巷裡像迷宮一樣複雜的地方稍事休息。
偶然間，他們發現葵娜接近了。
在稍微休息後抬起頭時，正好和葵娜對上眼。
葵娜不像他們那麼了解小路，在障礙物多的路面跑也很麻煩……所以她走「牆壁」。
「「「這是怎樣啊啊啊啊！」」」
少年們一齊吐槽。
葵娜完全不理他們，彈了個手指走近，同時露出邪惡笑容。
因為人是橫的，所以有點不成樣子，也許反而飄散著詭異感。
是要怎樣才會有人想要走牆壁追來啊？

「好了，因為雇主的委託，要做好斷個十隻或二十隻手腳的心理準備喔。」

「「「「人類沒有那麼多隻手腳！」」」」

葵娜追著再次選擇逃亡的少年們跑，實際上相當煩惱。

（該怎麼抓住他呢？）

雖然她的技能多到有剩，能不傷分毫地抓住對方的手段卻很少。

【魔法技能：麻痺網】雖然能麻痺對方，也會傷害對方。

對方是個孩子，現在的葵娜即使用最小的威力攻擊，也會讓他瞬間碳化。

召喚出大型蜘蛛召喚獸，用蜘蛛網抓住他也是個方法。

……但是，蜘蛛本身的身體長達四公尺，反而可能讓自己因為騷亂罪，或被懷疑是魔王的手下而被士兵逮捕。

沒辦法，就陪他們玩捉迷藏到少年們體力耗盡，不能動為止吧。

動動身體也讓葵娜覺得相當開心，先試著口頭說服吧。

「喂～～！殿助，你逃不了喔～～乖乖就縛吧～～！」

「誰是殿助啊，叫誰啊～～！」

「剛剛倫蒂不是叫你殿少爺嘛～～！」

「倫蒂，不可原諒～～！」

走在牆壁上，又「跳」過障礙物，輕裝的女性冒險家用不合理的方法將熟知每條小路的少年們逼入絕境。
紅髮少年帶領的團體終於決定要使出殺手鐧。
到目前為止，甩掉無數個士兵的最終武器。
他們轉個方向，逃進住宅區的深處再深處，被稱為再開發地區，有許多沒人住的民宅林立的區域。這裡是通稱垃圾堆的小路。
他們鑽進不斷增建的民宅之間的小隙縫，計算時機。
在女性冒險者(葵娜)接近時，一口氣把左右兩邊堆積成山的木箱及廢木材等東西推倒。
轟哇唰啊啊啊啊啊啊！！！
轟鳴聲響起，塵埃飛舞，小路一下子就被木箱及廢木材掩沒了。
「好耶～～！」
「太棒了～～！」
「看到沒～～！」
……夥伴們大聲歡呼。
紅髮少年擦拭額頭上的汗珠，打算慰勞同伴們，但是聽到從廢木材堆的另一頭傳來「很危險，別靠近小山喔～～」的悠哉聲音，嚇得轉過頭。
【戰鬥技能：跳躍的兔子(Rabbit Stream)】。
啪啊啊啊啊啊啊啊啊！

上一秒還堆在這裡的木箱與廢木材，一瞬間變成碎屑飛上天際。

朦朧的煙幕布幔另一頭出現一個人影。

出現一名無畏地笑著的女冒險者，維持由下往上揮起發出微微藍白色光芒的劍的姿勢。

殘骸的碎片晚了一步，七零八落地灑落在她身邊。

「等、等一下，妳的劍是從哪裡拿出來的！」

「妖、妖怪……」

「喂～先仔細看清楚人再說啦～我哪裡像妖怪啊～」

「快逃！」

「唔哇，真頑強耶……」

葵娜還以為剛才那一招會讓他們喪失鬥志，但她完全猜錯了，很是失望。

她把只要注入ＭＰ就有增加威力效果的符文劍收起來，讓剛才召喚出來的風精靈先追上去，自己再追上去。

追逐者與被追逐者再次在街上穿梭。

少年們跑出面對大河的城鎮上流，爬過增建後宛如攀登架的碼頭，躲到下方的下水道。

這裡原本是在城鎮擴張前，和部分大河支流匯流的地方，現在變成只是把生活廢水排進大河裡的水溝。

少年們跳上藏在這裡的小船，拿起船槳後開始猛烈地划起船槳。

王都的祭典裡有划小船的競賽，他們每年都和大人們比得不分上下。
就在他們完美發揮在比賽中培養的才能時，船也快速遠離河岸。
越過沙洲後，正想宣言：「怎麼樣，活該！」而轉過頭去時，他們的表情全僵住了。
因為他們看見葵娜毫無障礙地「走在水上」，朝他們逼近。
這讓在碼頭邊說著「發生什麼事？」過來看熱鬧的人們也都瞪大眼睛，一片譁然。
「別以為你能逃出我的掌心～～快點乖乖就縛～～！」
葵娜一手拿著不知道從哪裡變出來的黃色加油筒，勸他們投降。
少年們抖個不停，轉過身面向前方就開始猛力划動船槳。
一種不管三七二十一的感覺。
「沒辦法了。」葵娜抓抓臉頰，和小船保持若即若離的距離，小跑步追在後面。
結果繞了沙洲四圈，葵娜從精疲力耗如死人一般全身癱軟的少年中捕獲了紅髮少年。

在天空染成橘色時，葵娜抓著少年的後領，把順便用繩子一圈圈綁起來的少年交給倫蒂兩人。
他們似乎從頭到尾都看到了剛才那場騷動，倫蒂一個人吃驚地張大了嘴。
「哈哈哈～～妳真厲害呢。」阿蓋得笑著，沒特別說什麼。
「拿去，這是報酬。」

接過裝得滿滿的一小袋銅幣，葵娜歪過頭。

這確實是至今未曾見過的銅幣數量。

「這是什麼？」

「嗯，剛剛那場水上捕捉競賽，我和看熱鬧的賭一把了。五五分帳可以吧？」

「哇，這個老頭還真精明啊……」

被繩子重重纏繞綁住的紅髮少年也筋疲力盡，渾身不停顫抖。

「可惡～～妳是怎樣啊～～妳知道本大爺是誰，還做出這種事嗎～～」

「大概知道啦，但叫你殿助就好了，我也不想被捲進你的問題裡～～」

「哦？妳知道這小子是誰嗎？」

「因為剛才倫蒂差點喊出『殿什麼』啊，應該是過膩了無聊城堡生活，偷跑出來的王子之類的吧？太常見到一下就懂了。所以我會當沒看見沒聽見，只是幫忙抓了壞孩子。」

「喂～～倫蒂！都是因為妳，害我被叫成殿助～～！」

「嗚嗚嗚，對不起。」

葵娜把收到的小袋子收進道具箱裡後，開口問：「我可以當成完成委託了吧？」

阿蓋得露出莫名滿足的笑容，把感覺像縫在大衣上的一顆又大又圓的金屬鈕釦遞給她。

「這次又是什麼啊？」

「如果妳在王都裡遇到麻煩，拿這個出來就好了。」

「不，我覺得這是另一個騷動的源頭耶。」
「呵呵呵，再見嘍。辛苦妳完成委託了，小姑娘。」
「不好意思，葵娜小姐，今天非常感謝妳。」
阿蓋得用看不出是老人的豪邁動作把呈現毛毛蟲狀態的少年扛在肩上，「呵呵呵～～」的笑聲形成回音，搭上停在一邊的小型豪華帆船。
倫蒂深深一鞠躬後也跟在他後面。
「那個老爺爺是哪裡來的宇宙忍者啊……」
看著帆船開始悠悠地渡河，葵娜決定轉身回旅店。
葵娜之後才知道，到這時候為止還算平和。
咚！
走進旅店大門的那個瞬間，迎接葵娜的是歡呼聲與滿滿一大杯的酒。
自然地臉頰抽搐已經快變成條件反射動作了。
「歡迎回來，妳也太慢了！」
豎起褐色貓耳的老闆娘開心地把大酒杯遞給葵娜。
葵娜不由自主地接下，旁人開始起鬨要她一口乾了。
不太清楚狀況的葵娜轉頭看著老闆娘。
「是因為妳在河邊做了有趣的事情啊！我有聽大家說，但還是不太懂，然後大家就說，問本人不就知道所有事情了。啊，那杯酒是大家請妳喝的。」

……也就是說，為了拿來當大家的下酒菜，要我把今天抓住少年的過程全說出來？

葵娜瞬間理解後臉色極為蒼白。

這個酒杯是最大的原因。

與此同時，要她乾了的吆喝聲也未停歇，自暴自棄的葵娜死心地將酒杯湊到嘴邊。

——順帶一提，在那之後的記憶是一片空白。

◆

這裡是王立學院。

是位於橫渡了費爾斯凱洛的艾吉得大河，河中沙洲正中央的學院。

只要有能力，不管種族、年齡、性別都可以入學，是廣開門戶的學院。

時間要回溯到葵娜剛好遇到卡達茲那時。

有一個女學生被叫到鍊金科教授室裡。

原因是課程中一環，製作魔法藥水後繳交的事。

雖然比規定日期還晚交出藥水的她也有問題，但更重要的問題在於她交出來的成品。

鍊金科的羅伯斯．哈維教授。

一頭亂髮，穿著鬆垮的教師用長袍及有點骯髒的白袍，瀏海遮住了半張臉，還有醒目的滿臉鬍渣。

身為歷史悠久的王立學院教師，這身打扮實在不像樣，但他是位實力堅強的鍊金術師。

他毫無幹勁地將手肘撐在桌上，抬頭看著站在辦公桌旁的女學生。

「喔，關於妳做的這個魔法藥水……這真的是妳做的嗎？」

「是、是……」

羅伯斯捏起她交出來的裝有紅色液體的藥瓶，眼神懷疑地看著她。

「真的嗎？如果這真的是妳做的，我能薦舉妳進王宮……」

「咦！真的嗎？」

女學生面對突然出現在眼前的出人頭地的機會，瞬間滿臉喜悅。

但羅伯斯不改他糊塗的態度，緩緩搖晃他捏起的藥水續道：

「妳到了那邊後，應該會被要求做出這個。妳真的知道這個藥水的做法嗎？」

「啊，是、是的。有柯樹根……」

「好，出局～～這個藥水不是用那種差勁材料可以做出來的東西，這可是做法早已失傳的古代遺物（Artefact）級之物啊。」

從瀏海之間射出的銳利眼神，讓女學生臉色蒼白地往後退。

「……那麼，這個是誰做的？」

再次回到第一個問題，羅伯斯的姿勢懶散，但氣勢截然不同的逼問終於讓女學生泫然欲泣地低下頭。

「對、對不起！因為我怎麼樣都湊不齊材料，然後，就、就去委託冒險者公會，請人幫我做的！」

「這樣啊，我明白了。我之後會出別的作業給妳，妳可以走了。」

羅伯斯揮揮手趕她走，女學生再次低下頭，沒拭去落下的淚水，逃也似的離開教授室。

羅伯斯看著眼前的紅色液體藥瓶思考了一陣子，聽到敲門聲而抬起頭。

「嗨～～我進來了喔～～」

進門的是位典型金髮碧眼的精靈族。

及腰的長髮編成辮子，身上穿著連腳邊都能遮住的紅色長袍。

王立學院學院長梅梅．哈維。雖然看起來十分不合襯，但她是羅伯斯的妻子。

「學院長（是妳啊）……難得見妳來鍊金科呢。」

「因為我剛才和一個哭著跑走的女生擦肩而過啊。糊里糊塗的又虐待學生的話，會影響你的考績喔。」

不理會惡作劇般逼問還把看起來很開心的臉湊過來的梅梅，羅伯斯把紅色液體藥瓶抵在她的鼻尖上。

「真冷淡……這是什麼？」

「學生交出來當作業的魔法藥水。」
「是喔～～是誰做的？感覺是你也做不出來的東西耶。」
梅梅捏起藥水瓶用力搖晃，瞬間就看出了內容物。
「妳果然看出來了，聽說是冒險者做的。」
「什麼啊～～冒險……啥啊啊啊！」
梅梅在腦中理解了羅伯斯的話，對不可能出現在這世上，超乎常理的東西說不出話來。
看到她這樣，羅伯斯誇張地嘆了一口氣，從妻子手中拿過紅色液體藥瓶，放在桌上。
前宮廷魔術師都如此慌張，能知道這個魔法藥水真正的價值。
「要是這種東西出現在世上，市場會大為混亂。總之，我明天會去公會一趟，警告做的人。」
「能讓懶惰的你行動，這可真不得了。乾脆把做的人帶來這裡啦。」
這隨意的發言讓羅伯斯傻眼地嘆氣。
「幹嘛，妳打算請對方來當老師嗎？」
「首先要先面試，接著等結果吧。」
揮揮手正準備要走出房間的梅梅，停下腳步轉過頭：
「啊，不好意思，我今天晚上要跟哥哥他們吃飯，你可以幫我說聲今天不用準備我的晚餐嗎？」

「知道了，但真虧大司祭的時間湊得上啊……」

梅梅湊近羅伯斯，輕輕在他臉頰上落下一吻，滿臉笑容地揮手走出房間。

走到門口時轉過頭，對心愛的丈夫拋了個媚眼。

「我家愚弟似乎有緊急報告啦～」

梅梅離開學院後，來到位於沙洲北側的一家店。

那是貴族們專用的高級料理店，名為「黑兔的白尾亭」。

他們兄妹之間會互相聯絡，在這裡聚會，說說自己的近況。

這次是因為卡達茲送來「超級緊急狀況！」的信而臨時舉辦。

「……就是這樣。」

「你、你、你、你說什麼～～～」

「原來如此，母親大人閣下啊……」

白天意外遇到葵娜的卡達茲向哥哥姊姊報告事情的始末。

結果被停下吃飯的手，一臉恐怖地湊上來抓住他的姊姊——梅梅胡亂搖晃。

「為、什、麼、不、馬、上、叫、我、過、去～～！」

「嗯，應該要出動整個教會款待她嗎？」

三兄妹的長男，身材高挑的美人——斯卡魯格皺起眉喃喃自語。

一舉一動都伴隨著「嘩啦」或「閃亮」的音效，以及玫瑰飛舞的特效。

擁有檸檬色金髮與閃耀綠眼的他把纖細的指尖抵在嘴邊，憂鬱地思索。

順帶一提，聲音和特效並非幻聽或錯覺。

這正是數量多到浪費的技能中，在討論版上被罵翻，讓人懷疑營運商大概是瘋了的東西第一名。

【獨特技能：美麗灑落的玫瑰（凡爾賽玫瑰）】。

效果是可以在自己喜歡時發動所有唯美效果。

話雖如此，特地讓他學會這個技能的母親（葵娜）也有問題啦……

梅梅停下搖晃卡達茲的手，對大哥說的話聳聳肩。

「別這樣做比較好吧？說起來，媽媽就是因為覺得人很煩才會躲在森林深處啊，有種『這是為了什麼啊』的感覺～～」

聽見妹妹說的話，斯卡魯格點點頭說著「是這樣啊」，「滑順」地撩起頭髮。

姊弟兩人早已學會裝作沒看見的技能，事到如今也不會吐槽了。

「話說回來，媽媽當冒險者啊……咦？那個魔法藥水該不會是？」

「嗯嗯？老媽說今天是她當冒險者的第一天喔。」

「就是啊，有人拿到做法早已失傳的魔法藥水～～」

「唔，母親大人閣下都來了，告知我們一聲就好了啊。」

「她說她吃了閉門羹，她在遇到我之前，似乎先去了教會一趟。」

卡達茲說完，斯卡魯格「叩」地敲了一下額頭，帶著輕視的細長雙眼無謂地「閃亮～～」發光後陷入沉思。

「竟然沒向我報告母親大人閣下來訪，還將她趕出去，這可是冒犯了我敬愛的母親大人閣下啊。」

他的背後出現緩緩搖晃的黑霧，露出「非常憤怒」的黑色笑容，雙眼閃耀著詭異的紅色「光亮」。

梅梅用力打了一下，打斷大哥。

「哥哥也別隨便說出那種恐怖的話！要是被媽媽知道才真的倒大楣了。那麼溫柔的媽媽不可能同意你做這種事才對。」

「也對。」低喃的斯卡魯格使黑霧散去，「嘩啦」地用手指梳起長髮。

接著「唰啦啦」地滑落肩膀。

「那麼，既然母親大人要在這個王都落地生根，我們的立場該怎麼處理才是問題吧？」

「呃，大哥，你對現在的立場有什麼不滿嗎？」

「這還用說，對我們來說，地位最高的人只有母親大人閣下，所有行動都應該以母親大人閣下為主——不，肯定是這樣！」

看見大哥背後有狂暴的海浪「隆隆～～」地打著，姊弟兩人不禁歎氣。

看來就算經過兩百年，他的母親至上主義還是沒治好，反而惡化了。

要阻止變成這樣的大哥，只有一個方法。

「得要媽媽來罵罵他才行了。」

「大司祭竟然是這種人，這個國家沒問題嗎……」

第四章 女兒、學院、樓塔和召喚獸

葵娜按著嗡嗡作響的腦袋，有一口沒一口地吃著早餐。

似乎是她的臉色相當糟糕，住在同間旅店的客人還給了她宿醉藥。

就算葵娜是技能大師，會喝醉的時候還是會醉。

因為連【常時技能：毒耐受性】也沒辦法完全擋下來。

這也是在里亞德錄的遊戲裡，被大多數玩家猛烈抗議後的結果。

在里亞德錄中，只有在戰爭期間能殺害玩家。

雖然相當細微，但是也可以取得經驗值，而讓等級低的玩家們很拚命。

結果，出現結黨攻擊突破極限者等高等級的人。

一開始是【異常狀態無效】的技能變成【異常狀態耐受性】，最後變成分為【毒耐受性】、【麻痺耐受性】、【沉默耐受性】等各種異常狀態耐性的最終分類。

也有高等級者提出「沒必要做到那樣吧……」的意見，但這受到占據大部分的低等級玩家歡迎。

如果是像葵娜一樣重視魔法的人，也曾經因為對方採取數量、戰略對戰而輸了好幾次。

她心想：「沒什麼是完美無缺的啊～～」灑脫超然，但其他人可不這麼想。

有一段時間，突破極限者、技能大師和高等級玩家們曾團結一致，全隸屬某一個國家。

最後，整個國家變得無人能敵，那時包含官方網站，討論版上可是一團亂。

這些經緯大概是現在葵娜受到酒精影響的理由。

在遊戲角色時，只能透過機率和程式編組，來決定毒素會不會發揮效果吧。

對遊戲角色變成現實肉體的葵娜來說，「二十歲之後才能喝酒」、「未成年」等精神上深植人心的觀念，大幅降低了她的【毒耐受性】效果。

另外，瑪雷路對她說的「宿醉也是享受飲酒樂趣的必經之路之一啊」，禁止了她的【毒淨化】。

葵娜老實地聽從她的話，享受著宿醉。

說到她為什麼會老實聽從，是因為瑪雷路在葵娜心中的地位就像這個世界的媽媽。

（唔唔，我是來這裡幹嘛的？說起來，就算我想要找樓塔，大家知道什麼是守護者之塔嗎？）

一大早就去市場，買了棋利納草和可鷺多鳥的心臟，在旅店吃完早餐後前往公會。

途中，在路上碰到的幾個人說她是「走在水面上的小姑娘」，真希望他們別這麼叫了。

（我又不是水黽。）

但那是完全無法否認的魔法，這也沒辦法。

人口越多，謠言傳播的速度越快。

也很常變成傳話遊戲，變成錯誤資訊的狀況……

（與其在城市裡找情報，會到外頭去的人或像艾利涅先生他們一樣，會到許多地方去的商隊會比較了解邊境的事吧？先去停放馬車的地方問問看吧。）

葵娜在抵達公會前轉個方向，朝馬車停放處走去。

還沒有出發的艾利涅商隊就在那邊。

葵娜和熟識的商隊成員們打招呼時，艾利涅立刻跑出來，劈頭就說：

「葵娜閣下，我聽說了喔，聽說妳把大河一分為二了？」

「是誰啊！竟然流傳那種謠言！」

「開玩笑的啦。」

葵娜知道自己被耍後跪在地上。

帶著滿臉淚水跪著靠近艾利涅。

「艾～～利伊涅～～先生～～」

「我知道了，我知道了啦，妳別哭了。」

「嗚嗚……」

一想到恩人認為自己是那種蠻幹的人，就讓她想哭。

葵娜擦掉眼淚，重新看向他。

「那麼，妳有什麼事？感覺不像是要來當護衛的啊……」

含糊帶過技能大師的部分，拿邊境村莊（這麼說來，我沒問那座村莊的名字……）附近的「銀色樓塔」當例子，問艾利涅知不知道類似的建造物。

「原來如此，葵娜閣下的旅行目的是要找出那個嗎？」

「嗯，那算是最終目的吧，因為現在也沒有可以確定的東西。」

「這個嘛，聽說北邊的黑魯修沛盧有個浮在湖上，誰也進不去的漂亮城堡……除此之外就沒聽過了。」

「北邊的國家啊～」

說到過去位在北方的國家，是原本在白國東北邊的紫國黑魯貝盧。

西邊有黑國萊普拉斯，是三國每個月會引起混戰的激戰地。

尤其黑國是葵娜和損友們隸屬的國家，因此這裡是技能大師們施展大型魔法相互攻擊，或用戰鬥技能使大地陷落的激烈對戰之地。

葵娜回想起因為這樣，周圍的地形每次都會出現改變，受害甚大。

雖然沒有對遊戲世界裡的大地造成影響，但如果現在發生相同的事情，這個王都會一瞬間變成隕石坑，連廢墟也不剩。

應該沒有有病的人想對二十四個突破極限的人，以及十三個技能大師打到這種程度吧（個性詭異的人是很多啦）……

如此一想，就非常明白要使用自己的力量很是困難。

因為要是自己想也不想地使出力量，隨隨便便就能殺死人啊。

「葵娜閣下？」

「啊，是……呃，不好意思。」

「是以前的事情嗎？如果妳不介意，可以告訴我那是怎樣的世界嗎？」

「喔～～嗯，就是戰爭不斷，充滿殺戮的世界啦。」

總之，葵娜和艾利涅說好如果找到這方面的消息就要告訴她後，和他道別。

艾利涅還說這一次算免費，下一次要是有什麼消息就要收情報費了。

光看艾利涅沒有一開始就提到錢，應該算相當優待她了。

葵娜一邊想著一邊朝一開始的目的地——冒險者公會前進。

當她打算朝委託牆走去時，櫃檯小姐喊住她：

「啊，葵娜小姐，可以麻煩您過來一下嗎？」

「什麼？」

走到櫃檯後，小姐遞給她一張宛如縮小版獎狀的鑲金邊紙張。

上面寫著當地語言，因此懶得解讀的葵娜決定直接問櫃檯小姐。

「這是什麼？」

「該說是指名委託書吧，是來自學院的召喚狀，說是想問問前幾天的魔法藥水。」

「學院是在沙洲上的那個學院嗎？」

「對，就是那個王立學院。上面似乎沒寫明時間，但寫著『請盡量在空閒時前來』。」

不管怎麼樣，去學院的話，也有機會可以見到梅梅，應該沒有問題。

對只上過小學的葵娜來說，對不同世界的不同學校有點期待。

要前往沙洲時，乘船處的人們很不可思議地問她：「今天不直接走過去嗎？」

她前一天也不是想引起話題而使出那招，所以隨口回應一句「嗯，是啊」蒙混過去。

對於煩人的傢伙她努力當作沒聽到，搭乘共乘帆船前往沙洲。

她似乎已經成為乘船處的名人了，令她有點錯愕。

葵娜拿出召喚狀給學院守衛看，守衛接著對守衛室裡的水晶球說了什麼後打開門。

似乎會有人來帶領她，守衛要她在這邊等一下。

乖乖等了幾分鐘後，有個眼熟的人慌慌張張從校舍那邊跑過來。

「讓、讓您久等了，您是因為召喚狀前來的……咦？葵娜小姐？」

「嗨，倫蒂，昨天才見過呢～～妳是這裡的學生？」

和昨天不同，沒拿著魔杖，身穿綠色長袍的倫蒂調整氣息後低下頭。

「昨天非常謝謝妳，騎士團的人也嚇了一大跳，說妳非常快。」

「殿助真是讓人傷腦筋啊。下次要是在街上看見他，我可以二話不說立刻抓住他嗎？」

「啊，是的，麻煩妳了。話說回來，妳怎麼會有召喚狀？妳做了什麼嗎？」

「嗯～～我就是來問理由的，總之，麻煩妳先帶我過去吧。」

「好的，他們交代我要先帶妳到學院長室。往這邊走。」

葵娜在倫蒂的帶領下走進校舍。
途中，倫蒂說明了關於學院的事。
首先，她是實踐魔法科的學生，在冒險者公會裡註冊是課程的一環。
另外還有學習回復魔法、淨化魔法的神聖科及調製藥品的鍊金科。
只要有魔法才能，任何人都能就讀（國家似乎保證會給予最低限度的金錢）。
「調製？不是合成？」
「什麼？製作藥品時主流的方法是磨碎之後再混合喔。難道高等精靈族和大家不同？」
「……喔，原來如此，原本只屬於玩家的技術沒有透過ＮＰＣ傳承給後世啊。」
「……什麼？」
要是如此，不實際看看現場就無法確定，但過去玩家們使用的技能在現今這個世界似乎已經失傳了。
這麼說來，昨天在倫蒂他們面前使出【飄浮】時會嚇到他們，是因為沒詠唱咒語吧。
「葵娜小姐，這裡就是學院長室。」
在葵娜沉思時，倫蒂帶她來到和其他房間有點不同的豪華門前。
倫蒂敲敲門，聽見裡頭傳來女性說「請進」的聲音後，打開門走進去。
葵娜跟著走進去，和背對著大片玻璃窗，坐在厚重桌子的這一側，一身紅色長袍的精靈族女性對上眼。

在葵娜看清那是誰之前，柔軟的布料突然湊近眼前，「咻」地緊緊抱住她。

「……那個，是梅梅……吧。」

「啊～嗯，好久不見了～～媽媽～～！」

「咦咦咦咦咦咦咦咦咦咦咦咦咦咦咦咦咦！」

撒嬌的聲音從她頭上傳來的同時，也感受到一旁倫蒂的驚訝。

（身材高挑，肌膚軟嫩，腰又細！為什麼我就這麼小隻啊？）

創角時留下的弊病無從修正，但葵娜原本的身體只剩皮包骨，這也沒辦法。

葵娜捏著近在手邊的梅梅臉頰，硬把她推開。

「嗚嗚嗚，媽媽好過分～～都兩百年沒見了耶～～」

「妳都是學院長了，大庭廣眾下做什麼啊……妳看，倫蒂，妳還好嗎？」

「……啊！」

葵娜在眼睛焦點不知道跑去哪裡的倫蒂面前揮揮手，喚回她的意識。

幸好，似乎沒連靈魂都飛走，她立刻回神，靠上前來。

「那那那、那個，那個，葵娜小姐是學院長的母親嗎？」

「嗯，對。別看我這樣，我已經超過兩百歲了。」（大謊言）。

「耶～～媽媽～～」

看著從背後抱住葵娜，露出大孩子一般醜態的學院長（附上狗耳、狗尾巴），倫蒂傻眼得說不出話來。

就連原本不知道該怎麼辦而放任梅梅的葵娜，也在手上弄出小型雷電。

梅梅看見後，慌慌張張地拉開距離。

梅梅端正姿勢，輕咳一聲清清喉嚨，擺出正經八百的態度後對倫蒂說：

「對不起，阿爾巴列特小姐，妳可以回去上課了。」

「啊，喔……是的，先、先告辭、了……」

有點像迷惘於現實與幻想之間的倫蒂，行了一禮後離開學院長室。

梅梅打算再次從後頭抱住母親，但發現葵娜身上纏著黑暗氣息（【威嚇】&【銳利眼神】）後僵在原地。

「嗳，梅梅？」

「是、是的！什、什麼事，媽、媽媽……」

「我是為了什麼被、叫、到、這、裡、來？該不會是為了讓妳抱吧？」

「不、不是的。我、我有很重要的事情要說！」

「我不會叫妳別撒嬌，但這種事要在私底下做。妳現在是有責任立場的人吧？」

「嗚嗚，好，我知道了～～」

雖然像母親一樣教訓梅梅，但葵娜不認為這是正確答案。

因為在葵娜印象中的親生母親，已經變得非常模糊了。

被母親推開，沮喪得讓人覺得可憐的梅梅走回自己的桌子，從抽屜拿出紅色液體瓶子。

那是昨天葵娜當成委託物品，交給公會的高級魔法藥水。

梅梅拿著那個對葵娜說「請跟我來」後，走出學院長室。

她比剛才更沮喪的樣子實在很可憐，讓葵娜反省自己說過頭了。

「梅梅？」

「是、是的，有什麼事情，媽媽……」

「妳知道其他的守護者之塔嗎？」

「……咦，呃，守護者之塔是類似媽媽擁有的銀色樓塔嗎？」

「對對，就是那個。這世界上還有其他十二座類似的東西。」

梅梅稍微思索後搖搖頭回答：「我沒有聽說過。」

「這樣啊，我知道了，謝謝妳。」

看來連經歷過有許多玩家的時代的梅梅也不知道。

當時，備用角色不是只拿來當倉庫用，也會輸入某種程度的行為模式，當成帶著到處走的非角色玩家用。

讓備用角色像小鴨一樣跟著自己走，累積戰鬥經驗，提升他們的等級是當時的主流做法。

葵娜記得她應該有用這招，把三個人的等級都提升到３００等了。

因為技能及魔法有學習的最低等級限制，與其每個人的等級都不同，全部相同還比較漂亮，這是葵娜的堅持。

她記得在提升等級的途中有繞到某個人的樓塔去，請對方用召喚魔法叫出魔獸，打倒魔獸以獲得經驗值。

但是，梅梅似乎不記得這件事。

這件事沒有情報也沒有確切證據，先從腦海中刪除吧。

再來，不知道該不該也向斯卡魯格、卡達茲確認一下。

就在葵娜認真思考這些事情時，梅梅帶她來到似乎正在上課的教室。

女兒（梅梅）毫不猶豫地打開門，說著「我把人帶來了喔～～」走進教室。

裡面擺著幾個寬桌，飄散著香草等材料造成的強烈刺鼻臭味。

教室裡大約二十位的學生正在研磨或混和材料。

看見梅梅突然走進教室也只是瞄了一眼，專注於手上的工作。

女兒說話的對象是站在講桌前，打扮非常邋遢的男老師。

他命令學生：「你們繼續。」然後跟著梅梅走到葵娜待的走廊上。

「喂喂，來的人竟然是這種小姑娘，真假？」

「我說啊，為什麼每個人一看見我就只會叫我『小姑娘』……」

被這個一頭亂髮、滿臉鬍渣、彷彿浪行天下的男人叫「小姑娘」，葵娜嘆了一口氣。

大概是從葵娜的表情察覺到她很火大，梅梅開口教訓羅伯斯。

「喂，羅伯斯，你別這樣說話，她是我的媽媽耶。」

「什……麼？」

突然得知的衝擊性事實讓名為羅伯斯的男教授頓失言語。

「然後，這位是羅伯斯．哈維，是鍊金科的教授，也是我的丈夫。」

「…………啥？」

葵娜想利用特殊效果讓自己的背後出現冰原，但努力驅動了自制力。

梅梅因為自己說出口的話，害羞得忸忸怩怩地說：「呀啊，講出來了！」還四處飛撒愛心和音符。

母親與丈夫面面相覷，誇張地大嘆一口氣。

「不好意思，我教得不好，她這樣子讓你很辛苦吧？」

「不……她的樂天也救了我，所以也不能完全這麼說。」

兩人再次對視，同時露出苦笑。

「你真是個好人呢，小女就永遠麻煩你照顧了，羅伯斯先生。」

「小姑娘——不對……叫妳葵娜閣下可以嗎？因為『岳母』讓我害羞得喊不出口。」

「喂，你們幹嘛把我丟一邊，緊緊握著手？而且為什麼都用那種冷淡的眼神看我！」

梅梅不知道母親和丈夫是因為自己而變得要好，不甘心地咬牙切齒。

不理會嚎啕大哭，在走廊創造出一條滂沱淚河的學院長（梅梅），兩人進入正題。

羅伯斯把梅梅給他的紅色液體瓶子拿到葵娜面前。

「那麼，關於這個。」

「這是因為我接下了『請給我魔法藥水』的委託而交出去的，這樣不好嗎？」

「要是這種東西在外面流通，會顛覆現有的調製觀點，請妳謹慎點，別隨意拿出來。」

葵娜確定了，果然從製作方法就和現今世上的不同。

因為就她剛才看到的上課景象，如果用她擁有的技能，不需依照那些麻煩的步驟製作。

「……梅梅。」

「是的！媽媽，有什麼事情？」

葵娜傻眼地看著女兒只是被叫到就露出笑容，跟條件反射的小狗一樣跑過來，但還是問出疑問：

「我沒有教過妳【製作魔法藥水Ｉ】之類的嗎？」

「咦？沒有，沒有教過我耶。」

「咦？那有這個技能的是卡達茲嗎？」

「天曉得，我沒見過愚……不對，我沒有見過卡達茲做過那種東西喔。」

葵娜想著「是我記錯了嗎」時，有趣地聽著母女對話的羅伯斯慫恿葵娜。

「聽我說，葵娜閣下，妳都來了，可以示範一次做法給我們看嗎？」

「什麼？」

不等葵娜回應，羅伯斯走回教室，打開門說「來！」催促葵娜。

「可以嗎？」葵娜轉頭看著梅梅時，不由分說地被推進教室。

「羅伯斯都說好了，沒關係啦。」

那對進進出出，大家公認的恩愛夫妻就算了，學生看見和自己差不多年紀的女性與這兩個人一起行動，都露出狐疑的表情。

桌子上除了調製用的道具，還有依人數裝在小瓶子裡的茶湯色液體。

看來是課程的重點結束了，羅伯斯要學生們待會兒交出完成的物品後，招手要葵娜到講台。

「接下來她會為我們做示範，你們要睜大眼睛看好。」

（不對，等等，羅伯斯！你剛才不是說那個東西不可以出現在市面上嗎？）

當然沒有人聽得到葵娜的內心吐槽。

羅伯斯一點也不在意她帶著責備的眼神，把在課程中使用的材料排在桌上。

他先向學生們介紹被拉上講台的這位女性。

「這一位是魔術師葵娜閣下，是學院長的母親。」

突然聽見這等實情，在場的人都石化了。

晚了一拍後與前例相同，發出「咦咦咦咦咦咦——！」的慘叫。

完全無視這一切的羅伯斯揮揮手，要學生們安靜下來。
學生們被教育得只用一個指令就能安靜下來，讓葵娜嚇一大跳。
「那麼，請開始。」
「不，等一下，我的調製單裡沒有這些材料啊……這是什麼？」
「這是柯樹根和棋利納草的球根，不夠嗎？」
葵娜從擺在桌上的材料和調製工具判斷做法根本不同，看到困惑的學生們後將錯就錯。
她從道具箱中拿出三株完整的棋利納草，和冷凍的可鷺多鳥心臟。
接著說明手上的東西是什麼後，執行【製作魔法藥水Ⅱ】的技能。
教室立刻充滿騷動。
空氣中滲出藍色的點，在葵娜的面前聚集起來。
葵娜像在描繪旋轉的藍色羽毛，手上的材料轉眼間被水球吸進去。
水球從藍色轉變成紅色，並結合起來。
不久後，分離出來的多餘水分在壓縮成掌心大小的球旁，形成圓環。
那顆球宛如閃耀著藍色、紅色光芒的鏡球，散發出彷彿一個生命的神祕感。
在學生們對這奇幻的光景發出讚嘆的一瞬間，球留下「啪～～～！」的尖銳聲響，整顆球破碎四散。
學生們和羅伯斯看到這一連串驚奇的景象，完全說不出話。

只有梅梅低喃著：「不愧是媽媽。」獨自歡喜。

葵娜的手上只有一個和羅伯斯手上相同的紅色液體瓶。

「這就是高等魔法藥水的製作方法。」

葵娜只說了這句話，把做好的藥水丟給羅伯斯。

他穩穩地接下，比對雙手上的東西，理解到這是一樣的物品後舉起手。

「……我有件事情想問。」

「要看是什麼問題。」

「瓶子是從哪裡拿出來的？」

悲痛的沉默降臨。

葵娜的頰邊滴下一道汗水。

他們無從得知，但這也是在遊戲中引起無數次議論的問題。

運用【技術技能】系統的製作技能完成的物品，大多都會好好地收在容器中。只要用完內容物，容器就會消失，所以並沒有特別被當成問題看待。

但是，不管哪個世界，都有把吐槽視為己任的人。

因為這樣，玩家裡也分成「要另外製作容器」與「維持這樣也沒問題」的兩派，彼此持續對立。

由於營運商完全不管這件事，所以不用說，這已經變成一種被淡忘時又會再有人提出來的討論會了。
當然，因為葵娜一點也不在意這種事，所以現在被問到這個問題也不知道如何回答。
「這是這樣！……程序就是這樣！」
葵娜大聲說完該說的事情後，快步離開講台。
「咦？啊，等等，媽、媽媽，妳要去哪裡？」
「回去。」
「咦咦！」
看見葵娜突然不開心，以一句話總結，梅梅睜大了雙眼追上去。
還有好幾個問題想問的羅伯斯理解岳母的焦急態度，稍微噴笑出聲。
因為他了解到，就算是賢人也會有預料之外的事情。
「我們才剛見到面耶～～」
「妳想見我就來找我不就好了！」
「怎麼這樣～～」
一直到聽不見走廊那端傳來的母女對話為止，羅伯斯的肩膀一直止不住顫抖。
隔天，葵娜又到公會露臉，櫃檯小姐又叫住她。紅髮的櫃檯小姐交給她召喚狀。
「這一次似乎是想請妳去當學院的老師喔，妳真厲害。」

她大概非常讚嘆，但葵娜的腦海裡只出現女兒那張樂天的笑容。

離開櫃檯後，葵娜小聲地執行法術，紙上一瞬間出現黑色骷髏頭，紫色火焰接著把召喚狀化成灰。

【魔法技能：load：詛咒(Curse)：類型：B】

這是在萬聖節時分發的技能，能施加讓對方驚嚇的特效。

這是簡單任務的報酬，種類有三種。

類型A是會被跟人一樣大，拿著燈籠的南瓜鬼糾纏一段時間。

類型C是讓對方在一段時間內處於虛脫狀態，並將服裝變成白色和服，假扮成幽靈的法術。

而類型B最特別，會把一個三十公分的煙火球送到對方面前。

出現在對方面前的煙火球會準時在五秒後爆炸，綻放出五個色彩繽紛的煙火。

這個煙火雖然對人體毫無傷害，但只要碰到無機物就會產生下個煙火，是會無限爆炸的惡劣法術。

在滿是物品的學院長室爆炸的話，肯定會變成精采的煙火大會吧。

「為什麼我們家都是奇怪的小孩啊？」

雖然很開心他們仰慕自己，但愛撒嬌就不太好了。

但母親之後才會知道長男才是最大的問題兒童。

那天晚上。

葵娜聽住在同間旅店的龍人族學生說：

「聽說今天學院長室發生了爆炸騷動耶。」

「真危險～～」

「不知發生了什麼事，學院裡謠言滿天飛。不知道是幸還是不幸，沒人受傷就是了。」

「這樣啊～～」

葵娜的語氣明顯毫無靈魂，但似乎沒人感到奇怪。

◆

葵娜來到王都過了十天。

去一趟學院後的隔天起，她就開始在冒險者公會中活動——雖然如此。

問題在佈告欄上貼著的無數個委託。

因為公會成員沒有按等級分，所以得自行找出與自己實力相當的委託。

如果用「能不能做到」來分類，打鬥類的工作應該是葵娜的專長。

反過來說，公會希望她把採集植物等適合初學者的工作留下來。

葵娜不是不能做這種工作，但對能聽見植物哀號聲的她來說是個很痛苦的選項。

所以，她決定交由篩選委託的櫃檯小姐判斷。

「阿露瑪納小姐，不好意思，我有件事情想拜託妳。」

「哎呀，葵娜小姐，早安，有什麼事情呢？」

「早安。那麼，請替我斟酌吧！」

「什麼？」

不僅是在櫃檯裡的工作人員，大概連在場的冒險者們也一頭霧水。

也就是：「妳在說什麼啊？」

說完後，葵娜也發現有哪裡不對勁，看見周遭人的反應後連忙修正。

「啊、啊啊！不、不好意思！我不是看不懂委託書或不知道自己的實力，是想請妳幫我看看有什麼工作，不會弄壞太多東西！咦咦！呃，那個……」

葵娜太拚命的慌張模樣讓櫃檯小姐──阿露瑪納小姐自然地笑了。

「好的，葵娜小姐，我明白了。妳不用這麼慌張，我會幫妳的。」

「好、好！麻煩妳了！」

阿露瑪納的微笑令葵娜不禁想起堂姊。

兩人在遇到意外前明明相當生疏，但是從她住院後，堂姊每天都會來看她，陪她聊天。

她也曾覺得她像親生姊姊，很擔心堂姊在自己死後是不是每天哀傷度日。

得裝裝樣子，別讓在這裡遇見的人們擔心才行，葵娜的決心寫在臉上。

看到她用力的樣子，阿露瑪納又笑了出來，讓葵娜滿臉通紅。
因為在櫃檯聊太久會打擾到別人，所以阿露瑪納帶葵娜到一個小房間裡。
是個只有一張桌子和兩張三人座沙發的小房間。
似乎是在指名委託時使用的房間。
「那麼，葵娜小姐是魔術師，所以擅長魔法沒有錯吧？」
阿露瑪納在桌上攤開一本跟字典一樣厚重的簿子。
這是貼在佈告欄上的委託書的縮小版。
這本簿子是委託者寫的正式文件。
「妳了解自己最強魔法的威力嗎？」
「這個嘛，大概……可以吹垮一棟獨棟房子。」
「哎呀。」
這當然是天大的謊言。
葵娜只是思考後，說出最保險的答案。
因為就算老實說，不是會被當成笑話帶過，就是自己的實力遭到懷疑而已。
實際上，即使沒用增強之戒，葵娜施展出最大威力的魔法的話，半個王都應該都會化作焦土。
現今世上的人和葵娜的實力差距就是如此巨大。

「攻擊魔法之外，還會哪些呢？」

「攻擊魔法之外的話……勉強能做出岩石魔偶之類的。」

聽阿露瑪納毫不經意地提問，葵娜差點就說出真話，因此正逐漸建立起仔細思考後模糊其詞的方程式。

而她如果做出一個魔偶，會比隨便一個騎士還強上許多。

時至此刻，葵娜才實際感受到要裝弱也很費神。

「如果是這樣，那麼……這個工作怎麼樣？」

阿露瑪納放在葵娜面前的委託書上寫著「捕獲染料」。

非常莫名其妙的文句。

葵娜的腦海中浮現冒險者們拿著網子，追著從顏料管中擠出來的顏料。

阿露瑪納對一臉疑惑地歪頭的葵娜補充說明。

簡單來說，是去捕獲用來製作特殊顏料的魔物。

雖然很想說：「那就寫得好懂一點啊！」但葵娜留在心裡。

因為她以為這是這個世界的普通表達方法。

也以為對常接受委託的冒險者來說，這樣寫就看得懂了。

接著，阿露瑪納告訴她前往經手特殊染料的商會的路。葵娜一手拿著從佈告欄上撕下來的委託書，決定去那裡瞧瞧。

商會是專門經手染製物的小建築物。

這裡的商會會長——微胖的大叔告訴葵娜這邊只是辦公室，專用的工廠位於河岸邊。

聽說以前有支專門接受商會委託的冒險者團隊。

但是，那個團隊因為在工作中受傷，解散了。

因此，這一陣子他們很難取得染料。

聽到並非一支團隊，而是一個小姑娘獨自跑來說：「我要來接受委託。」連行政人員也露出狐疑的表情。

即使如此，商會似乎也顧不了這麼多，接到聯絡後前來的商會會長對葵娜低頭說：「拜託妳了。」

看見委託者太過逼不得已的表情，連葵娜自己也開始擔心：「沒有問題嗎？」

能製成染料材料的魔物據說會出現在王都上流的河岸邊。

商會會長自願替葵娜帶路。

在這個世界，一般人連走出被城牆圍繞的地方都覺得很危險，但任誰也沒想到，護衛自己的人是更加危險的存在。

在被風吹起的樹葉摩擦聲，以及魚跳出水面的聲響嚇到的商會會長帶領下抵達時，魔物就在眼前。

乍看之下，牠和喜歡生長在濕地，抓到蟲子後融解變成自己養分的毛氈苔很相似。

但地球上應該找不到高達五公尺的毛氈苔。

用黏液捕捉昆蟲的器官宛如融合了怪獸之王與植物的異形觸手，那是牠的嘴巴。

牠扭動著長長的莖，抓住每個經過身旁的東西。

現在牠就在葵娜兩人的眼前，輕而易舉地抓住悠然飛過身邊的萊格蜻蜓。

從多根長莖中伸出來的嘴巴撕裂，並咬碎蜻蜓。

這確實該稱為魔物。

「……那麼，平常是怎樣採集的呢？」

「喔，是，這個嘛，冒險者們通常是給我們一片或兩片葉子。」

看來冒險者們平常是拿什麼東西引開嘴巴的注意，只切下葉子的部分。

葵娜環顧四周，沒看到周遭有一樣的魔物。

「這樣啊，那這附近只有一隻這種魔物嗎？」

「不，牠們常棲息在這種河岸才對。」

「我知道了，那麼連根拔起也沒有關係吧？」

「……什麼？」

葵娜要一臉呆愣說不出話來的商會會長退後，撿起一顆河岸上的小石頭。

她把魔力集中在握在手中的小石頭，發動魔法。

【魔法技能：load：製作岩石魔偶(Create Rock Golem)Lv.1】

丟出去的小石頭停在半空中，周遭河岸上的石頭隆起，把小石頭吞沒後變成一座小山的形狀。

石頭聚合體開始扭動，漸漸變成人類的模樣。

伸出雙臂，下半身分成兩條腿，形成稍微隆起的頭部。

頭上有兩個像是眼睛的凹洞，但一隻眼睛發出紅光，在這個世上得到暫時生命的岩石魔偶發出第一個聲音。

「哞！」

「說話了！」

商會會長抬頭看著岩石魔偶後大吃一驚。

看來一般的岩石魔偶不會說話。

這對早在里亞德錄的遊戲中看慣了的葵娜來說，是很新奇的反應。

威風凜凜地站著，擺出帥氣姿勢大吼的岩石魔偶相當奇怪吧，大概。

雖然葵娜做成了最低等級，即使如此還是超過１００等。

儘管身高只有類毛氈苔的一半不到，但性能明顯高多了。

魔偶邁出沉重的腳步往前走，根本不把咬住或纏上自己的觸手當一回事，牢牢地抱住莖的根部。

它雙眼發紅，迸發出凶惡的光芒，輕鬆地把類毛氈苔從河岸拔起。

「這樣就可以了嗎……？」

葵娜自信滿滿地轉過頭想回報時，商會會長瞪大著眼僵在原地。人類面對超乎想像的事態時，似乎會當機。

葵娜拍拍他的臉頰，喚回他的意識後再次問道：「這樣可以嗎？」商會會長緊繃著臉連連點頭。

葵娜決定直接讓魔偶搬回去。

但是，超過兩公尺的岩石異形扛著花草怪物出現，還沒通過城門大概就會被當成可疑人物，被士兵包圍。

聽到商會會長提醒這件事後，葵娜解除魔法，讓魔偶變回石頭。

葵娜也想過要把類毛氈苔收進道具箱裡，但又覺得這種東西不太能讓人看見，所以用魔法縮小。

接著一臉若無其事地通過城門，送到專用工廠後解除縮小魔法。

員工們聽見商會會長說採回了製作材料的魔物，心想著「這樣就可以開始工作了」而感到歡喜。

看見葵娜從袋子中拿出蒲公英大小的材料，員工們失望地說著「只有這麼一點點啊」，但下個瞬間，看見草變成如九頭蛇的巨物，爭先恐後地逃跑或是直接昏倒，場面悽慘。

「這樣就能重新開始工作了，謝謝妳！」

「不會不會，我只是完成工作而已。」

商會會長頂著一張充滿活力的工匠表情道謝，並在委託書上簽下結束的署名，葵娜則對躲在暗處害怕地窺探的員工們揮手，結束了第一個工作。

下一個是直接在公會前埋伏她的阿蓋得直接委託的罕見要求。

「其實，我是這個國家的宰相。」

「是喔～～哦～～」

「妳非常沒興趣地帶過了呢……」

「哪個世界有這種像在練運動的宰相啊？又不是隱居的水戶老爺爺～～」

「練運動？水戶老爺爺？妳偶爾會說些奇怪的話呢。」

「那麼，你有什麼要求？」

她似乎是想為再開發地區做些什麼，但因為沒有預算，做不到任何事而煩惱。

要是放著不管，會有像殿助一樣的人聚集在那裡，也會影響治安，所以來找葵娜商量：

「……不過，你為什麼會選我？」

「我聽說了，妳是王立學院學院長和斯卡魯格大司祭的母親吧？還聽說妳在學院使出了古代招式，另外還有收到許多報告喔。」

「有沒有什麼方法？」

「我沒有要吐槽什麼，但如果你要把我當成政治的材料，我會全力抵抗喔。」

「關於這點，現在正遭到大司祭強烈的反對，真是個優秀的兒子啊。」

「因為我還沒有和那孩子見面啊……」

總之先接下委託，思考要怎麼辦。

一開始，葵娜想將那裡夷為平地，再用高等精靈族的固有技能化成一片森林。

但就是進入發動準備狀態時，發現範圍遠遠超過再開發地區的範圍，於是放棄了。

最後，她將從記憶深處裡挖出來，住院時曾在電視上看到的「為了活絡鄉村而建造城堡」的新聞作為參考。

分解所有廢棄房屋，將得到的木材當作材料，執行【技術技能：建築：城堡】。

幾乎只有一瞬間，化為平地的再開發地區裡建起了一座高達八公尺的日式城堡。

雖然覺得有點對不起失去遊樂區的孩子們，但在都市更新中，汰舊換新是人之常情。

沒辦法，只能請他們放棄了。

而且葵娜也心想，這些廢屋消失後，士兵們也能更容易抓到殿助。

實際上，她建了兩次城堡。

第一次建造時，因為「既然要建成類似觀光名勝，內部空蕩蕩的也可以吧」的草率想法，沒多想就把梁柱拆掉，城堡就垮了。

那時犯下了使能用的廢棄木材全報廢的失誤。

現在的這個城堡因為材料因素，比第一個城堡小了一圈。
隔天，巡城的士兵發現城堡，引起幾乎讓整個王都翻過來的大騷動。
但在派遣騎士、文官調查後的結果，判斷為沒有危險性。
那時看熱鬧的民眾和攤販聚集過來，賣起神祕城堡饅頭、神祕城堡銅鑼燒、神祕城堡迷你模型等等，發展成是哪裡的假觀光名勝騷動。
在那之後也連續好幾天都無比熱鬧，這就完全是題外話了。
而委託者本人是愉快、痛快又非常開心，付給葵娜二十枚銀幣當酬勞。

另外，葵娜在修理屋頂時垂直站在牆壁上，許多人聚集在旁邊看熱鬧，引起交通阻塞的騷動，結果被士兵罵了。
還接到指名委託她，請她回收因為翻船而掉到河底的行李。
看來是曾看到她站在水面上的人。
解決方法是站在翻船現場的水面上，在水中召喚出水精靈，請水精靈逐一把沉到水底的行李拿上來。
但因為召喚者葵娜也不是很清楚行李是什麼，結果把沉在水底的東西全撈上來了。
連不知道何時沉入水底的東西也撈上來了。
最近沉下去的東西可以從箱子的狀態大概得知，其中也有裡外全腐爛，不知道是什麼的東西；原本應該是很牢固的鐵箱，但是生鏽，變得破爛不堪的殘骸，其中甚至還有用鎖鏈層層纏繞，抱著石頭的白骨屍體。

當然，有人找來士兵和騎士，差點要以「偵訊」為由被帶走時，葵娜拿出阿蓋得給的鈕釦，逃過了一劫。

幾天之後，魯莽的冒險者們也對葵娜有了「實力深不可測，卻是個不食人間煙火，少根筋的小姑娘」的認知。

葵娜偶爾也會請教他們建議或和大家閒聊，積極地和大家交流。

當然，不管到哪裡都有愛冷嘲熱諷的人，但對於這方面，她努力不在意。

偶爾會聽到讓人深感興趣的情報，也能聽到哪裡有好吃的路邊攤，所以葵娜有空時大多都會去公會。

就在某天。

「咦？」

「喔，怎麼了，小姑娘？」

當她看著委託佈告欄歪著頭時，熟識的冒險者們開口問她。

葵娜指著貼在下方的委託書問道：

「這個工作之前不是有人接下了嗎？」

開口的壯碩男子叫來同伴們，大家一起看著葵娜指的那張紙。
也問問其他看起來很閒的冒險者們，情報四處交錯。
葵娜喜歡上了這種氣氛。
雖然平常各自為政，但仔細一聽，大家默契十足，對話熱絡的公會氣氛讓她覺得舒服。
「啊，這個啊，聽說最後失敗，付了違約金。」
「是沒看過的四人組，應該是外來的傢伙。」
「大概是只看金額挑，結果吃苦頭了吧。」
委託書上寫著「請解決幽靈・競技場營運委員會・八枚銀幣」。
「這樣啊～～」
判斷很有趣的葵娜拿下那張紙。
「喔～～小姑娘，妳打算接嗎？」
「喔，要是看見幽靈，幫我打聲招呼啊。」
「唉，要小心喔。」
「嗯，謝謝大家。」
葵娜拿著委託書，朝櫃檯喊著：「阿露瑪納小姐！」而粗獷的男人們微笑目送她。
隔天，葵娜造訪了競技場。

這並非位於城鎮上，說到在哪裡，就在山丘上的王城更過去的那一頭。

要先渡河（因為禁止直接從河川進出城鎮內外），讓貴族城鎮東城城門的衛兵看過委託書後往外走。

接著繞過山丘，一直走大約二十分鐘就抵達了競技場。

根據在公會裡聽到的訊息，這裡是一年會舉辦一次，名為競技祭的淘汰賽舉行地點。全大陸的強者們都會聚集於此，因此似乎只有這段時期會增加警備的委託。另外也被騎士團用來舉辦模擬戰，當成學院的考試地點，也會有馬戲團來這裡。如果是在遊戲裡，葵娜聽到競技祭應該會很雀躍，但成為現實的現在，她不太想看人類對戰。

將委託書給入口的衛兵看後，對方露出「一點也不可靠耶」的表情。也是啦，四人小組或五人小組都失敗的委託，看見一個小姑娘來挑戰，任誰都會做出相同反應。

在裡面的據說是負責人，有張鵝蛋臉，名為馬克思的青年反應也很相似，但大概是抓住救命稻草的感覺。

「請想想辦法，麻煩妳了。」誠摯地低頭拜託她。

問題的幽靈似乎是十天前左右突然出現在通道或舞台上。

一直一語不發地跟在別人背後走，有相關人士覺得不舒服而辭職，也有人無故曠職，對工作造成影響。
有人看到的幽靈是老人，有人看到是小孩，完全沒有統一感。
不過每一個的模樣都十分模糊，讓大家感到恐懼。
葵娜得到這些資訊，取得在這邊住兩三天的許可後，準備對付幽靈。
首先要掌握構造，所以她繞著競技場走。
外觀酷似電視上看過的羅馬圓形競技場。
感覺像是用白色大理石完整修復了羅馬競技場的建築。
聽說這個建築在王都建立前就在這裡了，完全不知道是誰建的。
『真虧他們敢直接使用如此詭異的設施呢。』
「光這樣就讓我有不祥的預感耶～～」
葵娜同意奇奇的疑問。
因為這次要對付不死族（？），除了平常的裝備，葵娜腰上還多了把劍柄上鑲著紅色寶石的長劍。
長劍本身寄宿著火精靈，是稱為「永恆火焰」的稀有武器。
依據狀況，劍還可以變形成蜥蜴和敵人對戰，像是某部特攝英雄片中會有的厲害道具。
也是完全不懂需要做成劍形的理由的搞笑武器之一。
接著啟動了所有搜索敵人的【主動技能】，慢慢在通道上前進。

因為管理經營競技場的人們很害怕而不敢走進這裡，所以裡面只有葵娜一個人。

這次沒辦法一個人監視如此寬敞的設施，因此葵娜用【召喚魔法】召喚出許多手下，配置在各處。

由於召喚出的手下與葵娜在意識的基礎相連結，就算弱小，能達到監視器的效果就好。

切換後，感覺腦袋裡出現了九宮格畫面。

當然，沒有隨時監視的必要。

因為召喚出來的手下們會判斷是入侵者、職員還是幽靈。

在中午前大致繞完一圈的葵娜從道具箱中拿出食材，在競技場中央升火，開始煮飯。

燃料是建城堡時弄壞而無法使用的廢棄木材。

食材是從市場買來的可鷺多鳥，還有像把紅蘿蔔、白蘿蔔加起來除以二的根莖類。

之所以會在這邊煮東西，當然是當作誘餌，因為有個傢伙技巧拙劣地跟蹤她（雖然是奇奇發現的）。

反正也設了好幾個陷阱，放著不管也能捉住吧。

說到底，葵娜想煮東西根本不需要生火。

只要使用【料理技能】就解決了。

不一會兒，遠處傳來「呀啊啊啊啊！」的慘叫聲。

一頭和馬差不多大的三頭犬（地獄犬）嘴裡叼著入侵者，搖著尾巴從競技場的選手入口處跑過來。

順帶一提，中間那顆頭叼著的入侵者，是穿著襤褸服裝偽裝成普通人的殿助。

「喂！妳這傢伙，這傢伙是什麼啊！」

「只是單純的召喚魔法啊。」

「我從沒聽說過有這種魔法。」

「那你還真是沒有見識耶～～啊，是沒有學問吧？」

葵娜早和阿蓋得說好了，她對待殿助時不會把他當王族成員，而是一般的孩子。

阿蓋得也已經通知了衛兵，要葵娜找到殿助後粗魯地對他也沒關係，聯絡衛兵來把殿助帶走。

三頭犬（狗狗們）放下殿助後，他的肚子傳來「咕嚕～～」聲。

看他好像很餓，葵娜遞給他一隻剛烤好的鳥腿，殿助一把搶過去，開始狼吞虎嚥。

那餓死鬼的樣子讓人懷疑他真的是王族嗎？

吃完後進入質問時間。葵娜問他為什麼會在這裡，他回答：「因為我碰到了妳。」

雖然想著：「又不是愛玩毛線的貓……」但也不能讓這邊的衛兵離開工作崗位。

本來應該要立即通報，但管理競技場的相關人士很害怕幽靈，應該不會進來。

沒辦法，就照顧他到工作結束為止吧。

葵娜打算命令狗狗們保護殿助，但他本人無論如何都想跟來。

雖然幽靈似乎不會直接加害人類，但那也僅是推測。

完全看不出來會有怎樣的危險在等著。

葵娜想讓殿助待在安全的地方，不過最安全的地方就是葵娜身旁。

儘管覺得很麻煩，但葵娜不打算將殿助逼入險境，所以決定帶著他走。

葵娜很中意他天不怕地不怕的膽量，但不知道那是源自於有勇無謀還是真勇敢。

葵娜也不打算詢問如此深入的內情。

現在的競技場內本來就有葵娜召喚出來的各種召喚獸橫行。

雖然牠們不會違反葵娜的意志，即使如此，牠們也確實是各自擁有意志的個體。

每一隻召喚獸都是能輕鬆打倒沒有戰鬥力的一般人。

「話說回來，這個魔物是怎樣啊……」

接到優先保護殿助的命令後，狗狗們唱著「嘿嘿嘿」的三重奏跟在兩人身後。

黑色身體加上三對閃耀紅光的眼睛。

超越溫熱，偶爾覺得炙熱的呼吸。

每次轉過頭都會看見一排尖銳的牙齒，葵娜對因此感到恐懼的殿助露出苦笑。

從一個系統的分類來看，召喚魔法或許是里亞德錄中種類最豐富的魔法。

只要記住【召喚魔法：獸】，所有單打獨鬥勝利過的野獸類魔物都能全部註冊。

唯一的限制是每一種魔物都只能召喚出第一次打倒的個體。

葵娜在魔界區域捕獲三頭犬時，牠的等級是480。

關於這個，葵娜試了一輪後，發現在遊戲中只能命令「攻擊或回來」，不過現在連非常細微的命令也能聽懂，因此實際體會到這個技能非常方便。

另外還有【召喚魔法：龍】，能召喚習得技能時出現的龍，與國家相同顏色的七種龍。可以從一到九的強度等級中選擇召喚。

似乎有擁有收藏癖好的人特地頻繁拜訪技能大師，讓自己能召喚出共九種的龍。真是對這些有癖好的人無言以對。

召喚龍和精靈時的強度等級×術者等級×10％，這就是召喚出來的等級。

葵娜召喚出來的最低是110等，最高為990等。

另一方面，殿助——不，這個國家的王子……

對剛來王都沒多久卻三不五時被宰相及大司祭提及的冒險者葵娜有強烈的不信任感。

說話嚴厲，手腳也很快，年紀已老卻身材壯碩的宰相也說：「那個小姑娘真有趣呢。」

自己在甩掉士兵這點上可是無人能出其右。

他原本這麼想，但葵娜卻用在水上行走這種超乎常識的招式，輕輕鬆鬆地抓住他。

這令他不甘心到作夢也不斷夢到那個畫面。

說些挖苦的話後，又被大司祭反過來教訓，接著逼他聽了以「母親的愛有多偉大」為題，比說教更厲害，可稱為理論的內容三小時之久。

多虧於此，雖然是他自作自受，卻也不斷累積對葵娜的怨恨。

他心想，至少要由他來揭穿葵娜的真面目，所以才會跟蹤她，想要調查她的真面目，但越調查就越搞不懂。

首先，是她是高等精靈族這點。

這在精靈族中也被稱為至高王族（家裡蹲）的純種族，為什麼會在這種地方當什麼冒險者，真是搞不懂。

雖然謠傳高等精靈族是只會施展強力單發魔法的後衛，但就殿助所見，她會走在水上也會走牆壁，是技巧派。

接下來，別看她那樣，她似乎有三個小孩。

聽說大司祭、學院的學院長及港灣工房的知名矮人工匠是她的小孩。

光聽這點，就表示有一半國家的重要職務落在她的家人手中。

而且詢問冒險者公會後，結果得知她和外表不同，似乎是個武藝高超的戰士。

身為被她一劍打飛祕密武器的人來說，這點他毫不懷疑。

再來，不在意自己是王族的朋友——倫蒂出奇地尊敬葵娜這點讓他無法忍受。

他本人似乎沒有發現這只是在忌妒。

真是令人莞爾。

因為這種私人理由，他在街上看見葵娜就跟著她來了。

然而，偷偷溜入競技場後發現自己肚子餓，被香味引出來也是真的。

任誰也沒想過被香氣引誘而糊里糊塗地走出來時，會有一頭巨大的三頭犬躲在那邊吧。

當然會驚聲尖叫。

想要轉個方向逃跑時轉過頭，背後站著一隻和馬車差不多大的巨大螯蝦。

牠長著四隻螯，對沒有戰鬥力的小孩來說，光是這個就能判斷成威脅了。

就在他一臉蒼白又全身僵直時，三頭犬叼起他的衣領抓住他。

接著，就和她面對面了。

他原本還想要對她抱怨幾句，但一個鳥肉就讓他滿足，錯失了機會。

對自己的單純感到最不甘心的就是殿助。

吼哇～

哇唔……

背後傳來恐怖的重壓感的同時，感覺到三頭犬在和什麼東西對話。

殿助不斷告訴自己「別轉頭，別轉頭」，感覺到有重物震動地板時，不小心轉頭看去。

那個東西就在黑色身體的三頭犬另一側。

更加巨大，幾乎碰到天花板，紅鱗如火焰燃燒一般的巨大身體。

可以一口把人吞下的凶惡口腔，隱約可以看見紅色火光，牙齒的咬合——

還沒理解那是什麼之前，他和直向裂開的金色瞳孔對上眼。

下一秒，殿助的意識被黑暗包圍，陷入模糊。

聽見「咚」——有什麼東西倒下的聲音，葵娜轉過頭去，看見殿助倒在地上。

「咦？奇怪，怎麼了？」

先別管把鼻子湊上前去，嗅個不停的狗狗們，後面還有一頭像在問：「他的狀況怎樣？」一幾乎塞滿整個通道的紅龍探出頭來。

只是這樣她就理解原因了。

如果召喚出來的等級很低就算了，高等級召喚出的魔物也擁有與等級相符的技能。

這一次為了對付不死族，葵娜召喚出了幾隻火系魔物。

葵娜在遊戲中遇見的最高等級不死族——無頭騎士也超過800等，所以她召喚出一頭770等的龍當作預備兵力（原本打算召喚出990等的最高等級，但奇奇說還要召喚其他魔物，沒辦法召喚出這麼高等級的），但這樣似乎是做錯了。

看他的樣子，大概是受到【威嚇】（大幅降低敵人的迴避能力）或【壓制】（削弱對手的戰鬥意志）或者【魔眼】（昏倒效果）的影響。

實在不能放著一臉蒼白，不斷呻吟的殿助不管。

用【技術技能】把以前拿到的木材加工成木板，裝上車輪後讓狗狗們拉到露宿場地。

結果，在她四處閒晃時天黑了，因此她決定在競技場的中央過夜。

這是沒關係，但她忍不住想：「殿助可以待在這裡嗎？」
葵娜心想，希望王宮現在不要以為他是被綁架了，因此大為混亂就好了。
要是被人看見他在這裡，葵娜肯定會被冠上綁架犯的嫌疑。
「但是，這也不像不死族的傑作啊～～……」
葵娜姑且吟唱了最大等級的【召喚魔法：死屍人偶(Create Undead)】，但沒任何反應，所以可以確定對方不是不死族。
在里亞德錄的遊戲中，這個魔法雖然沒被指定為禁忌，卻是被極端討厭的魔法。
在城市以外的區域中，不管哪裡都有個「不乾淨度」的隱藏量表存在。
這個數值的高低代表著夜晚不死族的出現率。
這個數值超過5%的話，可以召喚出不死族。
但是，這邊沒有那個。
也就是說，這個競技場中沒有不乾淨的東西。
召喚出來的東西最久可以持續六小時。
因為不知道有什麼，葵娜只再次召喚出三頭犬，剩下的隨著時間過去會自然消失。
【搜索】或【探索】這些也全部施展過一次了，但什麼都沒找到。連個暗門都沒有。
就算是技能大師，毫無切入點到這種程度也不知該從哪裡怎麼下手，完全束手無策。
乾脆挖個洞，找找看有沒有地下空洞好了，當葵娜打開道具箱找道具時，平常沒在用而收進道具箱的守護者之戒閃爍著。

葵娜慌慌張張地拿出來看，戒指微微閃爍著藍光。

「……呃，該不會這裡就是吧？」

想到就立刻行動。

葵娜把殿助託付給三頭犬，高舉戒指喊出關鍵句：

【守護亂世者啊！拯救墮落的世界脫離混沌吧！】

一瞬間，腳邊出現宛如噴泉，閃耀著十字光輝的無數顆星星包裹住葵娜，四散後連葵娜也一起消失了。

也許是強光的影響，昏倒的王子醒來時，那邊只剩下營火以及乖乖坐著的地獄犬而已。

被強烈的光芒包裹住的葵娜視線再度看見景色時，身邊的風景完全不同。

那裡是直徑五十公尺，半圓形的完整圓頂天花板。

腳邊是用綠色光線切割出格紋的冰冷地板。

頭頂上是藍天白雲的影像。

將空中變形，跟玩偶一樣的太陽輕飄飄地移動著。

真要說的話，就像以前天動說的迷你模型一樣。

房間中央有個只到腰部，像大理石柱，在家庭用品商場販售的白色雕刻狀的盆栽。

盆栽裡滿滿的土裡有棵枯了一半，只有褐色葉子的小小楓樹上勉強還命懸一線。
葵娜猜想這應該是守護者的核心，將自己身上一半的MP注入其中。
枯葉漸漸取回鮮綠的模樣，核心的另一端噴出煙霧，凝固後出現一個白色人型。
右手放在腹部彎下腰的白色人型搖晃著穩定無法固定煙霧的身影，同時開口說：
『非常歡迎您的蒞臨。此處為技能大師No.9——京太郎大人所管理的守護者之塔。方便請教客人的名字嗎？』
「我是技能大師No.3的葵娜，你的主人呢？」
『原來是葵娜大人，恕我失禮了。我的主人不在——不，應該再也不會回到這裡了。』
「你說什麼？這是怎麼一回事！」
技能大師No.9，京太郎和葵娜同為突破極限者，是龍人族。
這個男人和葵娜隸屬不同公會，擔任自行創建的公會會長。
他主要擅長近身戰，完全前鋒型，和葵娜的戰鬥風格幾乎處於極端的相對位置。
而他在樓塔快停止活動的那天，似乎來這裡說了「這是最後了」。
接著只留下：「我們的夢就快結束了。至今為止很謝謝你，我玩得很開心。雖然最後只能聚集到十二個技能大師讓人有點感傷也說不定，但我們或許還會在其他舞台遇見。」
之後就離開這裡了。
此後，整座樓塔進入了睡眠狀態，但最近出現了守護者之戒的反應（就是葵娜），所以想要起碼傳達一下訊息。

但因為ＭＰ將近枯竭，在上方的競技場中引起幽靈騷動是他的極限了。

葵娜從京太郎的最後一段話理解到大約發生了什麼事。

「只能聚集到十二個技能大師」＝各務桂菜死後。

「我們的夢就快結束了」＝里亞德錄的結束。

也就是說，現在這個世界不是「里亞德錄的未來」，而是「玩家離開里亞德錄後的未來」，所以不管怎麼找，都找不到和葵娜一樣是長命種族的玩家。

就是這麼一回事。

「……哎呀呀，這下糟糕了……」

說她不期待見到這種存在是假的。葵娜聽見在暗處支持她內心的支柱灰飛煙滅的聲音，無力地跌坐在地。

「唉～～唉～～啊～～」她大大嘆了一口氣後低下頭。要是有人聽到，應該會被她吸走精氣。

白色的手上有個守護者之戒，遞到她面前。

和葵娜的戒指不同，那是天空藍。

無比深邃，不管看多久都不會膩的天空藍。

『葵娜大人，我的主人已經不在了，將您視為守護者之塔的主人。請收下這個。』

他執起無語地看著戒指的葵娜的手，讓她握住戒指。
接著往後退一步跪地，低下頭。
『我的主人，請下達命令。』
葵娜比較著自己手上的戒指和剛才收到的戒指，想起自己的守護者。
這個態度和那個壁畫也差太多了。
她對兩人的落差感到煩躁，嘆著氣站起身。
該怎麼說，就算失落也無法改變現狀，所以就激勵自己。
「嗯～～但我沒有想拜託你什麼耶。總之不管是誰，都讓他們使用上面的競技場吧。」
『好的，我了解了。但我以為這附近應該沒有那麼多人居住耶。』
「是啊，在那之後已經過了兩百年～～新國家的王都就在那一頭而已啊。」
『原來如此，我明白了。不過，有個小孩在上面的競技場裡大鬧耶。』
「這麼說來，我都忘了我把他丟在那裡了，他醒來了啊……」
過度驚嚇讓葵娜完全把這件事拋到九霄雲外了——不，甚至連他的存在都忘了。
雖然他很囂張又有點討厭，但葵娜也不想在他還小時用高壓教育，讓他變成一個不敢說真心話的孩子。
而且，他是別人家的小孩，教育這方面應該有適合的指導者。
葵娜換個想法，這個委託大致完成了，接下來就把他交給衛兵吧。

總之，葵娜把說話時恢復的剩餘MP也注入核心後，就要先走了。

「我差不多該回去了，改天再來幫你補給。」

『我明白了，請讓我送您出去，請多保重。』

視野在一瞬間切換。

葵娜出現在競技場的邊緣，似乎是觀眾席中最高的位置。

往下看競技場的舞台，讓她忍不住歪過頭的奇妙景象出現在眼前。

首先是殿助，這還沒問題。

他在狗狗們的背後一臉焦急地坐立不安。

再來是三頭犬。牠把殿助護在身後，三個頭都齜牙咧嘴地不斷低吼。

接著如三重奏一般猛吠，像隻完美遵守主人命令的忠犬。

最後是拔出刀劍，身穿白色鎧甲的三個騎士。

他們包圍住狗狗們，用卓越的劍術對障礙揮舞，但很可惜，連小擦傷也沒造成。

「這是怎樣？」

葵娜走下觀眾席後，輕巧地跳到下方的舞台。

聽到踩踏土石的聲音，殿助非常慌張地跑過來。

「喂，妳這傢伙！快想想辦法解決那個！」

「不不，整體來說，這到底是怎麼回事？」

「父親大人的騎士來接我，但妳的寵物阻止他們，不讓他們靠近我！」

原來如此，這世界似乎也有類似暗衛之類的東西。

因為阿蓋得大大方方地對葵娜說：「我也派了一個人跟著葵娜閣下喔。」才會找到這裡來吧。

但是，葵娜命令三頭犬「保護殿助」，所以他們沒辦法帶他走。

「三頭犬！可以了，住手！」

一聽到這句話，狗狗們解除戰鬥狀態，跑到葵娜身邊。

身體磨蹭著葵娜，而她輕輕摸狗狗的脖子。

雖然有毛皮但很硬，所以觸感不是鬆鬆軟軟的，而是又粗又硬。

與之同時，維持拔刀姿勢的騎士也一同戒備地走近而來。

葵娜和狗狗們一起往旁邊退，把路空出來，接著把殿助往前推。

「不好意思，我家的孩子怠慢各位了。我只因為晚上露宿野外很危險，就讓這孩子來保護他了……」

「就是妳嗎？宰相閣下口中的冒險者？」

「把那麼危險的魔獸放著不管，妳在想什麼？沒事可是不幸中的大幸！」

「妳的行為不能輕易放過，不好意思，請妳到騎士團辦公室一趟。」

葵娜隱約察覺到：「不行，這些傢伙是不知變通的典型公務員啊。」

「很對不起，我現在正在執行委託，改天再去可以嗎？」

「妳打算違抗我們嗎？不過是個冒險者！」

大概是察覺氣氛不對，狗狗們又再度開始低鳴。

只要葵娜放手，一瞬間就能把三人的頭一口咬碎，立分高下。

要是這麼做，之後會留下許多的禍根。

怨恨葵娜一個人就算了，如果影響到所有冒險者就太麻煩了。

更別說殿助了，他在騎士們的身後煽動著：「對，再多說幾句。」

「哎呀呀，要對抗權力果然只能用權力了。」

葵娜嘆了一口氣後，從腰間的側背包中拿出綁著鈴鐺吊飾的鈕釦。

沒想到這麼快就得用到第二次，葵娜十分傻眼。

之後問過給她這個東西的當事者才知道，葵娜拿著這個就表示阿爾巴列特侯爵家是她的後盾。

明明只完成了一次委託，這等信賴反而很讓人害怕。

更可怕的是聽見母親被關進大牢後，她兒子與女兒的反應。不，說認真的。

兒子甚至聽說是國家的第三把交椅，為了避免騎士被強制離職，也應該在此動用權力。

看見葵娜拿出來的鈕釦，騎士們嚇得直發抖。

葵娜阻止他們打算下跪道歉的動作，拜託他們把殿助帶回家。

他們立刻答應了這個要求，拉著手腳揮舞大鬧的小孩離開競技場。
等到看不見他們的身影後，葵娜在火堆旁坐下。
狗狗們繞到她身後支撐住她。
「唉～～好累喔～～！想那麼多像傻瓜一樣！」
鬧彆扭似的大喊一次後，葵娜拿出毛毯，決定立刻睡覺。
天亮之後，委託就結束了。
「唔嗯～～」感受著狗狗們湊近鼻尖的溫暖，葵娜的意識漸漸陷入黑暗中。
隔天早上，葵娜把火堆清理乾淨，把狗狗們送回去。
葵娜去見負責人馬克思後，對他說：「已經解決原因了。」
由於只有口頭報告無法令人信服，要等確認過幽靈完全不會出現後才會支付酬勞。
結果三天後，冒險者公會確實支付了葵娜八枚銀幣。

第五章 兒子、旅行、人魚和盜賊

這場騷動起始於教會的教堂。

晨禱結束後，意外的訪客來訪，但來者不知所云的疑問令斯卡魯格不解。

「……嗯，看你的表情似乎還沒有發現呢。」

「你在說什麼，阿蓋得閣下？如果有問題，可以請你說得簡單點嗎？」

不小心往旁看去的視線無謂地「閃亮亮」發光，在視線另一端誤會的修女瞬間昏倒了。

阿蓋得苦笑著忽視這一幕，摸著鬍子裝模作樣地說：

「剛才我收到暗衛通知，據說葵娜閣下已經悶在旅店的房間裡兩天了，該不會是生了什麼病……」

「你！你你你你你你！你你你說什什麼————！」

大司祭慌張到令人不可思議，使在場的人都被嚇得僵住身子。

神官聲音顫抖想呼喚大司祭，但大司祭無比迅速地跑離現場，讓神官驚訝地張大了眼。

連阿蓋得也對他消失的速度驚訝不已。

另一方面，不知道自己已成為話題的葵娜本人正窩在旅店裡。

她把自己包在毛毯裡窩在床上，化身成蠶繭中的蠶寶寶。

得知衝擊性的事實後，過了幾天。

思考過的許多事情都化為烏有，可以說她現在不知道該怎麼辦了。

不知道該說是為時已晚的五月病還是罷工，講白一點只是在賭氣而躺著。

也讓旅店的老闆娘他們相當擔心。

雖然很歉疚，但她此時此刻希望他們可以別管她，直到她重新振作。

話雖如此，也不能一直這樣下去。

葵娜活在這個世界。

她也想過乾脆斷絕和現世的所有聯繫，關在樓塔裡，但這樣不算活著。

因為她很清楚只能躺在醫院的病床上，什麼都做不到的鬱悶。

她得吃東西，也有許多建立起新關係的朋友。

也和莉朵約好要再去見她。

也不能讓梅梅和卡達茲的開心神情蒙上陰霾。

但是，在她搜索過後也找不到其他玩家，就能確定她就算讓所有樓塔甦醒，也沒辦法見到任何人。

「這似乎不是令人心情愉悅的事啊……」

在她喃喃說出這句話時，樓下突然傳來一陣騷動。

葵娜只把頭伸出毛毯外，只用眼睛環視四周。

只有看到牆壁和天花板。

然而，好像有非常慌張的人迅速衝上樓。

聽到這個聲音時，葵娜的房門連鉸鏈都快噴飛似的被撞開了。

不久前，旅店的貓人族老闆娘擔心地仰望著天花板。

原因是長期住宿的高等精靈族女性——葵娜。

幾天前起，她似乎有什麼意志消沉的理由，躲在房裡不出來。

去看她的狀況後，她也不是生病，感覺像完全喪失幹勁似的癱在床上。

老闆娘身為旅店主人，至今看過各式各樣的人，立刻明白了她的症狀。

以冒險者維生的人偶爾會出現的症狀。

肯定是在什麼委託中，發現了自己的極限。

這樣的冒險者總是會關在房間裡好幾天。

要重新振作起來，繼續當冒險者，還是放棄回老家，全看他們自己了。

從至今的經驗中感覺到這只能靠時間解決的老闆娘，決定在旁溫暖地守護她。

要是葵娜來找她商量，她絕對奉陪到底。

可別小看旅店的老闆娘啊。

但老闆娘當然無從得知，這實際上是葵娜鑽牛角尖的結果。

「葵娜還好嗎？」

「嗯，她說不是生病，所以應該沒事。」

「是遇到了什麼難過的事情嗎？」

常一起吃晚餐的固定成員們很擔心，說出各種臆測。

說來說去，似乎提升了異種族之間的團結感。

光是看到這幅光景，就讓老闆娘覺得開了這家旅店很有價值。

老闆娘感慨萬千地靜靜聽著餐廳裡的對話時，外面的大馬路越來越吵鬧。

留在旅店裡的人發現時為時已晚，出入口的門豪爽地飛了。

……看起來是這樣。

「嗚喔吼喔嘎啊啊啊啊啊啊啊！」

隨著這句話，帶著清涼感的風席捲內部，閃耀著檸檬色的秀髮劃出弧線，妝點來者。

特別鮮豔的藍色聖袍引人注目。

他不只是名人中的名人，更是王都中所有女性憧憬的絕世美男子。

老實說，這個人不應該出現在這種城邊旅店。

現身的是王都第三把交椅——大司祭，斯卡魯格。

「「「嗚咦咦咦咦咦咦咦！」」」

在場的人都因為受到驚嚇而退到牆邊，異口同聲地發出瘋狂尖叫。

斯卡魯格不理會旅店裡的人們慌張的樣子，發出「鏘啷～～」聲響的聖袍帶子和閃耀的星星在背後襯托著他。
大司祭斯卡魯格「呼」地撩起頭髮，不分男女眼送秋波，露出魅惑的笑。
嘴角露出的雪白牙齒「閃亮亮」地發光。
勉強從震驚中恢復的旅店老闆娘搓著手向他行禮，收拾場面。
「請、請問有什麼事情……大司祭大人？這家旅店沒做任何虧心事……」
「這間旅店確實什麼也沒有，關於這點，我也不打算責備你們。我的目的只有一個──只有這裡的一名住宿客而已。」
帶著「閃亮亮」光芒的水潤視線，讓身經百戰的老闆娘心頭小鹿亂撞。
她努力靠著毅力勉強快昏倒的自己，手拄在吧檯上撐住自己的身體。
「我的母親大人閣下應該就住在這裡，請問她在哪裡？」
『…………啥？』
不僅老闆娘，在場所有人的頭上全冒出問號。
這個名人剛才說了什麼？
是不是說了「母親」？
不，怎麼可能有那種蠢事……？
這般高貴的貴人是在哪裡？
所有住宿客都提出疑問時，背著晨光的大司祭斯卡魯格露出爽朗的笑容。

「我直截了當地問了，我的母親大人——自稱葵娜的女性在哪裡？」

——空氣凍結……不，空間停止了。

確實有個名為葵娜的精靈族女性。

冒險者……大司祭的母親？

在大家腦袋裡浮現的字詞讓他們認清現狀，和眼前的存在畫上等號……失敗了。

『『『咦咦咦咦咦咦咦咦咦——！』』』

與方才相同，類似慘叫的大喊聲撼動了旅店。

大司祭斯卡魯格得到這種反應也毫無動搖，以「閃亮」瞄準獵物的眼神鎖定通往二樓的樓梯。

用手梳整「滑順」飄逸的頭髮，咳了一聲。

他張開雙手，輕快背負著「充滿希望的背景」，兩階當一階地跑上樓。

只留下線條崩壞，無法維持原型的旅店老闆娘和住宿客們。

葵娜聽見樓下傳來不知道該說是神祕慘叫聲還是怒吼，完全不解其意的大喊聲後，還以為靜了下來時，有個人衝了進來。

應該是騷動主因的人打飛她的房門後跑進房間裡，葵娜也不免面露戒備。

如同跟蹤狂或強盜的行為讓葵娜從床上跳起來，眼前出現一頭閃耀著檸檬色的長髮與溫和的碧眼。

鵝蛋臉加上修長的身材。

身穿縫上金色鑲邊的藍色聖袍的美男子站在那裡。

（咦？好像在哪邊看過他？！……該不會是！）

正當葵娜看到那個心裡有底的身影，要說話時——

「喔喔！」美男子迅速接近她。

「母親大人閣下！」執起她的雙手，包在自己雙手中。

「許久未見了。」接著在葵娜手背上印下一吻。

有個冰冷的感覺竄上背脊，讓葵娜全身僵硬。

因為「閃光效果」，面露耀眼笑容的美男子往後退了一步，行君臣之禮。

「雖然晚了——」厚重管弦樂器的「音樂圍繞」。

「長男斯卡魯格——」抬起頭時，「珍珠色淚水」從細長的眼睛落下。

「為了回報母親大人的愛——」立刻有片「玫瑰花園」出現在葵娜和周遭。

「前來拜訪。」帶著眩目的笑容說。

已經因為無言而失去表情的葵娜就著從床上坐起身的姿勢，腦袋裡一片空白。

「你……你……你你你………你這……」

「我聽聞您身體不適，所以連忙趕來。」「閃亮亮」。

真摯的眼神緊盯著葵娜。

坐在床上的葵娜，顫抖著的手稍微使勁。

立刻有無數個【主動技能】自動啟動了。

美男子則擅自認定母親的模樣應該是身體不適，以「向日葵盛開的草原」為背景張開雙手。

露出「歡迎所有人」的滿面笑容。

「來，別待在這種旅店裡，到我家來療癒您疲憊的身心吧。」

「你……你你你你、你這個變態啊啊啊啊——！」

充滿厭惡感，陷入混亂的葵娜使出全力揮出了一拳，擊中滿面笑容的正中央。

雖然不是戰鬥型的角色，但學會所有戰鬥用技能的葵娜，一拳也相當有威力。

但是，就算認為對方是變態，精神上還是踩下剎車，沒把人打死。

即使如此，葵娜還是輕輕鬆鬆地打飛比她高大的精靈。

對象(斯卡魯格)因為一般被打時不可能出現的失速旋轉現象，刺上天花板。

他在被扁的同時昏了過去，連哼也沒哼一聲，毫無反應。

氣到雙眼發直的葵娜瞥了一眼掛在天花板的藍色聖袍美男子裝飾品後，決定展開隔離所有外界干擾的【阻隔結界】，再度緊裹著毛毯倒在床上。

下一秒，新的闖入者跌跌撞撞地衝進葵娜房間。

「喂，哥哥！大司祭竟然在城鎮正中央亂來，身為有責任、的……立……場……咦？」

從修女口中聽見大司祭的奇怪行為後，連忙來領回家人的梅梅看見自己的哥哥頭部刺穿了葵娜房間的天花板，掛在上頭。

房間裡還有一團展開【阻隔結界】，完全與外界隔絕的毛毯。

梅梅看見這一幕嚇呆了。

「咦？那、那個，媽媽？」

當然，就算她喊媽，聲音也無法傳遞到裡面。

【阻隔結界】是用來保護在任務中無法作戰的村民的【魔法技能】。

結界本身只有術者可以干涉，而且不只收不到營運商的通知，連玩家的個人郵件也會阻擋在外，很難對付。

除了防禦什麼也做不到，因此這個技能學會後是毫無用武之地。

梅梅也能使用這個技能，所以相當理解其特性。

她決定等等再和兄弟商量這個問題，首先得想辦法解決刺穿了天花板的哥哥才行。

梅梅疲憊地朝房間外頭喊了一聲：「可以進來了。」全身緊緊包裹著黑衣的神祕團體擠進房間裡。

他們架好梯子，把大司祭從天花板挖出來並放下來。

接著補好天花板的洞，把大司祭丟進拿進來的棺材裡後迅速離開房間。

梅梅環視房間一圈，確認沒有遺漏之處後小聲說：「我還會再過來。」之後離開房間。順便拿銀幣賄賂在旅店裡的人，拜託他們別把這件事情外傳。

扛著棺材的黑衣集團靜靜地穿過熱鬧的王都，這幅光景很是詭異。

但街上的人看到這個像送葬隊伍的隊伍，傻眼地說「啊，又來了……」目送他們離去。

大司祭斯卡魯格。

他在另一層意義上也是王都居民眾所皆知的名人。

「唉～那已經無計可施了吧？」

「卡達茲，你也認真想啦！媽媽要是就這樣悶著不出來要怎麼辦！」

因為四處都會受人矚目，所以梅梅他們聚集在最適合兄妹三人商討事情的斯卡魯格辦公室裡。

梅梅和送葬回收班一起運回挨下母親一拳的哥哥後，把卡達茲叫來，開起對策會議。

長男坐在自己的辦公桌前，一臉嚴峻地沉思。

許久未見的再會結果竟然是那樣，他似乎非常深受打擊。

雖然覺得他是自作自受，但這次問題不在於他，而是在母親身上。

「呃，就算妳這麼說，老姊，要是老媽使盡全力躲起來，妳有自信打破她的結界嗎？」

「唔……」

弟弟正確的言論封住了梅梅的反駁。

這確實是七國時代時僅有二十四人，身為最頂尖的超越者之一君臨天下，被認定為「從神話時代就存在的遺跡神殿之主」的上位大魔術師。（↑從兒子們的角度所見，過度美化的經歷）

梅梅十分清楚自己這種普通魔術師根本敵不過她。

「如果說老姊的實力很普通，現在的人類們都是最低等級了吧……」

聽見梅梅獨自碎念嘟囔著，卡達茲試著吐槽，但似乎沒傳進她的耳裡。

「該怎麼辦啊？」卡達茲搔著頭，想和大哥說話時——

「這樣啊！我明白了。」苦惱的斯卡魯格眼中帶著無可動搖的決心，站起身。

「怎、怎麼了，老哥？你想到什麼打破結界的方法了嗎？」

「不，我知道我被母親大人閣下打的理由了！」

他背後「轟隆」地「掀起驚滔駭浪」。

斯卡魯閣從衣櫃裡拿出典禮時用的正式聖袍。

因為那套服裝金光閃閃，比國王還要顯眼而被各相關單位禁止穿著。

他讓「水花」在他四散飛濺並套上聖袍，「睜大眼」擺出帥氣姿勢。

「我是要見母親大人閣下！果然是因為那身懶散的打扮，汙穢了至高無上的母親大人閣下的眼睛！」

「轟隆！鏘～～」一道雷打在斯卡魯格身後。

「某種意義上來說，老哥也許是最聖潔的……」

切身感受到身邊的姊姊魔力升高，卡達茲趁還沒被捲進紛擾前走出房間。

卡達茲擁有的技能只有低等的恢復魔法、輔助魔法和與建築相關的技術技能，所以要是被捲進他們兩個的爭執中，有幾條命都不夠用。

總之，只要好好說，母親也能聽進去吧，卡達茲決定前往問題的旅店。

徹底當作沒聽見轟隆作響，從緊閉的門後傳來的爆炸聲。

……然而，途中經過市場時，不知道該說運氣好還是不湊巧。

他發現了買肉串來吃的葵娜，大跌一跤。

卡達茲忍受著市場相關人士投來的奇妙視線，使用全身的肌肉顫抖著站起身。

擠出最後的力氣吐槽母親。

「老、老媽？妳不是關在房裡不出來嗎！」

「咦？卡達茲，你為什麼在這裡？你也要吃肉嗎？」

「大叔～～再來兩串～～！」卡達茲看著開心的母親，頓時失去了最後一絲力氣。

「我們那麼辛苦是為了什麼啊？」他的背影如此傾訴著。

卡達茲把路邊的木箱擺好，坐在上面，看著吃肉串又啃水果的葵娜，打從心底鬆了一口氣。

而眾人擔心的葵娜本人帶著有點想通了的爽朗笑容，對兒子低下頭。

「對不起喔～好像讓你們擔心了～～雖然發生了讓我有點受到打擊的事情，但我肚子餓，吃了甜點後，煩惱就變得無所謂了。呵呵呵，像個笨蛋一樣～～」

「就是啊，老姊可是一臉世界末日的表情。妳晚點去看看她吧。」

「對不起啦～～」葵娜的笑臉突然蒙上陰霾。

「話說，剛才那個衝進我房間的金髮變態……」

「喔～～老姊有說過老哥失控了，一頭插在天花板之類的呢。」

「啊～～那果然是斯卡魯格啊～～……」

看見母親眼神死，卡達茲大概了解了。

同情葵娜「看見那個了啊」的心情。

那是自己走過的道路，也是希望母親能理解的毛病，所以這應該是個好機會。

「是啊，老哥是老媽至上主義者～～他那樣很正常，所以妳做好覺悟吧。」

「那、那是正常狀態啊……是我的養育方法錯了嗎？」

當然是指讓他學會的技能這一點。

沒想到他是那麼正經又靈活運用【獨特技能：美麗灑落的玫瑰】的人才。

某種意義上來說，應該是天生的才華。

人格很令人遺憾就是了。

不知道該不該說反而「很慶幸」，葵娜的打擊往不同方向飛去，煙消霧散。

看到那種東西，雖然不至於讓玩家的存在變得不重要，但她領悟到目前的問題是需要適當的處理兒子才行。

「對了，把他連人格都徹底破壞掉，再重新安裝正經的個性就好了啦！」

這有其母必有其女的發言讓卡達茲從木箱上跌下來。

但從危險度來說，眼前這個就能力來說可能會把斯卡魯格連整個王都一起化成灰。

卡達茲抱住她的手臂，劈頭否決：

「等等，等等，老媽！妳在想什麼，妳打算殺了老哥嗎！別看他那樣，老哥也是為這個國家著想走到今天的，為了讓老媽有天可以安心地出現在人前，投注心血，安定人心至今啊。拜託妳，別連老哥的這份心意也否定掉！」

「……卡達茲。」

突然從兒子口中聽見不為人知的事，葵娜的心裡稍微暖了起來。

因為她知道卡達茲就這一點，是真的信賴著斯卡魯格。

也對自己只憑一面就判斷斯卡魯格這個人的行為感到羞愧。

她只是想要懲罰他隨便使用技能讓自己變得很華麗而已。
但是被認為自己只因為這樣就要殺了兒子，不免讓她有點受打擊。
「說的也是。他很奇怪只是其中一面……把他送出去當養子的我不可以這樣判斷斯卡魯格……」
「呼——妳、妳懂了就好，啊～～嚇死我了，喔哇！」
突然被身旁的母親緊抱住，卡達茲驚聲大叫。
葵娜慈祥地緊抱住亂動掙扎的卡達茲，小聲地低喃：「對不起。」
「如果妳這麼想，那就注意一下別人的眼光！」
「嗯？……咦？」
葵娜看見市場的客人、有空閒的市場銷售員們都偷偷看著他們竊竊私語。
看見可愛的女性緊抱住一把年紀的矮人族，任誰都會想歪。
葵娜的臉稍微泛紅，但他們可沒做什麼虧心事。
她能帶著自信說。
因為這只是母子擁抱而已。
「呵呵呵，太好了。」
「什麼『太好了』！妳也替承受這些好奇眼光的我想想啊！」
卡達茲用蠻力硬把葵娜拉開，看見葵娜的笑容後歪過頭。

「老媽，妳好像不太一樣？」

「……嗯，可能吧。因為我有你們啊。」

「聽不太懂妳在說什麼。有妳就有我們不是理所當然嗎？」

「呵呵呵，說的也是。卡達茲，謝謝你。」

（是啊，就算玩家夥伴們不在了，我又何必哀嘆？我還有家人啊，現在有這些就夠了，我待在這裡也沒有關係啊。）

「那麼，我們去找斯卡魯格吧。」

「咦？」

要去兄姊大戰打得正熱烈的那個地方？

他被捲進去好幾次過，所以很清楚。

卡達茲回想起混亂的光景，僵住了表情。

「嗯？怎麼了？斯卡魯格不是很失落嗎？」

「不，他應該正在和老姊大吵耶……」

「兄妹吵架？也是會有這種事啦～～」

對母親來說，高手等級的魔法對戰似乎是能當作「這種事」的低等事情。

實際上，卡達茲不知道葵娜是怎麼想的。

而葵娜不知道兒子心想著「別把教會炸飛就好了」的心情，催促兒子快點走。

兩人走回不久前才離開的教會，前幾天讓葵娜吃閉門羹的年長修女出來迎接卡達茲。
「哎呀，卡達茲大人。斯卡魯格大人現在還和梅梅大人在辦公室裡……」
「還在打啊……」
「然、然後，不好意思，這位女性是？」
「啊，話說回來，老媽妳之前是不是說過有修女讓妳吃了閉門羹？」
「……咦？咦咦咦？」
看到這裡的大司祭弟弟對怎麼看都很年輕的女人喊「老媽」，修女的背脊流過冷汗。
葵娜本人則撩起頭髮，露出身為高等精靈族的證據——微尖的耳朵，朝修女點頭致意：
「妳好。」
「和妳說一聲，這個是我們的媽媽，要是草率對待，老哥會暴怒喔。」
「卡達茲……說媽媽是『這個』，我也是會受傷的耶……」
沒有心情聽母子鬥嘴的修女突然為先前的失禮行為，對葵娜下跪。
「非、非常抱歉！雖然不知情，但我做了那麼失禮的事！請您原諒我！」
「啊，不不不。妳不知道啊，我也不怎麼在意，所以請妳快抬起頭。」
「就是說啊，老媽又沒有什麼官職之類的地位。」
兩人勉強安撫好修女和聽到騷動前來的神殿騎士，來到斯卡魯格的辦公室前。
門沒有特別的異狀，但這邊的走廊偶爾會「嗡嗡」地輕微震動。

「老哥和老姊之前有在這個房間設下結界，多虧於此，才沒有連外面都遭殃。」

「是喔。」

葵娜從道具箱中拿出裝著黃色液體的瓶子，稍微打開房門丟進去後，立刻關門。

下一秒，裡頭傳來「砰——！」的奇怪爆炸聲。

那是用聲音和光線麻痺敵人，類似閃光彈的道具。

製作者是葵娜認識的人當中最糟糕的人，因此是除了聲音、光線，還加了很多東西的特製品。

卡達茲的後腦杓流下大滴的汗珠，來回看著頓時安靜下來的房門和母親。

等了整整一分鐘後，葵娜打開房門。

黃色煙霧貼著地面從房裡往外流。

葵娜使出【風魔法】，把房裡和走廊的窗戶打開，讓煙霧往外散去通風。

房內沒有非常混亂。

大概是對房裡的擺設施加了保護魔法。

只是椅子、桌子及沙發倒在房裡的各個地方而已。

其中，昏眩的斯卡魯格和梅梅混在其中。

葵娜和卡達茲把兩人趕到房間角落，把椅子等擺設整齊地擺回原位。

葵娜做出小小的冰塊，塞進被卡達茲拎著衣領過來的兄妹後背。

「「嗚唷喔喔喔～～喔喔喔喔！」」

兩人發出怪聲跳起來，發現弟弟和母親對著他們捧腹大笑後嚇傻了眼。

「母親大人閣下！」

「媽媽？」

「嗨，你們兩個，對不起喔，好像讓你們擔心了。」

葵娜讓卡達茲坐在沙發上，要斯卡魯格和梅梅跪坐在地上，自己也跪坐在兩人面前深深一鞠躬。

「讓你們兩個人擔心了，對不起。」

「等等，媽媽！妳為什麼要道歉啊！該道歉的是我們！」

「就是說啊，梅梅，最可疑的人是妳。不能讓母親大人閣下多費心……」

「老哥，你安靜一點。」

卡達茲露出不是開玩笑的黑色笑容，將拿手武器——斷頭斧（斷頭臺）抵在斯卡魯格的脖子上，連斯卡魯格也閉上嘴。

葵娜低著頭繼續道歉。

「我被自我本位的思維困住，自暴自棄，還殘忍地對待你們。母親不該做出這種行為，很對不起。」

看見母親真摯地保持著賠罪的態度，兄弟姊妹們面面相覷。
卡達茲收起斧頭，和兄姊一樣跪坐。
梅梅「叩」的一聲敲自己的頭，和搖搖頭後端正身姿的斯卡魯格握手。
斯卡魯格和妹妹握完手後脫掉聖袍的外衣，拍拍葵娜的肩膀，請她抬頭。
接著三個人一起低下頭。
「母親大人閣下，請您一如既往地多多指教。」
「嗯，媽媽，拜託妳了。」
「我們的老媽只有妳一個啊。」
「嗯，嗯！你們三個也多指教嘍。」
葵娜拭去眼角的淚水後笑了。
三人也立刻被傳染，房間內充斥著開朗的笑聲。
「呼——哥哥一開始失控時，我還以為會怎麼樣呢！」
「我只是聽到阿蓋得閣下說母親大人閣下可能生病了，當然會擔心了。」
「為什麼阿蓋得大人會知道那種事情？」
「這麼說來，他有提到暗衛之類的……」
「暗衛？媽媽被監視嗎？」
「他只是在我的察知範圍外觀察狀況而已吧？我沒特別在意喔。要是太煩人，只要找阿蓋得抗議就好了。而且我本來就有個像監視者的奇奇了啊。」

『我才不是監視者。』

「是喔，那似乎是和母親大人閣下定契約的聖靈，您仍然會做出超乎想像的行動啊。」

「哎呀呀，老姊叫我出來的時候，我還想著前途堪憂呢……」

葵娜在這時拍了一下手，低喃說：「啊，對了對了。」

「我還有別的事要和你們兩個說。啊，卡達茲是放下工作過來的吧？你可以回去嘍。」

「嗯，那我先告辭了。實在沒辦法從頭到尾都交給他們啊。」

「總之，你們兩個跪在那裡。」

剛才站起身的斯卡魯格和梅梅看見葵娜發動【威嚇】、【銳利眼神】、【魔眼】、【壓制】、【恐懼】，身旁纏繞著黑色氣息後，僵住了表情。

立刻像被蛇盯上的青蛙僵著身子，彷彿染上感冒，打從身體深處發冷的顫抖襲向他們。

「媽、媽媽媽、媽媽，到、到到到、到底是怎麼了……」

「母、母親大人閣下！您、您到底為什麼如此生氣呢……？」

「我都聽卡達茲說了。從今以後，禁止你們吵架時拿魔法互相攻擊。我得好好教你們這方面的常識才行。當然，還有斯卡魯格過度使用的那個【獨特技能】。」

惡鬼羅剎似的恐怖表情，宛如紅色上弦月微笑的嘴。

兄妹倆看到沒用【獨特技能】就變身成魔王的母親而發抖。

要回去工作的卡達茲關上房門，把驚世慘叫關在門後，用力伸個懶腰後轉轉脖子。

「老哥他們真是自作自受。」

◆

教會的騷動過後幾天，從艾利涅來到葵娜房間時的這一句話開始。

「葵娜閣下，妳要不要去北國？」

「嗯～～北國嗎？」

葵娜不怎麼有興趣地回答。

她單手拿著名為露許的紅色橢圓形水果。這是艾利涅來訪時帶的伴手禮，葵娜知道這是可以隨意啃咬，跟甜點一樣的食物。

葵娜一邊吃一邊想著現在要不要離開這裡。

聽到葵娜的回答，艾利涅盤算著再推一把就能成功，立刻丟出殺手鐧。

「我們會先繞去邊境的村莊喔。」

「我去！……啊。」

不小心反射性地回應聽見的單字，就這樣答應了。

雖然犬人族的表情難以辨識，但葵娜怨恨地看著抖著肩膀忍笑的商人。

「嗚嗚～～艾利涅先生，你太奸詐了啦！明明知道我聽到那句話就絕對不會拒絕！」

「別說得那麼難聽，我只是在陳述途中會經過的村莊啊。」

「真是的，你太會講話了啦……呃，到村莊要四枚銀幣對吧？」

葵娜回想起搭到王都的費用，詢問艾利涅拉長行程的話要增加多少費用。

但艾利涅皺著眉搖搖頭。

「不，在抵達村莊前要把妳當成客人也不要緊，但在那之後，我希望妳可以當我們的護衛……」

「咦？北國是那麼危險的地方嗎？」

如果是和黑國（又稱魔族之國）之類的合併，或許是很危險──葵娜如此心想，但艾利涅說：「其實滿危險的。」之後開始述說最近的商業流通情勢。

他攤開地圖，用手指畫出大概的通商路線。

「首先是繞著大陸外圍，走一大圈的外殼商道；接著是橫越國境的內殼商道，這個國家在大河的南北邊有兩條路線。最後是連結三個國家王都的大陸大動脈。」

葵娜心想就和行走於城市間的電車一樣，但她沒說出口，乖乖點頭。

艾利涅敲著西邊的國境兩下，繼續說明：

「現在連結費爾斯凱洛的王都，及北邊的黑魯修沛盧國王都的大動脈──西邊的外殼商道禁止通行。所以，這一次要走內殼商道接東邊的外殼商道，渡過大河後，和該國的內殼商道保持距離，朝王都前進。」

「會禁止通行是發生山崩之類的嗎？」

「不，是有盜賊。」

感覺到艾利涅立刻回應的話裡帶著些微緊張感，葵娜倒吞了一口氣。

艾利涅指著西邊國境稍微上方的位置。

「這邊有個古老的堡壘，最近似乎有盜賊團以那裡為據點，開始朝四處伸出魔爪。」

「這樣啊……」

「聽說那個盜賊團的老大很強，連騎士團也不是很想出手，正陷入膠著狀態。」

「哦～～現在還有那麼強的人……咦？阿比塔先生！你是什麼時候來的？」

「嗯～～『的王』附近吧。」

「『這樣說誰知道啦！』」

兩人異口同聲地吐槽阿比塔。

他低喃著：「我好像老是被小姑娘罵耶。」走出房間。

阿比塔的這句話讓葵娜苦著一張臉問艾利涅：「我有那麼常罵他嗎？」

由於艾利涅回以抖動肩膀忍笑的舉止，不用說，葵娜當然鬧彆扭了。

那麼，出門前需要先和各相關部門說一聲——葵娜心想。

主要是與女兒再會後，看到她不停撒嬌。

如果是傲嬌，只是沒見到人，應該不至於囉哩八唆地說個沒完沒了。

但每次兩人見到面，女兒都像隻大貓一樣抱著她、磨蹭、撒嬌，三個一組成套的動作，讓葵娜也覺得越來越麻煩。

老實說，她不知道該如何應對。

雖然覺得有點對不起梅梅，但葵娜想要暫時保持距離，轉換一下心情。

雖然斯卡魯格和梅梅吵架時葵娜說了那種話，但她沒有生過比自己年紀還大的孩子。

因此，她想先在心中稍微整理一下這件事。

「咦咦！媽媽要離開這個國家？」

「梅梅，妳別講得好像我要逃難一樣，我是去工作，工作，商隊護衛的工作。」

艾利涅告訴她預定隔天就要離開王都，所以她先去找斯卡魯格。

但斯卡魯格因為去和王族開會，不在教會。

一般來說，這類內情不能洩漏給第三者知道吧，葵娜對此感到危機。詢問過接待她的年長修女，才知道這是以清廉潔白聞名的斯卡魯格的方針，聽到這個回答，葵娜抱頭苦思。

該吐槽因為「清廉潔白」就口無遮攔地說出祕密的組織營運方法呢？還是該吐槽主張「清廉潔白」的兒子才好……

「但要是插手管這個問題，感覺方針就會換成我的做法。」

她確定，只要她和斯卡魯格說「別這樣做」，他會立刻照著葵娜的說法轉變整個組織的營運方向。

總不能讓教會整體的方針隨著母親的意見團團轉。

關於這件事，葵娜決定閉口不談。

葵娜也常看見斯卡魯格在大馬路上佈道，但他仍閃閃發亮，百花齊放的樣子只讓葵娜感到不安。

事實上，斯卡魯格在居民間的評價不差。

佈道時，他背後叮噹作響的光景似乎幫了不少忙，連孩子們也聽得懂，廣受好評。

即使大家都接受了叮噹作響的光景一事也讓葵娜很頭痛，不過斯卡魯格就任大司祭後據說經歷兩任國王了，這或許也是原因。

接下來，她前往王立學院通知梅梅。

順帶一提，因為孩子們的授權，她靠張臉就能進出教會和學院。

卡達茲大概會從梅梅口中得知消息，所以葵娜不怎麼擔心。

因為卡達茲是最好掌握距離感的兒子，幫了葵娜不少忙，也是因為大哥成為負面教材就是了。

「嗯～～可是，妳是要去黑魯修沛盧對吧？那剛好，我可以拜託媽媽送個信嗎？」

「只是一封信是沒問題，但妳在那個國家也有朋友嗎？」

「嗯呵呵呵～～還有啦，我想介紹朋友給媽媽認識，應該是個好時機。」
母親對露出不懷好意的笑容的梅梅毫無戒心。
因為葵娜不覺得那會危害到自己，所以當時很安心。
但梅梅完全沒想到因為自己沒和葵娜說那企圖，在那之後引起的騷動會讓她那麼傷神。

隔天，王都東門外，艾利涅的商隊已經準備好要出發了。
完美結束進貨，裝滿嚴選商品的商隊和護衛的火炎長槍傭兵團等人。
在這之中，只有個子最嬌小的葵娜怎麼看都不像護衛，就算拔出掛在腰間的劍，別人也只會覺得她是個旅人。
平常不會有人特別來目送商隊，但只有兩個人在和葵娜說話。
「媽媽！妳一定要回來喔！」
「哇噗！喂，梅梅，妳抱這麼緊會痛啦！」
葵娜被女兒緊緊抱在胸前，一邊抱怨一邊把女兒拉開。
說個題外話，梅梅的胸前空虛，所以不會發生埋在豐滿胸部間的狀況。這是因為在設定角色時，有人在旁多嘴干涉。
因為斯卡魯格和梅梅都比葵娜高，站在一起像是妹妹。
另一方面，卡達茲比葵娜矮一點，但兩人站在一起時應該很少人會覺得他們是母子。

「雖然覺得擔心老媽是多餘的，但妳要小心喔。」

「嗯，卡達茲也是，工作時要小心別受傷喔。」

葵娜露出滿臉笑容，對卡達茲點頭，阿比塔則在背後大喊：「喂～～！小姑娘，要出發了喔～～！」

「啊，好～～！那麼你們兩個，我出發嘍。」

「好，媽媽。這是我昨天說的信，就麻煩妳了。」

「好，我收下了。要交給誰？」

「請交給『堺屋的凱利克』，路上小心喔，媽媽！」

葵娜收下信，說著：「堺屋的凱利克，了解。」並拜託奇奇記下來。

只要把信收進道具箱裡，就不用擔心弄丟了。葵娜朝兒子和女兒揮揮手，追上已經啟程的商隊。

目送葵娜和商隊同行離去的梅梅和卡達茲，一直揮手到沿著幹道走向東邊的一行人消失為止。

弟弟一臉嚴肅的表情，姊姊則若無其事地看著東方，佇立了一段時間。

「嗯～～由老媽當護衛……這是世界上最安全的一行人吧。」

「倒不如說，媽媽一擊就能破壞盜賊的根據地吧？」

「但現在的老媽是冒險者，沒有利益就沒有行動的理由吧？」

「是啊，應該是那樣。」
「話說，妳拿了封信給老媽，是那個嗎？給那些傢伙的嗎？」
「對喔，呵呵呵，媽媽肯定會嚇一大跳～」
「不，我覺得老媽肯定會昏倒……」
連環抱著雙臂冒汗的卡達茲也無從得知那封信帶來的影響。

「嗨，小姑娘，剛才那個小姐拿給妳什麼？」
即使距離這麼遠，阿比塔似乎也看見梅梅拿了什麼東西給葵娜。
心想「他的視力有多好啊？」的葵娜向上修正阿比塔的野生數值。
「情書嗎？葵娜閣下的魅力連女性也擋不住啊。」
「不是啦，阿比塔先生和艾利涅先生都在說什麼啊！是信啦，信！她說在那邊的王都有認識的人，所以託我送信啦，絕對沒有非分之想。」
「這樣喔～算了，我就當一半是真的吧。」
「都是真的啦，和自己的女兒交往也太奇怪了吧！」
「咦？那是小姑娘的女兒？那，和她在一起的矮人呢？」
「那個是小兒子。」
葵娜老實地回答其他商人的問題，整個商隊「咻」地吹起一陣冷風。

順帶一提，在那之後，葵娜陷入要隨興創作「為什麼非得收養一個矮人當兒子……」的狀況。不能被發現她心想著「怎麼沒有能油嘴滑舌圓場的技能啊」。

上次從邊境的村莊到王都花了十天。

這一次，葵娜從自己的【魔法技能】中挑出想要嘗試的幾招，先去向艾利涅提議看看。

「艾利涅，可以耽誤你一下嗎？」

「是，怎麼了嗎？」

這次葵娜接下了商隊護衛的工作，但畢竟她沒經驗，所以和阿比塔商量後編入了火炎長槍傭兵團中。

阿比塔把葵娜排在商隊的中央，主要直接保護艾利涅。

緊跟在艾利涅馬車旁的葵娜，要和艾利涅說話很方便。

「我想要稍微提升移動速度，可以嗎？」

「提升……移動……速度？」

沒聽過的方法令艾利涅歪過頭。

葵娜請分配在商隊各個位置的傭兵們喚來阿比塔，重複說了一次。

「妳那個提升速度的招式對我們會不會有奇怪影響？例如會馬上累倒之類的。」

「這個嘛，這只是利用魔法的力量增加移動距離而已，所以疲憊程度應該不會變。要不然，晚上我再召喚出許多魔偶來守夜！」

阿比塔看到葵娜緊握雙拳展現力量，拍拍她的肩說著「等等」，要她冷靜下來。

把露宿野外時的警備工作交給葵娜確實是令人感激，但想到和上次一樣恐怖的魔偶會在營地裡晃來晃去，就讓人很不安。

「總之先讓我們看看吧。依據效果，可能會繼續麻煩妳，但如果造成我們或馬的負擔就別再用了。」

「好，那我要施展嘍。」

【魔法技能：提升移動速度(move up)】

綠色的光芒從葵娜高伸過頭的手上落下。

落地前就先擴張成包圍住整個商隊的氣場，不僅是每個傭兵和馬匹，連馬車也在影響範圍內。

這是提升兩成基本移動速度的魔法，效果範圍是所有視線可及範圍。

在里亞德錄主要活動的戰爭中，可以維持友軍整體的行軍速度五分鐘。

那時一起行動的人數多達三到四百人，所以有效時間很短。當時只要效果中斷，就會有能使用這個魔法的人重新施展，所以只有極少數人在意時間。

這一次施展在商隊馬車、馬匹、傭兵團和葵娜身上，效果持續了兩小時。

這也是葵娜第一次在非遊戲的世界中施展，像滑行般的走路感覺讓她覺得很好玩。

阿比塔他們一開始也無法遮掩驚訝，但似乎馬上就習慣該怎麼活動了。

傍晚時，他們比原先預定抵達的露營地還要推前一個，讓艾利涅的眼神變了。

「葵娜，這太棒了！請務必每天都用！然後永遠在我們商隊裡工作！」

「我每天都會用啦，但很不好意思，永遠工作這件事恕我拒絕。」

「也是啦，開心地當冒險者的人沒必要突然變成商隊專屬護衛啊。」

阿比塔也在旁幫腔，使艾利涅挖角失敗。

但他的眼中燃著不放棄的熱情，葵娜也不禁歎氣道：「每次見面都得拒絕了啊。」

商隊用八天走完得花十天的路程，抵達了邊境村莊。

要說「好久不見」，葵娜離開這個村莊也不過五十天左右，即使如此，村莊仍有了些微變化。

村莊入口——過去停放許多馬車的地方蓋了一間平房。

門口隨時敞開著，裡面傳來木匠工程的「咚咚」聲響。看來是有工坊搬到這裡了。

另外，村莊後頭原本沒人住的廢棄空屋也變得很漂亮，煮食的炊煙裊裊上升，應該是有人搬來了。

儘管是傍晚時刻，前來迎接商隊的村民看見葵娜也在人群中，一個接一個湊上前來。

葵娜在轉眼間被包圍住，沒花多少時間就和人群一起被帶到旅店去了。

艾利涅和阿比塔苦笑著目送被村民們抓住，不容商量且被強行帶走的葵娜離去。

「哎呀呀呀！這不是葵娜嘛，好久不見！過得好嗎？」
「姊姊妳好。」
瑪雷路和莉朵溫暖地迎接她，葵娜也「呼」地鬆了一口氣。
感覺像回到可以放鬆的家一樣。
明明沒有點餐，麵包和熱濃湯已經擺在她面前。
吃下不變的味道溫暖身心後，葵娜連忙打算掏錢，而兩人看著這樣的她，笑了出來。
村民們也被傳染，酒館裡立刻充滿笑容。
那天晚上，葵娜說著在王都發生的事、委託的事及孩子們的話題，使旅店十分熱鬧。

隔天早上，葵娜趁天還沒亮就飛去銀色樓塔，告訴守護者她已經啟動No.9的樓塔的事，再次詢問他兩百年前發生的事情。
『我只知道從其他守護者口中聽來的事，幾乎所有主人都對他們的守護者告別了。』
結果好像沒有什麼不同。
這個地區原本位於白國的邊境。
往東邊走是地圖上沒有的未知區域，除了來接受銀色樓塔挑戰的人，沒見過其他玩家。
葵娜記得她曾經和公會成員聊過，東邊可能有一天會更新版本，安裝新區域。結果，葵娜也無從確認是否有安裝。

之後葵娜補充完道具後離開樓塔，回到了村莊。當她在旅店吃早餐時，有不認識的人靠近她。

三個矮人和一個戴眼鏡，給人高瘦印象的女性。

他們和葵娜說他們是從黑魯修沛盧搬來的技術人員，直截了當地來詢問有關水井汲水機的事。

「我們聽說那是妳做的，請問妳是怎麼做的？」

「咦？我只是用【技術技能】照著方法做而已啊。」

「喔喔，有技術技能這種方法嗎？那麼，請妳務必傳授那個製造方法給我們。」

「就算要我傳授……那也需要很多前提耶。」

葵娜從道具箱中拿出一根和人的手臂差不多大的圓木，當場執行【技術技能：加工：佛像】。

葵娜的手上出現小小的綠色龍捲風，包住圓木沒多久並消失後，完成了一尊總高二十公分左右的木雕觀世音菩薩。

這個技能是必須學會的技能，但學會後是再也用不到的技能之一。

在那個任務中，會接到一個向湖中之主獻出人偶，取代活人獻祭的委託，不知道為什麼，用這個技能會隨機做出一尊日本自古以來的佛像。

偶爾也會看見玩家把那個石像或木像拿來當魔偶使用，但頂多只有這種用途。

「最起碼得能做到這個，要不然就算我教了，你們也做不到。」

在拋個媚眼，裝模作樣的葵娜面前，四個人誠惶誠恐。

仔細一聽，葵娜聽見他們說「是、是古代的技術！」「那是傳說中的？」之類的話，因此大概知道是怎麼一回事了。

因為她想起卡達茲當造船工匠，卻不用【技術技能】的理由。

之所以使喚弟子和工匠，全部手工進行，是因為要是用技能就沒有辦法培養後進。

（這麼說來，梅梅似乎說過技能衰微了，退化了之類的話吧？）

葵娜在腦中反芻女兒也曾說過的話時，發現莉朵拉著她的衣襬。

「莉朵，怎麼了嗎？」

「大姊姊，那是什麼？」

她指著葵娜手上的木雕觀世音菩薩。

葵娜心想那只是示範做出來的東西，應該無所謂，於是遞給莉朵說：「拿去，給妳。」

吧檯那頭的瑪雷路當然也看見了這一幕。

「那感覺是相當精心雕刻的東西耶，可以嗎？」

「沒關係，反正也沒什麼特別的用途。」

莉朵雙眼閃閃發亮地把它擺在桌上，入迷地盯著看。

因為是早餐時間，商隊的所有人和火炎長槍的團員們也都看見了。

順帶一提，有人纏著葵娜問那是以什麼為形象雕刻的東西，所以她回答那是故鄉象徵慈悲的女神。

當然被誤會成是高等精靈族崇拜的女神了。葵娜嫌糾正和詳細說明都很麻煩，決定讓大家繼續誤會下去。

但在艾利涅眼中，工藝品似乎就等於商品。

他宣言「這可以賣」，結果藥師如來、阿修羅像、彌勒菩薩，甚至連地藏王菩薩也擺上桌了。

由於做出來的作品完全是隨機的，所以不用說，在湊齊全部種類前，出現了相當多重複的雕像。

之後，看見商品後生氣勃勃的艾利涅掌控了酒館裡的話題主導權，完全不管技術者們。

在酒館準備關門時，葵娜才終於注意到他們。

為了為不理會他們而道歉，葵娜在紙上畫畫，說明齒輪的構造。他們說要拿回工坊討論，先離開了。

原本預定隔天要離開村莊，但村長說「有件事希望妳查一下」出聲挽留他們，因而產生了一點磨擦。

「喂喂，村長先生，小姑娘是商隊僱用的，所以不能中途脫隊喔。」

在途中取消護衛任務這種行為絕對不能發生。

雖然是艾利涅直接來邀請葵娜，不過還是有經由公會委託，因此想取消得親赴公會辦理手續才行。

而且葵娜現在受到火炎長槍團的指揮，所以由阿比塔出面和村長交涉。

當面聽到再正確不過的言論，村長一句話也說不出口，和幾個村民一起出來的村長看起來很不安。

雖然知道他們想依賴為村莊做了許多事的葵娜，但成為冒險者的現在，也不能說「這樣啊」隨意接下委託。

但阿比塔也知道此時的決定權不在自己身上。

只要雇主艾利涅點頭說「好」，就表示允許出借葵娜。

雖然剛才有點刁難村民們，但其中也有不希望剛成為冒險者的葵娜賤賣自己的父母心。

「這個嘛。多虧葵娜的魔法，時間上很寬裕，只有一天的話是沒問題。」

艾利涅扳著手指數數，但站在身旁的葵娜用小狗哀求般的眼神緊盯著他，他也只能苦笑著允許。

艾利涅在心裡不斷嘆氣，想著：「這樣真不知道誰才是犬人族了啊。」

雖然不急著趕路，但對商人來說，旅程的寬裕也有限。

只要葵娜與商隊同行就可能縮短行程，因此下了可以只在村裡多留一天的判斷。

葵娜鬆了一口氣，轉向村長想詢問詳情時，阿比塔又介入兩人之間。

邋遢的大叔臉上貼著邪笑，牽制總算能拜託葵娜而安心的村長。

葵娜正打算出聲抱怨，副團長在一旁提醒「晚點才輪到妳出面」後，只能心不甘情不願地遵從。

「哎呀～～村長！你既然要聘用小姑娘，應該付得起相對的酬勞吧？」

阿比塔用食指和拇指比出圓圈，一臉微笑地和村長交涉。

村長不悅地斷言：「就算是冒險者，也只是菜鳥吧。」但阿比塔、傭兵團團員和艾利涅的見解完全不同。

「說到底，沒有一個菜鳥冒險者可以一腳踢死彎角熊喔。」

「也沒有哪個菜鳥冒險者會超乎常理到在水上行走。」

「也沒有任何菜鳥冒險者能單手操控魔偶。」

「你們為什麼會知道！」

最後一件事是因為現場在河邊，有很多漁夫目擊到，葵娜當然無從得知這些事情。

長年承蒙照顧的艾利涅都這麼說了，村長也只能同意支付合理的金額。

「那麼，要聘用她得要付多少費用？」

「八枚銀幣吧。」

「什麼！」

在村長倒吸一口氣的同時，商隊裡也傳出了「咦咦咦咦！」的大喊聲，阿比塔等人也一臉傻眼。

「為什麼小姑娘那麼驚訝啊？」

「因為我曾經受到村莊照顧，一枚銀幣就夠了吧……」

「不不不，小姑娘，妳看低自己是想怎樣？依照妳的能力，被束縛一整天大概就要這種價錢，半天也要五枚。如果妳收了一枚銀幣就接工作，那真的菜鳥就只能拿一枚銅幣了吧？我不會說妳看低自己有錯，但別降低冒險者整體的價值，知道了嗎？」

「……是。」

葵娜無力地低頭，緩緩點了點頭，而阿比塔用力摸她的頭。

擔心地看著他們的團員們也拍拍葵娜的肩膀或背鼓勵她。看見這幕，阿比塔再度轉過去看村長，確認：「所以，你付得出來嗎？」

基本上，在自給自足的邊境村莊中，真能收到外幣的頂多只有旅店。

這幾年來，除了艾利涅的商隊，客人就只有葵娜了。

從和商隊的交易也以物品交換為主來思考，應該得從全村搜刮才能勉強付出來。

村長緊皺著眉頭，「唔唔唔唔唔唔」地開始沉思時，葵娜拍一下手說：「那這樣吧。」往前跨出一步。

她的笑容讓阿比塔和艾利涅有不祥的預感。

「住宿費由村長負責，讓我免費住瑪雷路的旅店二十天如何？」

還以為會聽到不合理條件的村長睜大了眼。

阿比塔他們則苦笑著說：「果不其然。」不知道為什麼，葵娜對旅店十分執著，這答案很有她的風格。

「如果住幾晚後達到村長能支付的金額，那麼免費住宿的期間就結束。」

「嗯，這樣一來，中途也能有辦法解決。我明白了，我接受這個條件。」

「喂喂，小姑娘，對冒險者來說，領現金是最理想的喔。」

雖然阿比塔給了她忠告，但葵娜手上有從遊戲中繼承下來的錢，要在王都的旅店吃睡一整年也沒問題。

最重要的是，對原本連動也不能動的葵娜來說，只要有健康的身體和美味食物，就能讓她滿足了。

她沒有表現在態度上，不過心裡的某處有著「不能期待更多！」的客氣心態。

「那麼，你想要我幫忙調查什麼呢？」

「嗯，關於這個嘛……」

幾分鐘後，葵娜一行人全聚集在村莊中央的水井前。

「為什麼連阿比塔先生你們也來了……？」

「沒有啦，我很在意臨時團員會不會做出奇怪的事情。」

「我才不會做什麼奇怪的事情。」

「不，妳的存在本身就很奇怪，做所有事都要盯著才行。」

「好過分～～！」

在阿比塔和葵娜表演相聲時，村民們幫忙把汲水機拆掉。

看來希望葵娜調查的東西是在水井裡。阿比塔探頭往井裡窺探，但勉強只能看見井底的水光而已。

如果有什麼異常，從這邊也難判別。

「在這裡面嗎？」

「沒錯。」

看見村長沉重地點頭的反應，葵娜思索一下後把手往旁邊一揮。

在這之前身穿長袍、皮革鎧甲的葵娜如同切換場面一般，變成完全不同的裝扮。

「唔哇，這是什麼啊！」

「小姑娘！」

葵娜穿著從脖子包到腳踝，完全露出身體曲線的黑色潛水服。

手臂、腳和背部有尖角和大片魚鰭。這是水中對戰用的裝備，擁有超規格性能的「黑龍水衣」。

不過這是女性玩家避之如蛇蠍的裝備類道具之一，類似的裝備還有戰場的白色總統(War White House)，但葵娜沒有這項裝備。

遊戲時期的玩家身體不能和現實身體的尺寸相差太多。

所以只有極少數的人敢穿完全暴露身體曲線的東西，會穿的人不是太有自信，就是欠缺羞恥心，要不然就是什麼都沒在想的笨蛋。

這些裝備品統稱為「營運商(變態)的煩惱系列」，受到女性玩家們鄙視。

【召喚魔法：load：水精靈(Aqua)Lv.2】

接著在葵娜的召喚術下，出現了長約一公尺的飛魚。

雖然外表是飛魚，因為是水精靈，牠的身體幾乎全由水組成。

透明到連另一側的人臉也能看得一清二楚的飛魚，像什麼衛星似的在葵娜身邊的空中游來游去。

「喂，妳打算怎麼做？」

「稍微進去看一下。村長，具體來說是怎樣的異狀呢？」

「一到半夜，水井裡會傳出類似呻吟的聲音。」

「呻吟啊，那果然不進去看看就不知道是什麼呢。」

就葵娜所知，水井相關的任務不用進去就能解決。也曾有過從礦山中傳來呻吟聲的任務，但那個原因是龍。

或許在水井的水源處也有類似的生物坐鎮在那邊。

旁人根本來不及阻止，葵娜縱身一跳，跳進水井裡了。

跳進水裡前啟動【飄浮】，減緩落水的衝擊。

若水夠深還沒事，若太淺可能會撞到地面。但沒發生這種事，葵娜的身體沉入水中。

「好冰！」

冰冷刺骨的低水溫讓葵娜連忙施展【保溫】魔法。這是可以在自己或是對象周圍纏上薄薄一層溫暖空氣的魔法。

解決寒冷後，葵娜在水精靈的引導下，開始在地下水脈中前進。

只要身旁有水精靈，即使在濁流中，水精靈也會控制術者身邊的水流。就算是在瀑布裡，應該也能輕鬆被帶著走。

雖然啟動了【夜視】，地下水脈中還是一片漆黑。

就算產生了光線，也只看得見歷經長久歲月，被水磨得光滑的岩壁而已。

慢慢在上下左右曲折的水脈中前進，時間與距離的感覺漸漸變得奇怪。

葵娜因為有奇奇，所以不會迷路或不知道時間。

中途還有人無法通過的地方，這時候葵娜請水精靈一邊注意著周遭的地基一邊削磨岩盤，或是用葵娜的魔法暫時弄出通道。

即使如此，在彎曲的水流中前進一百公尺也花了約三十分鐘。

『捕捉到微弱的震動了。』

「奇奇？」

奇奇在此時向葵娜報告。

那似乎是人耳聽不見，在水中傳遞的聲納之類的聲音。

距離沒有很遠，因此葵娜繼續沿著水脈前進。

『這上面是空洞。』

「嗯。」

在水精靈與奇奇的帶領下，葵娜將頭露出水面，看見鐘乳石如劍山似的吊掛在天花板的巨大空洞。

根據奇奇掌握的正確位置，這裡是村莊東邊的山脈附近。

這裡的地下水脈果然是從山脈流下來的融雪水。

洞窟裡似乎有會發光的苔蘚，四處都有淡淡的光源。葵娜環視一圈後，發現四周並非全泡在水中。

爬上附近的岩石前，葵娜先朝全方位放射出【威嚇】。

這是用來代替探索，確認有沒有敵對的魔物或動物。話雖這麼說，可稱為這個世界最頂端等級帶的葵娜就釋放出對等的存在感。

對生活在洞窟中，視覺退化的小動物來說就像遭到毒物攻擊。一次就讓小蜥蜴、河蟹、小魚等生物倒下。

然而，葵娜沒有放過昏暗的空洞某處傳來的「咿咿！」輕微尖叫聲。

「是誰！」

「……！」

馬上聽到某個人的聲音後，某處傳來水的噴濺聲。

回音和水流聲交雜，很難鎖定位置。

「有誰在那裡？我沒有敵意！」

就算利用【夜視】能看見，但到處都有突出的岩石及鐘乳石，沒辦法看見細微處。

如果看不見，那就點亮——葵娜再度施展魔法。

【召喚魔法：load：光精Lv.7】。

長約十公尺，蒲公英般的毛球從葵娜眼前的魔法陣中出現。

這是770等的光精靈。

牠的每一根棉毛不只會發光，輕微震動的身體會創造出自己的小分身。

分身以倍數增加，轉眼間成為照亮巨大空洞每個角落的光源。

特別受到影響的是生存在空洞裡的所有生物。

牠們扭曲著小小身體迅速移動，聚集到少數的陰影處。擠不進去的生物為了尋找沒有光的地方，紛紛跳進水裡。

在這其中，一個大小和人差不多的生物在淺灘上掙扎。

雖然是在起伏激烈的空洞裡，只要在遵循葵娜意思的光精靈分身聚集起來的聚光燈下，都會立刻現身。

「對、對不起！請饒過我！別、別吃我～～！」

上半身埋進水中，靈巧求饒的是下半身是魚的人魚族。

「我不會吃妳啦！別把人說得跟食人族一樣！」

無從判斷她是想鑽進淺灘裡或只是在掙扎。

她似乎是十分錯亂，為了讓她安心，坐在旁邊岩石上的葵娜的一句話讓人魚停下動作。

「……不會吃我？」

「我看起來像人魚肉愛好者嗎？」

「……不……像。」

葵娜對抬起頭，淚眼汪汪地盯著她的人魚笑。

稍微鬆了一口氣的人魚看見從葵娜身後偷看的巨大飛魚，全身僵硬。

「啊，這只是水精靈，別怕。」

「水、水精靈大人？非、非常抱歉～～！」

對飛魚跪地磕頭的人魚看起來非常可笑。

「喔……水精靈是妳們的守護神啊。」

「是的，在我的故鄉傳聞是鯨魚的模樣，我不知道是飛魚的模樣。」

是可以召喚類似白鯨的魔物，但是就葵娜所知，里亞德錄的遊戲系統中，水精靈只有飛魚一種選擇。

葵娜想辦法安撫，冷靜下來的人魚女孩自稱蜜咪麗，她自己也只知道原本是住在海底。這是當然，住在海裡的人怎麼可能知道陸地上的種族是把那裡叫成○○海或是▽▽灣。

「妳為什麼在這種地下空洞裡？這裡離海不遠吧？」

「這個嘛……其實我在家鄉附近時，被突然出現在眼前的黑洞吸進去，然後……」

「就出現在這裡了？」

「對……」

如果是召喚錯誤還能理解，但葵娜的知識裡找不到關於黑洞的東西。問了奇奇，他也說「不知道」，完全找不到讓她回家的方法。

看見葵娜的表情察覺這點的蜜咪麗垂下肩膀，意志消沉。光亮的洞窟中飄散著無言的氣氛好一會兒。

「蜜咪麗在大氣中也能呼吸嗎？」

「可以，現在就在呼吸。我們並非時時刻刻都在水中生活。」

「那有點狹窄或是有點溫暖也沒關係嗎？」

「我想應該沒關係……葵娜小姐，請問這是在問什麼呢？」

蜜咪麗不了解葵娜提問的意圖而歪著頭，葵娜指著天花板回答：
「那剛好，我剛拿到免費的住宿券，所以想讓妳住在村莊裡。」
「什麼？」
蜜咪麗瞪圓雙眼，張大了嘴，變成土偶。葵娜執起她的手，讓她坐到飛魚背上。
葵娜先把光精靈送回去，接著召喚出地精靈。
出現一個高約兩公尺，西洋棋步兵模樣的精靈。
「總之，我們先離開這裡，到外面去吧。」
蜜咪麗似乎也努力過好幾次，想離開這個大洞窟。
但和大海中不同，地下水脈錯綜複雜，無法確定會到哪裡。
再加上人魚也有很多無法通過的地方，結果只能留在這裡。
雖然大洞窟中沒有威脅她生命的外敵，但她只能捕捉小魚果腹。
偶爾懷念故鄉的她會唱歌，似乎是奇妙的回音在水脈中流動，變成奇怪的呻吟傳到了村莊的水井。
人魚的音量真可怕。
「地精靈，拜託你嘍！」
步兵棋利用引力，將坐在飄浮於空中的水精靈背上的蜜咪麗，以及用魔法步行在空中的葵娜往上拉。

就這樣衝撞佈滿鐘乳石的天花板。葵娜與喊著「咦？」「什麼？」嚇到瞪大雙眼的人魚形成對比，一臉若無其事地瞇起眼。

「這、這是什麼啊！」

「很有趣對吧？我們正在穿透地面喔。」

如文字所示，可以自由操控地面的地精靈不需要開出隧道之類的洞就能在地裡移動。他是將自己化為大地，穿透土地移動，受到地精靈加護的人也一樣。

所以移動時，可以欣賞地層原始的光景。

不習慣的人，會因為土壤直接穿過身為人的自己身體而暈眩。

時間只有幾分鐘，葵娜她們出現在不知道是哪裡的森林裡。

位置上來說，隔著幹道，距離村莊不到五十公尺。

把身體託付給地精靈的重力魔法，飄浮在空中移動的葵娜成功地從村莊的正門旁歸來。

葵娜也不忘記瞬間把潛水服換回平常的裝備。

「這是怎麼一回事啊！」

「咦咦咦咦咦！」

葵娜從背後和在井邊引頸期待葵娜回來的阿比塔等人搭話後，嚇了他們一大跳。

而且，看見巨大西洋步兵棋和飄在空中的葵娜和人魚，又嚇了第二次。

接著聽完葵娜發現蜜咪麗的過程後理解了，村民們也同樣點點頭。

村民們毫無疑心，對葵娜的全盤信任反而讓葵娜很擔心。

「然後，剛才說的村長給的酬勞，我想讓給這孩子住。」

葵娜的要求連村民們也都保持沉默了。

因為要照顧人魚，對陸地上的人類來說，根本無法想像該怎麼辦。

但葵娜覺得只要提供食物就夠了，因為她能和人溝通。

比要他們照顧聽不懂人話的彎角熊，應該簡單得多。

聽葵娜這麼一說，村民們和阿比塔也一臉認同地點頭：「原來如此，這樣啊。」

儘管這是因為沒辦法帶著蜜咪麗一起去旅行，而想出來的苦肉計，但村長以下的所有村民都打從心底接受了葵娜的提議。

村裡的婆婆媽媽們聽見蜜咪麗迷路，也無法保持沉默。

接著葵娜和瑪雷路商量後，決定在村莊裡公眾浴池的女生浴間裡做個蜜咪麗專用的居住空間。

從浴缸裡拉了一條小水路到變成更衣室的房子裡，然後挖了一個可以直立的洞。

詢問後，人魚似乎是漂在水中睡覺，不太在意床。

葵娜接著做出一隻魔偶，像個長著四隻腳的棺材。

只要餵食它魔力，就能產生水，蓄滿棺材。

它將成為蜜咪麗的腳，移動到旅店裡吃飯。

葵娜忙東忙西地替蜜咪麗整頓在村莊居住的環境，而蜜咪麗本人完全狀況外。
蜜咪麗看到葵娜的行動力瞠目結舌時，艾利涅和阿比塔把手放在她肩上。
「辛苦妳了，人魚小姑娘，嗯，堅強地活著吧。」
「被葵娜抓到表示妳氣運已盡了，加油吧。」
感慨甚深的鼓勵話語讓蜜咪麗染上不安的神色。
心中開始烏雲密布，接下來得和人類一起生活的不安又增加了些什麼。
「喔，別誤會喔。我可以保證，妳是相當幸運的人，才能受葵娜和這個村莊照顧，絕對不誇張。」
在自稱艾利涅的犬人族溫柔的開導下，蜜咪麗的不安也緩和了幾分。
「別看她那樣，她可是三個孩子的媽了。希望別過度干涉妳就好了……」
「咦咦咦咦咦咦咦咦咦咦！」
接著，率領著傭兵團的阿比塔的這句話讓蜜咪麗嚇到都破音了。
她以為葵娜年紀和自己差不多，該不會葵娜從一開始就把自己當成可憐的迷路小孩吧？
從高等精靈族的角度來看，會這樣想也不奇怪吧。蜜咪麗感到沮喪。
雖然幾乎是誤會，但沒人知道其中真相，所以蜜咪麗接下來也以這種狀態和葵娜相處。
隔天一行人從村莊出發，這一次沒有過度的送行人群。

村裡的婆婆媽媽們說：「蜜咪麗就交給我們吧。」

自信滿滿拍胸部的身影非常可靠，也覺得有點不安。葵娜答應蜜咪麗偶爾會來探望她，也會在尋找其他樓塔時，幫她找人魚的居住處。

從村莊往北邊前進兩天後，碰到艾吉得大河的主流。

雖然接下來會有好幾條支流在下流匯合，但沒有比王都那邊的河川寬。

即使如此，到對岸也有兩百公尺左右，流速也比較緩和。

「這樣要怎麼渡河啊？」

「大約半年前還有個用圓木接成的橋，但是……」

「被大水沖走了。」

「這樣啊……」

「……然後，接下來就是僱用葵娜的重點了。」

「交給妳了。」

「什麼？」

完全撒手不管的話讓葵娜一瞬間愣住。

慢慢了解到他們的話中之意後，葵娜扶著額頭，壓抑頭痛。

「都丟給我處理嗎……」

「像葵娜閣下這麼厲害的魔術師，算不上困難吧？」

「嗯～～」

葵娜看著流速不快，水量卻很大的水流煩惱著。

阿比塔將手放在她頭上，讓她冷靜下來。

「哎呀，輕鬆點吧，沒辦法就沒辦法，老爺也能理解這是沒辦法的事。」

「都到這裡了，他對我這麼期待，我哪能跟他說沒辦法啊～～」

看著她環抱雙臂，對著河川「唔唔唔」地低吟，阿比塔也不禁笑了。

幾分鐘後，葵娜提出兩個方法。

總之，第一個方法是架一座橋。

「有辦法架嗎！」

「妳說什麼！」

所有人臉上都染上「怎麼可能啊」的驚訝。

在驚訝的一群人中，只有提議的葵娜緊皺著眉頭，露出非常厭惡的表情。

從她的表情察覺什麼的艾利涅立刻反對這個提議，葵娜當然也安心下來。

用不著說，理由就是她得要去砍倒幾十棵樹啊。

「沒辦法讓河川凍結嗎？」

「是有辦法，但這樣會塞住河道，可能不久後，所有人都會被水沖走。」

「妳說有辦法讓我比較驚訝就是了……」

她本人只是說出保守的說法，但聽在別人耳裡，這超乎常理的能力讓人只能苦笑。

讓馬走在冰塊上會對馬匹造成極大的負擔，這也是不能贊成的理由之一。

接著是第二個方法——用魔法【牽引】或【水上步行】。

「那個【牽引】是什麼？」

「就是把視野可見範圍內的個人拉到身邊，我會在爬斷崖絕壁時使用。」

倒不如說是在這種感覺的任務中學會的，但是，阿比塔對一點有疑問。

「個人？」

「沒錯，到目前為止，我沒有拉過人以外的東西，所以不知道施展在馬車上時，是不是只有馬車會過來，裡面的東西是否也安全。」

艾利涅對此面露難色，因為不重視商品有損商人的名聲。

「那麼，只有【水上步行】了。」

【飛行】只能用在自己身上，要是粗暴一點，她也想過用【召喚魔法：龍】運送大家。

然而，聽到黑魯修沛盧的關口在不到一天的距離之外，要是被看到，解釋起來會很麻煩，所以放棄了。

【水上步行】的優點是只要是在水上，施展一次的魔法會永遠有效。

缺點是僅限於平坦處，以及途中踩到水以外的東西的話會失效。
有幾個人聽不懂這段說明，所以葵娜舉了個例子。
「也就是說，只要施展這個魔法，就算躺著也能隨著水流抵達王都，但中途要是踩到石頭或流木就會溺水。」
聽到這個後，阿比塔開始分配傭兵團的護衛工作。
一輛馬車配一個領頭開道的人，以及一個在上流側警戒有沒有什麼東西流過來的人。
一開始由阿比塔和葵娜先渡河確認對岸的安全性，確保安全區域。
「話說，阿比塔先生只是想要第一個走吧？」
「喔，這真厲害呢。小姑娘的魔法什麼都能辦到啊。」
看著戰戰兢兢地朝水面踏出第一步的阿比塔，剩下的人發出「喔喔～～！」的感嘆聲。
兩人就這樣一邊確認水中有沒有什麼東西，一邊往對岸移動。
話雖如此，河水的清澈度不高，頂多只能觀察狀況。
兩人抵達對岸後戒備周遭，但沒看見特別危險的東西，因此讓阿比塔留在這裡。
為防萬一，葵娜施展【召喚魔法：水精靈】，命令牠保護阿比塔。
「嗯～～一想到自己要被這個保護，就覺得很丟臉……」
外表是隻掌心大的飛魚，而且比前幾天的那隻小非常多。
阿比塔狐疑地看著在他身邊跳來跳去的飛魚抱怨。

「如果遇到危險，只要你挺身而出，這孩子就會保護你。」

「別開玩笑了，這豈不是傷了我的名聲嗎？」

雖然這麼說，可不能讓隊長在不知不覺間在對岸被殺了啊。

好不容易說服阿比塔後，葵娜再次回到另一邊。

首先是第一輛廂型馬車，艾利涅決定率先過去。

葵娜對三頭馬、一輛馬車、兩個團員身上施加魔法後，慎重起見，也跟在後頭。

在大家心驚膽顫的目送下，毫無問題地順利渡過了河川，歡聲四起。

不過，阿比塔投射出「混帳！要開心等所有人都安全渡河後再說！」的銳利視線後，立刻安靜下來。

因為阿比塔提議「吵鬧一點也可能會讓野生動物避開這裡」，加上不能讓護衛對象長時間分開，所以決定快點渡河。

接下來在兩輛廂型馬車和一輛幌馬車渡河後，葵娜在剩下的兩輛幌馬車及兩位團員身上施加魔法。

一人在前頭警戒，一人在上流側警戒，葵娜則走在最後面的稍遠處。

就在快要成功渡河，離對岸只剩十幾公尺時發生了異狀。

第一輛馬車的馬突然嘶聲高喊，前腳高高舉起。

團員和葵娜還來不及反應，水中出現類似橫桿的東西，抓住下流端的馬匹脖子，把牠拖入水中。
當然，利用馬具相連的馬車也跟著傾斜，另一頭馬也跟著躁動失控。
阿比塔從對岸大喊：「把韁繩切斷！」混亂的團員也慌慌張張地把快沉入水中的馬的韁繩切斷。
追上來的葵娜對另一匹馬施展【馴獸(Beast Master)】，讓牠安靜下來後迅速上岸。
「嚇、嚇死我了……」
還不習慣應付突發狀況的葵娜在上岸的同時，緊張感鬆懈而跌坐在地。
雖然事前啟動了好幾個主動技能用來戒備，不過剛才那個並非直接對葵娜造成威脅，所以幾乎沒有意義。
然而，團員們安慰她：「妳做得很好。」「救了我們。」
阿比塔責備團員反應太慢後，一臉難看地看著因為血而有些變色的河面。
「剛才那是什麼？」
「應該是萊格蜻蜓的幼蟲吧。」
光是水中隱約可見的影子就比馬匹還要大了。
看著迅速消失在深處的影子，葵娜全身顫抖。
「好恐怖……」
「那麼大隻，就算我們吵吵鬧鬧也沒用啊……老爺，抱歉，是我低估情勢了。」

「沒損失人命和商品，從結果來看算非常好了，這也多虧了葵娜閣下。」

艾利涅確認完馬車裡的商品後，慰勞道歉的阿比塔。

問題是少了一匹馬，還有在連接著馬車時失控而傷了腳的另一匹馬。

「葵娜閣下，有辦法治療嗎？」

「是，可以！」

【魔法技能：單體恢復Lv.1：ready set】。

葵娜施展回復魔法，浮現在手上的淡藍色光芒漸漸治好馬匹的傷。

在大家對她的魔法深感興趣時，阿比塔和艾利涅商量著要從拉廂型馬車的三匹馬中，拉一隻馬去拉幌馬車。

「雖然整體速度會減慢，不過託葵娜閣下的福，日程縮短許多了，應該沒問題。」

「沒辦法，往後再讓我彌補這個失態。」

「阿比塔閣下不需要愧疚。」

就在兩人討論解決方法時，背後傳來一陣騷動。

兩人轉頭一看，葵娜在面前展開一個白色的魔法陣。

「喂，小姑娘，妳打算幹嘛？」

「召喚取代馬匹的東西啊。」

「什麼？」

白色火焰從魔法陣中膨脹，一道黑色影子跳到大家面前。

幾乎所有人全遠遠地看著召喚出來的第二匹生物。

「咿～～」

原因在於生物的外表。

首先，那副不存在於自然界的特殊身體連堪稱戰士的傭兵們也都很害怕。

「咦！不可以嗎～～？」

「其他馬匹會怕，所以不行！」

遭到勉強走上前的阿比塔駁回，葵娜非常沮喪。

想鼓勵她而舔著她臉頰的是三頭犬。

葵娜因為尺寸和馬相同而召喚出來，但所有人在牠出現的一瞬間連忙四處逃竄。

現在商隊成員和差點失控的馬匹們正在遠處窺探葵娜的周遭狀況。

「主人，這也是沒辦法。他們終究是人族，無法與我們共存。」

用誇張說詞安慰葵娜的是有一頭天然捲紅髮，嘴邊留著帥氣鬍子，雄赳赳的壯年男子。

一身皮革輕裝，手持長槍，但他下半身是馬。

這是第一個召喚出來的人馬（Kentauros）。

在遊戲中很順從的他聽完召喚的理由後搖搖頭。

「主人，非常不好意思，恕屬下不方便做出拉車馬的行為。」

直截了當地拒絕了。

話說，實際召喚出來後知道可以和他對話，讓召喚的人也嚇一大跳。

葵娜自問自答地說著：「說話方式和武士很像是設定嗎？」但其他人沒有心思想這件事，當然沒有聽到。

沒辦法，葵娜繼續召喚第三頭。

就在阿比塔和葵娜商量，要她冷靜一點時，毛茸茸的小野豬從魔法陣裡跳出來，「嗶～～」地向葵娜打招呼。

「怎麼樣？牠這麼可愛，沒有怨言了吧？」

渾圓的眼睛，嘴邊冒出小小的白牙，和飽滿的番薯一樣圓滾滾的身體。

屁股上長著一小根捲成圓圈的可愛尾巴。

可愛到喜歡可愛東西的人會不由分說地衝上去，緊緊抱住牠。

然而，阿比塔開口潑了冷水。

「……沒那麼大隻就好了。」

只論身體大小的話，牠有召喚者葵娜的兩倍大。

身高輕輕鬆鬆地超過三公尺，比幌馬車小一圈而已。

「對不起喔，小嗶，不好意思，可以請你拉馬車嗎？」

「嗶嗶～～！」

牠向上揚起鼻子，想挺起胸膛，但圓滾滾的體型讓牠無法達成。

葵娜摸摸牠的頭，牠開心地叫了聲：「嗶～～」

除了大小，小嗶不怎麼恐怖，因此火炎長槍傭兵團員們安心地從馬車背後走出來。

葵娜沒把三頭犬和人馬送回去，讓牠們待在最後面，以備不時之需。

因為有很多人很在意後面，不斷偷瞄，葵娜用【隱身】魔法處理。

小野豬沒辦法穿戴馬具，所以讓牠咬著韁繩拖著馬車走。

一位團員戰戰兢兢地摸著小野豬問葵娜：

「我沒看過這種野獸，這是什麼啊？」

「我不知道現在還有沒有，這是緋紅豬的寶寶。」

聚在一起的團員們和阿比塔同時全身僵住，有幾個人戒慎恐懼地環伺四周。

緋紅豬是棲息在大陸的野生動物中，擁有最大體型的豬，只有偶爾會在南邊山脈地帶目擊到幾頭。

因為從頭部到尾巴都有紅色火焰的鬃毛，所以取了這個名字。

成獸會長到約高十公尺，長二十五公尺。與雄糾糾的外貌相反，牠是比較溫馴的野獸。

只不過，如果對母子出手，就必須做好遭到報復的覺悟。

牠們的暴衝有超乎想像的破壞力，連城牆也會跟紙張一樣碎裂。

聽到這種野獸的寶寶就在眼前，會反射性環顧四周尋找父母是不是在身邊應該沒錯吧。

牠們在遊戲時代是稀有魔物，因為「堅硬又痛又頑強」及強大的力量，深受大家厭惡。

就連葵娜也不想單獨和牠們對戰。

雖然這是個令人在意的問題，但對一行人來說，日程更重要，與其拖拖拉拉，不如早一點出發。

由於葵娜得下命令，所以跟在小野豬拉的幌馬車旁邊。

看不見身影的三頭犬和人馬跟在後方稍遠處，商隊就此出發。

據阿比塔和艾利涅所言，黑魯修沛盧的關口似乎就在不遠處，今晚會請關口讓商隊在那邊過夜。

露宿野外時，和火炎長槍傭兵團的團員聊天變成了葵娜的樂趣。

到目前為止去過哪裡、發生過什麼事，大家可是加油添醋，說得很有趣。

她每天晚上都很期待如團圓一般圍在營火旁的時光，現在也勾起了笑。

突然間，葵娜的耳裡捕捉到樹木的低語聲。

——要小心。

——有惡意。

混雜著樹葉隨風搖擺的摩擦聲，身邊的樹木默默地開始騷動。

越前進，聲音越大，而且越多。

葵娜輕拍小野豬的背，對附近的團員說一聲後走到最前面。
不習慣團體戰鬥的葵娜在臨時加入傭兵團時，阿比塔告訴過她護衛的工作是什麼。
不管到哪裡，「報告、聯絡、商量」似乎都是不變的道理。
「阿比塔先生！」
「嗯，小姑娘也發現了啊。有不對勁的氣息，大概是從那邊來的。」
已經有所察覺的阿比塔指著近在眼前的關口。
兩根門柱的距離可以讓兩輛馬車並排通過，白色圍牆往左右延伸至森林裡頭。
雖然有兩個手持長槍的衛兵站在那邊，但他們看起來十分懶散，完全不像勤勞的士兵。
阿比塔喊住副團長，讓商隊停止前進，接著走到艾利涅乘坐的廂型馬車旁告訴他有遇襲的危險。
「該不會是黑魯修沛盧吧……？」
「很難說，要是國家之間發生了什麼事，不可能像這樣隨便大開國境。」
因為道路不寬，艾利涅迅速下達指示，讓馬車打斜並排地停下來。
阿比塔命令葵娜和另外兩人隨時護衛馬車，接著用除了國境衛兵的人也能聽見的音量對周圍大喊：
「喂！快點出來！我們已經看穿了！」
咂嘴聲乘著風傳來，身穿黑色長袍拿著魔杖，表情邪惡的男人從警衛兵身旁現身。

葵娜聽見森林中傳來幾個粗鄙的聲音，並通知副團長。
之後，對自己施展【隱身】後往後面移動。這是為了對召喚獸下達指示。
「你們兩個，可以把躲起來的傢伙交給你們解決嗎？」
「「「汪！」」」
「主人，包在我身上，那些卑劣的傢伙會成為我長槍上的鏽漬。」
葵娜命令三頭犬排除右側森林的伏兵，把馬車左側的護衛工作交給人馬。
她接著移動到廂型馬車上頭，解除【隱身】後用輔助魔法進行掩護。
這裡雖然很容易遭到弓箭攻擊，但她是一行人當中防禦力最高的人，所以打算用自己當誘餌。
阿比塔早已知道這件事，也允許了。雖然平常都叫她小姑娘，但一旦碰上工作，不看性別分配任務這點讓葵娜心懷感激。
在遊戲時代，攻擊魔法會分辨效果範圍內的敵我方，但要在亂戰中使用還是讓她猶豫不決。
而且旁邊有森林，所以她這一次決定自我克制。
「看來你們有人直覺很好，但很不湊巧，你們就要在此結束了。女人和行李就給我們有效利用吧。」
露出卑劣笑容的男人揮舞魔杖，勸阿比塔投降。

阿比塔只是聳聳肩，嗤鼻一笑。
「這麼下流，難怪不受歡迎啊，小姑娘，妳說是吧？」
「而且感覺等級好低……」
「混、混帳！我會讓你們後悔口出惡言……」
「呀啊啊啊！」
表情邪惡的男人還沒說完，森林裡轟然響起交雜著恐懼與絕望的尖叫。
同時，令人從腳底發寒的野獸咆嘯聲響徹雲霄。
那是三頭犬有【恐懼】效果的範圍攻擊【地獄的遠吠（Terror Howl）】。
護衛商隊的團員們只是稍微嚇了一跳，看來攻擊能區分敵我。
伏兵們身陷恐懼中。
身穿只有護胸效果的皮革鎧甲，手持短劍或弓箭的人們一個接一個倉皇失措地從其中一邊森林中跑出來。
【魔法技能：提升高等物理防禦：ready set】。
同時，葵娜吟唱後等待啟動的魔法開始對我方所有人員生效。
轉眼間，藍色光輝不只灑落在傭兵團團員，也灑落在商隊成員、馬匹和馬車上。
阿比塔看到自己的身體發出藍色光芒嚇了一跳，但他沒忘記該做的事，激勵團員們，一一奪走深陷恐懼的盜賊們的生命。

待在馬車上，目睹這一切的葵娜努力壓抑著湧上心頭的酸澀想法。

為了避免她日後的苦惱，阿比塔事先向她說明過了。因為她不認為這是不了解現今世事的自己可以插嘴的問題。

不理會葵娜的內心糾葛，襲擊尚未結束。

不知道是急著搶功還是以為有機可趁，另一邊的森林中也跑出幾名盜賊。

但是，因為隱身而無法用肉眼識別的召喚獸就在那邊守著。

靠近馬車的一名盜賊突然飛上天空。

另一人也受到臉部被壓扁的衝擊，往一旁飛去，還有一個人被突然出現的長槍刺穿。

三個人瞬間被打垮後，人馬出現在他們中間。

高舉著刺穿盜賊的長槍，高聲報上名號。

「聽好了，聽好了！身在遠方者豎起耳朵，近處者則睜大眼睛看清楚！我正是家族第一的人馬族海格～～！」

不只敵人，連同伴都傻眼了。

阿比塔停下揮動長槍的手，苦笑著說：「喂喂，這不是你的個人舞台啊。」

臉色邪惡的男人慌張地說：「為……為什麼那種東西會在這裡？」往後退了幾步。

葵娜則是低喃：「原來他有名字……」這大概是其中最過分的一句話。

在關口打扮成衛兵的盜賊判斷只要殺了首領就能解決，朝阿比塔衝過來。

但保護著阿比塔的水精靈射出【水刀（Water Cutter）】，他們的身體被乾淨俐落地一分為二而喪命。

拿著長槍準備迎戰的阿比塔因為沒得發揮而大失所望。

因為傭兵團團員和海格的奮戰，盜賊們一個接一個被打倒。

就在這個期間，盜賊們全被打倒，只剩下貌似頭目，表情邪惡的男人。

似乎還有幾個人還有呼吸，手邊有空閒的團員們把他們綁了起來。

而葵娜跳下馬車，從森林裡現身的三頭犬跑到她身邊。

牠嘴巴周圍染上鮮紅色的模樣讓葵娜有點害怕，但為了慰勞牠，葵娜戰戰兢兢地摸摸牠的頭後，三個頭都滿足地從喉嚨發出「唔嗚～～」的聲音。

「那麼，你要怎麼辦？沒手下了耶。」

「可、可惡！但是，我還有這個！」

火炎長槍傭兵團的所有人咧嘴笑著挑釁表情邪惡的盜賊首領。

憤恨地扭曲了表情的男人高舉起手上的魔杖。

阿比塔以為他是不服輸，正要開口時，表情邪惡的男人唸出啟動咒語（Command Word）。

【內藏的猛烈炎擊（Boot up Fireball）】。

下一刻，他的頭上出現混雜著鮮紅色、深紅色、暗紅色的火球。

大家都來不及說話，火球一邊旋轉一邊膨脹成能吞下一個人的大小，遵照施術者的指示，發出低鳴聲射出。

朝著葵娜。

為了慰勞兩頭召喚獸而背對大家的葵娜發現異狀，轉頭的那一秒——爆擊使徒捕捉到她後爆炸。

熊熊火焰伴隨著衝擊波爆炸。

震響周遭所有人的耳膜，黑煙與火花往四面八方飛散。

商隊裡也傳出尖叫聲，葵娜所在的地方被熊熊燃燒的火焰與黑煙包圍。

「小姑娘！」

「哈、哈哈哈哈！如何？知道違抗本大爺代表什麼意義了嗎！」

團員們帶著憎恨的眼神抓住自己的武器，身體使勁，隨時都要衝出去。

沒發現自己反而燃起敵方鬥志的男人繼續滿足地揚聲大笑……幾乎可笑。

「你是蠢蛋嗎？這種火焰怎麼可能傷到主人分毫？」

「汪！」

男人的笑容僵在臉上。

阿比塔等人也看向聲音傳來的方向——一般人應該當場死亡的爆炸地點。

藍白色燐光從中膨脹，火焰和黑煙瞬間被吹散。

慵懶地拿著長槍的海格，和三個頭都齜牙咧嘴地威嚇的三頭犬，而毫無燒焦痕跡的葵娜出現在牠們中間。

【來吧！冰雪美男子啊！】

說出指令的同時，葵娜高舉在空中的左手護臂開始變形。

一瞬間變成銀弓，開始釋放冰之魔力。

稍微接觸過魔法的人都知道，其中有著荒唐的濃郁魔力。

白色魔法陣瞬間出現在葵娜的腳邊。

藍白色燐光無止盡地溢流上升，凝聚在左手臂的弓與弓弦之間。

朝著大地灑落白色冰霜，周圍發出啪嚓聲響，逐漸變成冰原。

表情邪惡的男人和阿比塔等人都看著那超乎現實到驚人的魔力，凝聚在葵娜左手臂的弓和拉著弓弦的右手之間。

建構出強大的術式，無法染上任何色彩的純白之箭成形。

「妳……妳到底，是、是什麼！那、那是……什麼魔力！」

「如果想要傷我，至少要用這種法術啊！」

【魔法技能：convert：青冰白夜（Liza La Giga）】

咻！……射箭聲俐落且稍縱即逝。

在旁觀者看來，聲音與招式相較起來太過簡單，但承受攻擊的人根本無法等閒視之。

要自己創造出來根本是不自量力到可笑，以高強魔力編織出的至寶。

可說是帶領一萬人步向死亡的具體絕望。

誰會相信那正朝著自己射來呢？

「這是童話故事中朝大魔王發動的攻擊吧！」某人的驚叫聲傳進首領的耳中。

這是混亂到不知道那是出自自己口中的他最後的想法。

玻璃碎裂似的多重奏響起，被森林包圍的國境幹道旁綻放著純白之花。

一片由大小六角冰柱構成，紮根大地，如花朵一般的透明純白大地，一尊冰凍的雕像豎立在中央，因恐懼而皺起臉。

那是在上一秒還確實是個活人的首領。

過了一段寂靜的時間後，他左右張開的手臂「啪」地斷裂落地。

在接觸到雪花粉碎後，龜裂擴散至整座冰雪雕像，沒多久就徹底崩壞了。

「……呼……」

「主人，太精采了。」

「汪汪！」

「嗶～～」

就算受到召喚獸誇獎，葵娜還是有點憂鬱，身旁所有人都被這股氣息吞沒了。

阿比塔也感覺到沉重的氣氛，但發現葵娜看著大家的眼裡落寞的動搖後，回過神來。

他搖搖頭，把方才感到恐懼的光景壓進記憶的最深處，用力拍她的後背。

「啪！」的清脆聲響讓在場所有人清醒，找回神智。

「嗚呀！」

「小姑娘，妳真厲害啊！挨下那一擊竟然毫髮無傷！」

原本想誇讚葵娜的阿比塔，看見她的表情蒙上陰影而不知所措。

「怎、怎麼了嗎？有哪裡受傷了嗎？」

「對，頭髮有點被火燒掉了……」

「……什麼啊，別嚇人啊，我還以為妳受重傷了。」

「喂……竟然對女生說這種話！你女朋友會對你感到厭煩喔。」

「妳覺得我看起來像有女朋友嗎！」

「咦咦咦咦！沒有嗎？你看起來很會照顧人，感覺會有兩三個女孩願意跟著你啊……」

「小姑娘，我們來談談妳對我的認知吧，暢談一整夜。」

「甚至要對我下毒手嗎！」

「妳剛剛是不是說了毒手？啊？」

看見兩人像親密兄妹一般胡鬧的互動，團員們也露出笑容。

一旁盛開著冰花，太過淺顯易懂地證明了她的力量，但與這趟旅途相關的每一個人都知道，她不是那種只是隨意濫用自己高超能力的人。

雖然使用能力的方向偶爾會走偏。

「妳現在給我到王都的旅店後面來！」

「哪裡的？話說，要怎麼去啊！」

雖然不忍心打斷這開心喧鬧，令人莞爾的氣氛，但副團長狠下心來介入兩人之間。

「……團長、葵娜小姐，請你們晚點再暢談到天亮吧，總之，麻煩下達善後的指示。」

「連副團長都覺得這是既定事項了嗎？」

「喔～～我知道啦。首先，先處理屍體吧。接著國境那一頭有廣場，麻煩老爺他們到那邊紮營，記得派兩個人去護衛喔。」

「那麼護衛……可以麻煩海格和小嗶嗎？」

「我明白了，主人。」

「嗶嗶嗶～～」

善後大致結束後，大家坐下來吃晚餐時已經是太陽完全西沉的時分。

在那之後搜查周圍的結果，發現了燒得焦黑的四具屍體。

來過這裡好幾次的艾利涅確認後，說他們是原本守護這個國境的守衛。

據說等抵達黑魯修沛盧的王都後，會帶著遺物向商人公會報告。

「以西邊為據點的盜賊已經跑到這邊來了啊……」

「看來是這樣，竟然有這種東西，真不容小覷。」

彷彿要抹去變得陰沉的氣氛，特別歡樂的聲音在營火周遭響著。

團員和商人有點誇飾地說著到目前為止的經歷，葵娜和孩子們大聲歡笑。

阿比塔和副團長待在馬車後方討論盜賊們的動向，慎重地保管著白天打倒的盜賊首領持有的魔杖。

雖然艾利涅不曉得，但葵娜鑑定過那個魔杖，看出那是什麼東西了。

只靠啟動咒語就能射出【炎擊(Fireball)】，不挑選使用者的通用道具。

在遊戲裡是新手從初期就能使用，超乎規格的道具。

『這個……雖然是用完就丟，但總共可以用十次。還剩下七發。』

『這種東西在兩百年前到處都是嗎……』

『拿去賣應該可以換不少錢吧？』

『這種道具不知道會流落到哪裡的誰手上，與其賣掉，還不如交給阿比塔閣下。』

『咦？要我們拿著嗎……』

『要不然，我做個可以擊出三十發的新魔杖吧？很方便喔。』

『『絕對別做（千萬別做）！』』

雖然她現在在那邊像個一般女性笑著，但該說是重新理解到她有多麼超乎常理了嗎？還是該為不變的關係而感到安心呢？

「好險她是同伴。」

「最後是這個結論嗎……」

聽到副團長感慨萬千地低喃，不知為何，阿比塔也老實地如此想著。

在費爾斯凱洛和黑魯修沛盧的國境度過一夜後，艾利涅的商隊和專屬護衛的火炎長槍傭兵團團員們先去巡視國境設備。

雖然晚上也去過，但很多地方天黑後看不出來。

一行人讓昨天在戰鬥中生存的盜賊們說出到這裡為止的行程後，趁著晚上處理掉了。

因為不可能帶著他們走，也不能放他們走，讓他們在其他地方做出相同的惡行。

遺體全部一起火葬了，僅此而已。

這邊的士兵當成宿舍使用的井幹式木屋裡可說是一片悽慘。

就算排除應該是盜賊帶來的行李，桌子和架子都被立在牆邊，似乎變成了他們扔刀用的靶。

還有幾把刀插在上面，連牆壁上也插著刀。

糧倉被弄得一團亂，大概只剩下完整無缺的蔬菜。

肉類幾乎都消失了，應該是被他們吃掉了吧。
艾利涅記錄下慘況，做成要透過商人公會向國家報告的文件。
由於把士兵的遺體放著不管會變成不死者，所以葵娜用以聖屬性淨化的床單包住屍體，並列埋在陽光普照的地方。
為了讓派遣來的調查團容易分辨，阿比塔他們削了木頭，插在上面當成墓碑。
為他們默禱後，商隊離開了國境。
如果是平常，即使在移動，也能聽見商隊四處傳來說話聲，但離開國境後每個人都沉默不語。
火炎長槍傭兵團的團員也會偶爾轉過頭，露出悲傷的表情再往前看。
葵娜這次只召喚了緋紅豬寶寶小嗶。
因為需要牠幫忙拉一輛馬車。
再來，也沒忘記對整個商隊施加【提升移動速度】。
她姑且也召喚出風精靈來警戒周遭，拜託風精靈在有武裝的人接近商隊時通知她。
因為如果命令「攻擊」，要是對方是冒險者會發生悲慘的狀況。
此外，聽說接下來的幹道旁也都是森林，如果有心存惡意的人接近，樹木應該也會通知她。

在守夜一般的氣氛中，應該在前方帶隊的阿比塔退到隊伍中央。
葵娜站在守衛艾利涅馬車的位置上，因為她後面就是小嗶拉的馬車。
「咦？阿比塔，你不用待在前面嗎？」
「我交給副團長了。再來也要鼓舞一下後面的傢伙，打散這種陰沉的氣氛才行。」
看來他正在努力照顧每個團員。
葵娜心想，他看起來像木頭人，其實相當照顧人的部分應該就是大家追隨他的理由。
阿比塔和艾利涅講幾句話後，走到葵娜身邊。
「小姑娘，妳沒事嗎？」
「咦？啊，沒事。總覺得大家心情都很差，不知道可不可以搭話對吧？」
從在醫院時起，葵娜就對悲傷的氣氛很敏感。
這種時候，身邊的護士或同為住院病患的小孩們會來和她說話，讓她得以分散注意力。
但是，自從可以自由活動後，她抓不到從相反立場和其他人說話的時機。
讓她忍不住想嘆氣道：「一起住院的婆婆們真偉大呢。」
「要是因為這點小事就一蹶不振，今後會很辛苦喔。」
「咦？啊！唔！阿比塔先生，很痛，很痛啦！」
阿比塔一手抓住葵娜的頭一陣亂揉，輕拍她的肩後離開。
下一刻，後方傳來雷聲怒吼。

「你們這些傢伙！要沮喪到什麼時候！別懈怠了警戒周遭啊！你以為這樣就能做好我們的工作嗎！」

好像聽見了踢人或揍人的聲音。

團員們的哀號和阿比塔的怒吼聲交錯傳來，但葵娜努力裝作沒聽見，把意識用在和風精靈連接的感覺上。

「小姑娘，其實妳是不是超級強啊？」

「什麼？」

阿比塔對葵娜拋出這句話，是在離開國境後第二天的露宿營地。

因為提升移動速度的魔法，兩天就前進了三天份的距離，對艾利涅他們來說似乎是無比感激的恩惠。

這幾天，商隊的人已經對葵娜道謝過好幾次了。

都差不多希望他們別繼續特價大拍賣「謝謝」了。

聽艾利涅所說，黑魯修沛盧這邊的外殼商道途中會經過兩個村莊。

黑魯修沛盧國的區域因為北方海岸有一大片山脈，所以緩坡會綿延到東、西側。

據說他們運用排水良好的斜面，很盛行果樹栽培。

在已經通過離國境最近的村莊後。

在這個村莊裡詢問過後，得知這幾年完全沒有受到盜賊的迫害。

看來，前幾天的那些人並不是走外殼商道而來。

由於那個村莊裡沒有能容納眾多人數的旅店，加上抵達的時間很早，所以他們只問個話就離開了。

「所以呢，怎麼樣？」

「喔……呃，我可以問你為什麼會有這種疑問嗎？」

「嗯。」

現在的時間是吃完晚餐後，除了晚上守衛的人，大家都在放鬆的時刻。

「小姑娘，那個長袍男攻擊時，妳不是說了『如果想傷我云云』嗎？挨下那種火球的直接攻擊還毫髮無傷，任誰都會覺得妳很強吧。」

「喔～～是喔～～說的也是。」

確實，挨下火球還毫髮無傷，連葵娜也無法矇混過去了。

那個魔杖原本就是通用道具，威力會因為使用者的魔力高低而產生差異。

葵娜在遊戲內已經把魔法攻擊力和魔法防禦力練到極限了，那種低等術師的攻擊根本不可能奏效。

就像點燃了地面旋轉煙火，朝幾公尺厚的鐵門丟一樣。

「我只能說是那個術師的魔力太低了。」

「哦？就我所見，他是個有點程度的術師耶，但還是比不上妳嗎？」
葵娜覺得阿比塔眼中的光芒從好奇心變成了好戰的色彩。
『看來是打草驚蛇了。』
（奇奇！這是什麼意思？）
『馬上就知道結果了。比起這個，請多加小心。』
（小心什麼？）
葵娜很好奇奇奇要她小心什麼，正打算詢問卻沒辦到。
因為長槍的槍尖突然刺到她面前。
「阿比塔先生？你幹嘛啊！」
「喔，這也能閃開啊。小姑娘，可以和我打一場嗎？」
「……咦？」
葵娜瞬間以【常用技能：看穿】拉開距離的動作，讓阿比塔瞇起眼睛。
到此為止，都呆愣地看著兩人互動的團員們因為阿比塔的這句話而嚇到站起身。
副團長盛氣凌人地衝上前，抓住阿比塔的手。
「團長，你在幹嘛！竟然突然挑釁葵娜小姐，太孩子氣了！」
「眼前有個強者，就要一較高下。這是理所當然的發展吧？」
「你已經不在騎士團了，我是在叫你別做出和那時一樣的問題行為！」

看來從隸屬於騎士團的時候開始，阿比塔的行為就是個問題了。
要說他為什麼能壓抑住這個壞習慣，是因為他沒遇到比他強的人。
而葵娜在他眼前展現出明顯強大的力量，似乎喚醒了沉睡於阿比塔心底的壞習慣。
「哇啊，糟糕了……」
副團長一聲令下，團員們包圍上來，葵娜一臉苦澀地看著雙手被反制在身後的阿比塔。
「你都一把年紀了，也差不多該長大了，團長！」
「喂，你們幹嘛都來阻止我啊！這只是一場模擬戰啊。」
「對團長來說怎麼可能只是單純的模擬戰啊！」
「我可不想再發生一次像入團測試的騷動，請別和那時候一樣！」
「你不是說你已經捨棄了少年之心嗎！」
看來在團員們心中也刻下了心理陰影。
七嘴八舌說出以前的事情來勸阻阿比塔。
艾利涅他們也不知該如何處理，視線在葵娜和被傭兵們團團包圍的阿比塔之間來回。
『乾脆和他打一場如何呢？』
（什麼！喂，奇奇！）
對於突然提議她去做危險行為的奇奇，葵娜無比驚慌。
最重要的是雖然只是模擬戰，但葵娜沒那個膽量選擇和給她諸多照顧的人對打的選項。

有一半的理由在於她自己也不太清楚的性能。
就算她的行動讓人以為是使用魔法的輔助角色，但她也是技能大師，也足以擔任先鋒。
可以擔任與可以完全靈活運用沒辦法畫上等號——所以她才不願意。
『這樣正好，請他陪妳打打看就好了吧。』
（你認真的嗎？要是拿我擁有的武器出來用，可不知道會變成怎樣！）
『不是有【手下留情】這招嗎？用這招的話，就算有個萬一也不會打死他啊。』
（唔唔！）
想辯過比葵娜還了解自己的奇奇很困難。
可以和身為病人時只會給她建議的奇奇像這樣對話，葵娜心裡很開心。
她的思緒甚至傾向稍微聽從奇奇的意見也無所謂。
但是，葵娜沒心思注意到這種話術和她的損友有異曲同工之妙。
「好……啊。」
「「「咦？」」」
包圍著阿比塔的團員們聽見背後傳來的應允聲，停下了動作。
「喂，小姑娘！團長的力量不是開玩笑的喔！」
他們應該是在擔心葵娜。
葵娜低下頭，向試著說服她的團員們道謝：

「我想應該沒問題。阿比塔先生也不會隨便傷害模擬戰的對手吧？」

「喔……對！這是當然的！」

雖然稍微結巴的地方很可疑，但他自信滿滿地拍胸部的樣子讓葵娜噴笑。

「那就開始吧，因為明天還要早起。」

副團長一臉傻眼地抓抓頭，事不宜遲，連忙把兩人趕到營地外。

想著至少要有個舞台，葵娜召喚出光精靈，固定在上空。

因為葵娜有【夜視】能力，對夜間戰鬥沒有影響，但阿比塔和其他人不見得擁有相同的技能。

有光精靈灑落的光芒，應該不會看不見。

「小姑娘的武器呢？要不然，我把備用長槍借妳吧？妳該不會要拿腰上的那把劍和我打吧？」

葵娜掛在腰上的是符文單手劍。乍看之下像單手棍，但確實是把劍。

但刀刃是由魔力形成，不管是誰使用都能造成相同的傷害。

在遊戲中，是受到新手至１００等的玩家們重用的固定傷害值魔法武器。

「別擔心，我也有專用的長型武器。」

葵娜露出淡笑，伸手拿下右耳上長約三公分的棒狀耳環。

左右有個圓環的小東西因為葵娜的一句「伸長吧」，變成超過她身高的長棍。

旁觀的團員與商人們一陣驚呼。
雖然是這個世界的人不常見到的武器，但這在葵娜擁有的武器中稀有度很低。
這是和登場於西遊記的孫悟空擁有的武器，有相同性能的金箍棒。
在故事中是拿來測量及治水的道具，但在這裡是只會伸縮的棍狀武器。
葵娜平常都把它當成裝飾品，戴在右耳。雖然沒實際測量過，但在遊戲時期最長可伸到五公尺，不過她也沒試過就是了。
副團長站在中央擔任裁判。
「聽好了，彼此都不可以使出致死攻擊喔。」
「好！」
「好。」
「那麼，開始！」
取得雙方同意後，副團長立刻揮下舉高的手。
葵娜原本打算等對方出手，但立刻縮短距離的阿比塔不斷使出俐落刺擊。
葵娜一邊閃躲阿比塔的正面攻擊，一邊將長槍槍尖揮向外側。
「鏘！」響起的金屬聲讓旁觀的粗獷男人們發出「喔喔！」的歡呼聲。
說著「她彈開了團長的第一個攻擊！」及「小姑娘真厲害！」之類的，大為歡騰。
而葵娜沒心思聽旁觀者的聲音。

因為阿比塔俐落的刺擊以令人誤認為是蛇行的軌跡，朝葵娜身體的中心刺來。

當她思考接下來要怎麼迴避時，光是將攻擊彈飛至外邊就耗盡了心力。

說到底，原本是遊戲的里亞德錄中沒有像樣的武術型式。

幾乎只有開發團隊在每個武器上設定的幾種動作模式。

這個種族動作就是玩家們不喜歡高等精靈族的理由，但是先不管這一點。

之後更新版本後，每個玩家開始可以設定架空的武術動作，也因此開啟了渾沌(Chaos)時代。

玩家可以從更新後引進的資料庫中選擇自己喜歡的東西下載。

因為葵娜在裡頭沒有找到棍術，只好下載幾種薙刀的形式，當成【棍術】的技能使用。

因為是遊戲，只要隨便揮揮也能有模有樣地打倒敵人。

還有技能幫忙，所以當時還算可以。

用【看穿】技能看穿攻擊軌跡。

用【移動】技能讓身體做出最棒的動作。

玩家們組合這些技能，只用來迴避敵人的攻擊。

在遊戲系統中，也沒辦法一次組合太多技能並使用。

但這裡不是遊戲，所以技能沒有了這種限制。

【常用技能】是隨時能使用的技能，【主動技能】是注意到就會啟動。

因為這些都是相輔相成，所以葵娜一開始僵硬的動作也越來越熟練。

看穿阿比塔長槍的軌跡，不躲開，而是上前拉近距離，打掉朝她襲來的長槍，跳舞似的迴轉並反擊。

反而是阿比塔對她的變化感到不知所措。

一開始還以為她頂多只能閃躲，可是交手幾次後，她的動作顯然變得越來越流暢。彷彿只在幾次交手間，她就從武術初學者成長為密集修行一年的人。

不僅如此，還吸收對手的技術，成長為一流的戰士的速度也讓阿比塔難掩驚訝。

從九次攻擊、一次防禦的節奏，漸漸變成五次攻擊、五次防禦，現在幾乎成了阿比塔攻擊一次，會挨下九次回擊的劣勢。

阿比塔很幸運的是——葵娜不打算贏他。

在打亂節奏後，只要葵娜使出致勝一擊，阿比塔絕對會輸。

但很不幸的是，葵娜也不打算輸。

表示一進一退的攻防會無止盡地延續下去，也代表阿比塔發現葵娜手下留情後，會不甘心地奮起。

他竭盡全力，使出大吼一般的氣勢回擊而跳起，但是全被葵娜擋下，逼到只能防禦的地步。

連旁觀的人也看得一清二楚。

團員們也因為「那個小姑娘」竟然是如此強大的人而說不出話來。
事已至此，不戰到其中一方筋疲力竭是不可能結束了。
啞口無言看著這場對戰的副團長也發現了團長表情的陰霾，連忙停止兩人的戰鬥。
「到此為止！結束了！再打下去會很危險！」
幾乎陷入恍惚狀態的葵娜也因為奇奇在腦袋裡發出警告，慌張地收回金箍棒。
這才發現她流了不少汗。
同時也感覺有點神清氣爽。
（要是知道活動身體會有這種感覺，我就更認真一點打了。）
『妳要是認真打，對方會被妳打死。』
冒出這種積極的想法卻被奇奇警告，讓她有一點失落。
與她對戰的阿比塔則是用長槍支撐著身體，跌坐地上。
「阿比塔先生，你沒事吧？」
「呼！呼～～呼……別讓大叔……激烈、運動啊～～小姑娘，我徹底輸了。」
「哪裡，辛苦你了。如果還有機會，再比試一番吧！」
「不，已經夠了。」
大概說完這句話就用盡了力氣，阿比塔仰頭倒下。
葵娜嚇一跳後正要伸出手，團員們比她快一步，爭先恐後地衝到阿比塔身邊。

「團長，沒事吧？」

「請振作一點！」

「要是團長死了，我們該怎麼辦啊！」

「我沒有死啦！」

好不容易能休息而放下心的阿比塔對太過擔心的團員們怒吼。

接著有人看到阿比塔咧嘴一笑而噴笑出聲，圍繞在旁的人們也跟著大笑。

「感情真好，好讓人羨慕啊。」

葵娜回想起過去一片混亂的自家公會。

終章

在那之後，在副團長怒濤似的號令下，所有人都被趕上床了。

由於前往費爾斯凱洛時，已經知道讓葵娜召喚的木頭魔偶守夜沒問題，所以這次的旅行中也用了幾隻。

明明是木頭魔偶卻還能幫忙顧火，大家都能睡個好覺而深受好評。

只不過，晚上起來上廁所時遇到的話，要忍受那非常可怕的模樣……

就寢前，葵娜姑且接受了阿比塔的道歉。

「哎呀～～小姑娘，不好意思，突然要妳陪我打一場模擬戰，我有點不正常了。」

「有點不正常嗎？」

「是啊，挑釁妳的時候，我不知道為什麼冒出了『非得這麼做不可』的想法，打完後才深深感覺到這一點也不像我，所以對不起！」

葵娜看到阿比塔雙手在面前合掌道歉，苦笑地說：「你太認真了啦。」

「沒關係，我也沒受到什麼傷害，而且我也做過頭了，對不起。」

「就是說啊，我也沒想到妳是那麼強的高手，對不起，我小看妳了。」

「你一直在道歉耶！這次就當成彼此都有錯吧。要不然，我欠你越來越多人情了。」

「啊？妳是指教妳很多事嗎？那是身為冒險者前輩的建議，妳就當作必要的經費吧。」

「喔，好吧，既然你都這樣說了。」

葵娜在心裡（奇奇）記下抵達黑魯修沛盧後要做些彌補。

兩人像這樣悄聲說話時，副團長大聲警告兩人。

「你們兩個！」

「「是～～！」」

兩人慌張地迅速告別，鑽進各自的被窩裡。好險副團長沒繼續罵，讓葵娜鬆了口氣。

葵娜的床是搭在馬車和馬車之間的吊床。

附近的馬車是商隊女性用的床鋪。

因為不斷運動，身體殘留著輕微的疲憊感。稍微冷靜下來後，應該能睡個好覺。

葵娜放鬆了下來，卻因為奇奇令人在意的報告而睜大了眼。

『剛才那場模擬戰開始前後，發現有對廣場上的人施展大範圍減益狀態魔法的痕跡。』

「啥？」

奇奇像要回答「什麼意思？」的疑問，在葵娜眼前展開視窗，顯示出當時的紀錄。

上頭確實有「抵抗了興奮效果」的文字。

那時，除了正在準備就寢的商隊人員，似乎有人不知道從哪裡對聚集在營地中央的傭兵團團員和葵娜施加了有興奮效果的魔法。

所以離大家有一段距離的副團長才會那麼冷靜啊——葵娜只理解到這一點。

魔法的效果也弱到只夠造成小騷動的契機。

『如此一來，也能說明阿比塔大人剛才道歉時提到的不自然。』

「喔，你說他剛才說的『不得不這麼做云云』嗎？」

『大概是被風聲中，形成「非得這麼做」的契機的聲波催眠了。』

「……真的？」

『雖然是推測，但有七成的機率可以如此斷言。』

因為不是對葵娜施展，所以沒有那麼強大的效果，但以惡作劇來說格外費工夫。

而且，葵娜心中也有一點頭緒，想得出會做出這種事情的人。

「該不會……是在這裡？」

然而，他如果有話想說，會在露出馬腳時環抱雙臂，高聲大笑並從陰影處冒出來，但也沒有那種跡象。

最重要的是，完全不知道對方做出這麼迂迴的事情有什麼好處。

「這樣一想，接下來不知道會有什麼陷阱，有點可怕耶。」

葵娜感受著混雜著不安與喜悅的複雜心情，乖乖聽從侵襲而來的睡魔，閉上眼睛。

但願早上醒來時眼前不會出現一片那傢伙的陷阱。

有種唯獨今晚能一夜好眠的感覺。

特別短篇

職業參觀的始末

在葵娜習慣了在費爾斯凱洛生活後。

「對了，那些孩子們平常在做什麼啊？」

一切起始於對孩子們的這個疑問。

一開始只是在遊戲中為了要賣給營運商而創造出來的角色。

誰料想得到會以這種形式和他們見面、交談。

葵娜回憶著往事，想起許多創造這些養子角色時的事情。

也不小心想起了可恨的損友。

那傢伙要是在身邊會像個囉嗦的婆婆一樣，沒人比他更令人火大了。

但是沒見到他的身影，又會很在意他在那之後怎麼了。

如果讓他本人知道自己在意這點，葵娜絕對會把他踢飛，毫無疑問。

就連創造梅梅這個角色時也是……

『妳對女兒幻想過頭了吧。如果繼承妳的血脈，怎麼可能有這麼豐滿的上圍，乖乖設定成和妳一樣的洗衣板吧。』

『我知道你只是來吵架的了，給我滾出去！』

那時，留在據點裡的四個女生和一個笨蛋進入對戰狀態，把他打得落花流水。

葵娜這個角色的身材雖然不想直言，不過確實可說是乾扁。

但那個問題在於所有ＶＲ遊戲共用的功能上。

一般來說，角色的基礎數據是掃描現實身體後登錄的。

如果玩家在遊戲中驅動的身體與現實中的差異太大，就需要做好覺悟。

因為發生了許多起重複登入又登出後，大腦出現異常，無法回到現實世界中的意外。

由於葵娜是在遭逢意外，住院後才開始玩遊戲，所以登錄的身體數據是無法動彈的瘦弱體型。

也因為這個理由，身材會比同齡人嬌小又乾扁也沒辦法。

『葵娜，妳的思考已經完全偏離目的了。』

「啊，對喔，說的也是，不可以想起那個蠢蛋。惡靈退散，惡靈退散。」

『那樣好像也不太對……』

一段時間，葵娜從腦海中抹去那個笨蛋的身影後點點頭。

「好，那我們去參觀梅梅的教學，然後去視察卡達茲的職場吧。」

『漏掉斯卡魯格了。』

「要是讓他看見我，應該會拋下教會的工作朝我衝過來，所以只能隱身前往了吧。」

『……無法否定呢。』

有點悲傷，連聖靈也認定斯卡魯格的行動很糟糕了。

在這邊和奇奇聊下去也不會有任何進展，所以葵娜決定快點進行職業參觀。

實際上，因為奇奇是在葵娜的身體裡，所以是在腦中對話。

從第三者來看，看起來就像時而發笑時而傻眼又點頭的葵娜在自言自語而已。

肯定是個非常悲慘的人。

要是被帶著孩子的父母看見，似乎會挨下「媽媽～那個姊姊在幹嘛？」「噓！不可以看！」的連續攻擊。

葵娜再次重振精神，前往位於費爾斯凱洛河中沙洲的工坊。

原本應該要事先確認對方的行程再去，但在沒有電話等通訊手段的這個世界很難辦到。

不，是有類似的技能，但是目前只有孩子們有，葵娜失去了那種技能。

沒辦法，只好去突襲了。

人在就好了。要是不在，就從工坊的工作人員口中問東問西就好。

從工坊的入口望進去，卡達茲似乎不在。

這裡正確來說是船舶製造工廠，但實際上不只是在打造船隻。

為了做好船後可以直接下水，還拉了一條水路到工廠裡。

中央的底座上有艘只完成骨架，貌似船的東西，但不知道為什麼，員工們都在工坊角落做馬車。

感到新奇的葵娜悄然走進工坊內，被一個員工發現了。

「啊！之前看到的師傅的女朋友！」

「什麼，女朋友？」

葵娜的外表看起來大概十六七歲，但和卡達茲站在一起，說是爺孫還比較恰當吧。

所有員工的視線一起投射過來，讓葵娜不知所措。

但是她也不能任大家一直誤解下去，所以先自我主張：「我不是女朋友，是他母親！」

「「「「母、母親～～！」」」」

員工們驚訝得睜大眼睛，眼珠都快掉出來了。

聽見外表比自己年輕許多的女性自稱「母親」，他們會如此驚訝也能理解。

已經看慣別人驚訝的葵娜好奇地環視工坊內部。

「卡達茲今天不在嗎？」

「啊、喔，師傅今天去開會了。等一下應該就會……就會回來了。」

大概是知道對方的年紀比較大，一個員工用不熟練的禮貌口吻回答葵娜。

「啊～～說話放鬆一點沒關係，我只是來參觀的，不是這邊的相關人士。」

這麼說完後，所有員工都鬆了一口氣，垂下肩膀。

看來他們不習慣和上位者說話。

葵娜自顧自地認為和位高權重者解釋是卡達茲的工作。

「你們為什麼在做馬車？」

「喔，這邊就像木工工廠，雖然主要是造船，但沒有工作時也會做這種馬車或推車。」

員工種族也各有不同。

態度溫和地和對葵娜說明的人是精靈族，一開始發現葵娜的是貓人族，其中也有人類，以及和卡達茲一樣的矮人族。

只組好船底骨架的船似乎得等到卡達茲回來才能繼續做。

看來這不是用這邊所謂的【古代技法（技能）】做出來的，而是貨真價實的純手工。

葵娜很想知道這方面的事情，但也不能闖入不知道在哪裡舉行的會議，所以只好放棄，等下次見面時再問。

之後才知道，如果用【古代技法】造船或建築物，會沒有人繼承做法。

所以卡達茲是作為一名工匠拜造船工匠為師，耗費五十年學會了技術。

接著獨立創業，花上一百年的歲月努力鑽研至今。

之後葵娜聽卡達茲的徒弟們說明建造到一半的船，以及工作步驟等事項後離開了工坊。

雖然他們也麻煩了葵娜一點小事，但這是相當有意義且開心的一天。

葵娜離開工坊沒多久後，卡達茲回來了，但是……

「這！這是什麼啊啊啊！」

「啊，師傅，你回來啦。」

員工和徒弟們發現在工坊門口大感錯愕的卡達茲。

合不攏嘴的卡達茲視線前方有兩尊身高約三公尺的岩石魔偶，左右對稱地擺出展現側胸肌的姿勢（強調胸部）站著。

「那個是怎麼一回事！」

看著怒吼著拋出疑問的師傅，徒弟們說：「是吧？」「是啊。」點著頭面面相覷。

卡達茲指著的兩尊魔偶又左右對稱地擺出展現大腿和腹肌的姿勢（強調下半身），表示自我主張。

「那個是葵娜小姐留下來，說要取代起重機的。」

「啥？我老媽嗎！」

「是的，她剛才說是來參觀職場？所以我們帶她參觀了工坊。然後起重機昨天不是壞掉了嗎？我們提到這個之後，她就留下那個，說可以拿來替用。」

在徒弟說明時，魔偶也「哼！」「哼！」地接連擺出左右對稱的健美選手姿勢，讓卡達茲一個頭兩個大。

◆

隔天，葵娜來到了學院。

因為門口守衛早已接到了通知，所以她可以自由進出。

但是這天守衛對她說：「學院長外出參加會議。」葵娜感到有點遺憾。

「果然還是需要事先聯絡也說不定呢。」

『如果事先聯絡了，梅梅小姐應該會拋下會議，等著迎接妳吧。』

就因為得以想見那個情景，所以無從反駁。

而這會影響其他會議與會者。

沒辦法，葵娜在學院裡四處閒逛，大概是不湊巧，連倫蒂也沒碰到。

正當葵娜想著「只能改天再來了」時，碰見同樣在走廊上閒逛的熟人。

「哎呀，這不是葵娜閣下嗎？妳好，好久不見了。」

「喔，你是羅伯斯閣下吧，你好。」

那是身穿有點骯髒的邋遢連身工作服，一頭亂髮又毫無幹勁的男教師。

是梅梅的丈夫——羅伯斯．哈維。

這個男人是個位居男爵的貴族，卻跑來當鍊金科老師的奇特人物。以上是從倫蒂口中聽到的評價。

就身為侯爵千金的倫蒂來看，似乎是個相當無從捉摸的人。

「我家那位現在外出了，但妳為什麼會在這裡呢？」

「我想來參觀一下那孩子平常在做什麼工作，結果撲了個空就是了。」

「我家那位」和「那孩子」都是指梅梅。

明明是丈夫和母親，當事人一不在，對待她的方法還真隨便。

呵呵笑著帶過這件事情後，羅伯斯說：「如果妳有空，要不要來看看？」邀請葵娜到鍊金科的研究室。

羅伯斯在鍊金科的研究室出乎意料地整齊。

因為他本人邋遢又一頭亂髮，葵娜還以為他的房間裡也堆滿了垃圾。

「整理得真整齊呢。」

「是啊，我自己覺得就算把架子上的東西都亂擺，也有知道什麼東西在哪裡的自信，但我家那位會生氣。」

「啊，可以想像，看來你吃了不少苦頭呢。」

「是啊，不只生氣時會說教，還會操控我的身體逼我整理。」

「然後，隔天會嚴重肌肉痠痛，是嗎？」

葵娜咧嘴一笑，羅伯斯則是一臉苦澀。

因為只聽這一段話，葵娜也知道梅梅用了什麼魔法。

這個魔法的說明上寫著「在對方不同意的情況下行使會奴役對象的肌肉」。

別說隔天了，結束後身體也會痛到動不了才對。

葵娜歪著頭，她不記得自己有把梅梅的個性設定得這麼嚴苛，但也告訴自己都經過兩百年了，可能也會產生變化。

她環視研究室一圈，發現某張桌子上排著好幾個裝滿橘色液體的瓶子。

並非全是相同顏色，有些微的濃淡差異。

「這是解毒藥嗎？」

「妳果然看出來了。這個是特列克的解毒藥，這是特伍的解毒藥，然後這個是……」

葵娜聽著羅伯斯說出不常聽到的解毒藥名稱，心懷疑問。

特列克是在四處生長的雜草中，容易和可食用草類弄錯的雜草。

吃下去會持續出現倦怠感與發燒等症狀。

「你該不會針對每一種毒，都調配了一種解毒藥吧？」

「咦？是啊，現在這樣很正常。到販售專門藥品的地方去，光解毒藥就塞滿整個櫃子了呢。」

「這個世界變得真不方便啊。」

葵娜抬起盯著一個瓶子看的臉，如此低喃。

接著從自己的道具箱中拿出亮橘色的小瓶子，放在羅伯斯面前。

「這、這是……？」

「這是用你們所說的【古代技法】做出來的解毒藥。」

「這就是那個啊……」

羅伯斯顫抖著手謹慎地拿起小瓶子，幾乎快望穿瓶子似的凝視著。

他慌慌張張地從架上取出幾個小瓶子，擺在桌上。

每個瓶子裡都裝滿了黑褐色或綠褐色的液體。

「這什麼？」

「毒藥。」

羅伯斯簡潔地回答葵娜的問題後，從藥瓶中取出少量毒藥，分別放在幾個小碟子上。

接著拿小湯匙取出葵娜給的解毒劑，滴進其中一個分到小碟中的毒藥。

目不轉睛地凝視著碟子，一滴橘色液體碰觸到碟子上的黑褐色毒藥後產生劇烈變化。

橘色與黑褐色沒有混和，立刻變成無色透明的液體。

「喔……喔喔喔喔！」

羅伯斯睜大雙眼，無比驚訝，葵娜則在他身邊思考他為什麼這麼驚訝。

羅伯斯接著把解毒劑一一滴進裝著毒藥的小碟子裡，每次都會驚呼一次。

羅伯斯處理完所有毒藥後，臉上無比興奮，充滿了研究慾望。

「哇，太厲害了。我沒想到世上會有這種藥。」

「你高興就好，那這個給你當樣品。」

葵娜又拿出兩瓶解毒劑擺在桌上。

「可、可以嗎？我是非常感謝，但我沒有等價的物品可以給妳。」

「研究宅這種人不管到哪裡都一樣呢。代價就當作請你往後也用普通的語調和我相處，那麼，加油嘍。」

「抱歉，感激不盡。」

繼續看下去也只是無聊，葵娜領悟到這點後向羅伯斯揮揮手，離開學院。

梅梅在那之後回到了學院，但丈夫正忘記工作，埋首於研究當中。

結果，羅伯斯因為太過專注而營養失調昏倒，被梅梅大肆說教一番。

梅梅知道原因後，怒吼著「媽媽是大笨蛋～～～～～！」是好幾天後的事情了。

◆

「唔、哇～～……」

又過了幾天。

要是引起騷動會造成教會困擾，所以葵娜以隱形的狀態來確認斯卡魯格的狀況。

但是，偷看斯卡魯格的辦公室後，一臉厭煩地僵在原地。

斯卡魯格在辦公室裡是很好，問題在於他奇妙的行為。

該怎麼解釋呢，斯卡魯格大司祭正在和修女服跳舞。

快步，快步，轉圈。

每當他踏出一步，被他抱著手臂和腰際的修女服就翩翩起舞。

雖然他的舞步和優雅感完美無缺，但他的行為確實相當詭異。

「啊啊，母親大人閣下，怎麼不快一點來找我？」

閃閃發亮的鮮綠色流竄過跳舞的他背後。

「請務必換上這身特別訂製的修女服，讓我為您介紹我的工作場所啊。」

柔軟的淡桃色風吹起司祭服。

「啊啊～～怎麼不快一點來？得獻上這份愛給母親大人閣下才行。」

不知何時，辦公室裡變成了可以看見遠方的白色山頂，山脈綿延的高原一角了。

明明腦海裡都是花田了，還可以把【獨特技能：美麗灑落的玫瑰】壓抑到這種程度也值得誇讚。

那裡沒有憧憬也沒有佩服，有的只是看著可憐人的憐憫眼神。

「……當作沒看見吧。」
葵娜無言地離開大司祭的辦公室，迅速離開了教會。

「得找個地方撫慰我受傷的心靈才行……」
『那麼，去新開的那家露天商店如何？』
「喔，旅店的人講的那個啊，好像不錯呢。」
幾天後，傳出有人目擊惡夢在教會跳舞的謠言，但任誰也不在意。

登場人物介紹

WORLD OF LEADALE

Character Data

Character Data

葵娜

1100Lv玩家之一，
為數不多的高等精靈族。
技能大師No.3。

可以擔任先鋒或後衛的全能玩家，擅長運用自己無盡的魔力，用魔法殲滅敵人的戰術。守護者之塔是包含迷幻之森在內的聳天銀色樓塔。只要二十四小時不停地走，抵達屋頂就過關，（被認為）是十三人中最輕鬆的試煉。在遊戲時代有「銀環魔女」、「暴虐火力」等別名而受到畏懼。

Character Data

斯卡魯格

被葵娜送到
營運商工作的長男。
精靈族，300Lv。

以學習神聖系回復、恢復異常狀態及強化身體魔法為方向培育的角色。不知道為什麼對抱著玩心加上去的【美麗灑落的玫瑰〈凡爾賽玫瑰〉】適性極佳，如操控手腳一般不斷使用效果。意外地受到民眾歡迎。擁有費爾斯凱洛第三大的發言權，具有大司祭的地位。是個無比崇敬又深愛母親到教人頭痛的小孩。

Character Data

梅梅

被葵娜送到
營運商工作的第二個小孩，
長女。精靈族，300Lv。

以強化所有攻擊魔法為方向培育的角色。不知道為什麼，在兩百年間和第一任丈夫有兩個小孩，現在還和第二任丈夫結婚，得到男爵夫人的地位。目前在費爾斯凱洛內擔任王立學院的學園長，以前是王宮魔導師。是隻非常喜歡媽媽的愛撒嬌小貓咪。

Character Data

卡達茲

被葵娜送到營運商工作的
第三個小孩。
在這個世界中，
小孩會和父母之一同種族，
所以設定為養子。
矮人族，300Lv。

以強化建築相關技能為方向培育的角色。基本上也可以拿斧頭或鐵鎚近距離戰鬥。在費爾斯凱洛河中沙洲的船舶工坊工作。對母親有敬愛程度，是兄弟姊妹中最正常的人。

後記

購買本作品的各位讀者，初次見面，謝謝大家。

這是早在六年前寫完的作品。

是我第一個從零寫起的原創故事，也是第一個投稿到大型網站上的故事。

剛開始時，文章亂七八糟的，悽慘到也為糾正我錯字、漏字的讀者們帶來困擾。

現在回想起來，應該就像「你以為自己是誰啊」的問題兒童……

隨著這次出版成書，其中有四處修改，也有新寫的部分，是讓我非常胃痛的工作過程。

去大型書店，看見從「成為小說家吧」出版成書的作品，想到「要和這些作品排在一起啊……」就讓我緊張到胃更痛了。

構思這個故事時，感覺「轉生成遊戲角色」的類型還沒有那麼多。但在書籍出版的部分也感覺晚了很多，所以期望能幫上責任編輯，戰戰兢兢地過著每一天。至今仍懷抱著「真的沒問題嗎？」的心情。

某網站的K大人，當我在留言處倉皇失措時，如果你沒有對我說「給我寫！」，這個作品就沒有機會看見陽光了。有你在背後推我一把真是太好了。

最後，請讓我向在本作品出版的過程中給予諸多關照的各位致謝。

因為討論相關事宜而被我添了諸多困擾的責編大人；繪製了迷人又美麗的插畫的てんまそ老師；出版社的各位，非常感謝大家。

Ｃｅｅｚ

我是這次負責繪製插畫的てんまそ。

接到這次的工作後，我立刻讀完了網路連載版的故事。

當時跑進我腦海裡，瞬間固定下來的葵娜模樣

讓我心想「非此不可！」，並盡可能忠實呈現出來了。

不知是否符合從以前就是這部作品的書迷們的想像，

但如果大家喜歡，將是我至高無上的幸福。

Sword Art Online刀劍神域 1~21 待續

Kadokawa Fantastic Novels

作者：川原 礫　　插畫：abec

在九死一生的殘酷狀況之下，
桐人將挑戰充滿謎團的「VRMMOSVG」！

桐人與亞絲娜從「Underworld」回來之後已經過了一個月。兩人身邊還可以看見獲得實體的愛麗絲身影。但是這樣的平穩突然就被破壞。三個人突然被捲入謎樣遊戲「Unital ring」，桐人在遊戲一開始便失去所有愛用的裝備，身上只剩下一條內褲……？

各 **NT$190~260/HK$50~75**

刀劍神域
SWORD ART ONLINE
Progressive
川原 礫
插畫／abec
006
Kadokawa Fantastic Novels

七魔劍支配天下 1 待續

Kadokawa Fantastic Novels

作者：宇野朴人　插畫：ミユキルリア

《天鏡的極北之星》宇野朴人新系列作！
2019店員最愛輕小說大賞文庫本部門第1名

春天，名校金伯利魔法學校今年也有新生入學。他們身穿黑色長袍，將白杖與杖劍插在腰間，內心懷抱著驕傲與使命。少年奧利佛也是其中之一，只有那個在腰間插著日本刀的少女和別人不一樣——以命運的魔劍為中心展開的學園幻想故事開幕！

NT$290/HK$97

三千世界的英雄王 1~3（完）

Kadokawa Fantastic Novels

作者：壱日千次　插畫：おりょう

決戰時刻逼近刀夜！
最熱血爆笑的學園格鬥戀愛喜劇完結！

全世界的異能者在格鬥競賽「暗黑狂宴」中以最強為目標奮戰。刀夜逐一葬送逼近而來的強敵們，在校內預賽中獲勝晉級。然而學園長血鶴察覺到這個世界的規則是「變態」等於強者的結構，策劃更加脫離常軌的計畫。

各 **NT$200~220/HK$60~68**

幻獸調查員 1~2（完）

Kadokawa Fantastic Novels

作者：綾里惠史　插畫：lack

人與幻獸的關係交織而成，
殘酷又溫柔的幻想幻獸譚——

傳說中的惡龍擄走村裡的女孩，那與傳說故事相仿的事件真相究竟為何——老人過去曾娶海豹少女為妻，然而人與幻獸的婚姻最終將……？若想要打倒傳說級的危險生物九頭蛇，需要幻獸「火之王」的火焰。於是菲莉與「勇者」趕往「火之王」的城堡——

各 **NT$200/HK$60~67**

加速世界 1~23 待續

Kadokawa Fantastic Novels

作者：川原 礫　插畫：HIMA

「……今晚，可以跟我一起過嗎？」
黑雪公主出生的「祕密」終於揭曉!?

春雪等人揭開白之團的真面目，但付出了重大的代價。黑雪公主與四王陷入了無限EK狀態。為了救出軍團長，春雪等人籌畫討伐最凶惡的公敵「太陽神印堤」。另一方面，自身陷入的死亡圈套，及與Orchid Oracle的不期而遇，都在黑雪公主心中留下了陰影……

各 **NT$180~240/HK$50~68**

國家圖書館出版品預行編目資料

里亞德錄大地 / Ceez作；林于楟譯. -- 初版. -- 臺北市：臺灣角川, 2020.03-
冊；　公分. -- (Kadokawa fantastic novels)

譯自：リアデイルの大地にて
ISBN 978-957-743-634-4(第1冊：平裝)

861.57　　109000723

Kadokawa
Fantastic
Novels

里亞德錄大地 1

（原著名：リアデイルの大地にて）

2020年3月25日　初版第1刷發行

作　者：Ceez
插　畫：てんまそ
譯　者：林于楟

發行人：岩崎剛人
總經理：楊淑媄
資深總監：許嘉鴻
總編輯：蔡佩芬
編　輯：孫千棻
美術設計：吳佳昀
印　務：李明修（主任）、張加恩（主任）、張凱棋

發　行　所：台灣角川股份有限公司
地　址：105台北市光復北路11巷44號5樓
電　話：（02）2747-2433
傳　真：（02）2747-2558
網　址：http://www.kadokawa.com.tw
劃撥帳戶：台灣角川股份有限公司
劃撥帳號：19487412
法律顧問：有澤法律事務所
製　版：尚騰印刷事業有限公司
ISBN：978-957-743-634-4